대한민국 경찰
글쓰기 프로젝트

대한민국 경찰
글쓰기 프로젝트

초판 1쇄 인쇄 _ 2019년 4월 20일
초판 1쇄 인쇄 _ 2019년 4월 25일

지은이 _ 황미옥

펴낸곳 _ 바이북스
펴낸이 _ 윤옥초
책임 편집 _ 김태윤
책임 디자인 _ 이민영

ISBN _ 979-11-5877-091-4 03800

등록 _ 2005. 7. 12 | 제 313-2005-000148호

서울시 영등포구 선유로49길 23 아이에스비즈타워2차 1005호
편집 02)333-0812 | 마케팅 02)333-9918 | 팩스 02)333-9960
이메일 postmaster@bybooks.co.kr
홈페이지 www.bybooks.co.kr

책값은 뒤표지에 있습니다.
책으로 아름다운 세상을 만듭니다. — 바이북스

대한민국 경찰 글쓰기 프로젝트

황미옥 지음

바'이북스
ByBooks

2018년 6월 4일 S경찰서 3층 백양홀.

직무 교육이 있는 날이었다. 강의 제목은 '이런 날 나를 만나다'였다. 강사는 현장 초동조치와 관련해서 강연을 해주었다. 강연 중에 10대에서 30대 사이에 가장 높은 사망률을 차지하는 항목은 자살이고, 40대는 암이라고 했다. 높은 사망률을 차지하는 자살과 암의 공통점은 '표현하지 않는 것'이라고 했다. 경찰은 자신을 잘 표현하지 못하는 걸까. 강의장에 앉아 있던 현직경찰관 스무 명 정도는 자신을 잘 표현하지 못하는 듯했다. 강사가 질문해도 소신 있게 답을 명확하게 하는 사람은 한두 명 정도였다. S경찰서만의 문제가 아니었다. 강사는 경찰관에게 자기계발이 필요하다고 했다. 파워포인트 한 장을 보여주며 자기계발의 정의를 내려주었다.

"자기계발은 자기 자신을 만드는 것이다.

나는 어떠한 인간이 되겠다고 선택하고, 그 인간이 되어가는 과정이다.

전에는 하지 못했던 외국어를 하거나 더 무거운 역기를 들 수 있게 되거나 새로운 기계를 다룰 수 있게 되는 것만이 자기계발의 결과가 아니다.

전보다 더 자주 미소 지을 수 있고, 자신이나 다른 사람의 실수를 웃어넘길 수 있고, 누군가에게 사랑을 표현하기가 더 쉬워지고, 자신에게 더 진실해지는 것 또한 자기계발의 결과다."

강의를 마치고 강의 내용을 글로 쓰며 정리했다. 경찰관에게 지금, 이 순간 필요한 건 글쓰기라며 스스로 못을 박고 있었다. 자신을 표현하는 방법 중에서 글쓰기만큼 강력한 도구도 없기 때문이다.

일상으로 돌아와, 8주간 J지구대로 실습 올 후배들에게 나는 무엇을 줄 수 있는지 고민하던 중이었다. 11년 전 내 실습을 떠올려봤다. 그때는 실습을 나갔던 지구대에서 팀장님을 비롯해 세 분이 중앙경찰학교 졸업식에 오셨다. 나도 우리 지구대에 온 실습생에게 뭔가 의미 있는 추억거리를 만들어주고 싶었다. 나에게 문득 아이디어 하나가 스쳐 지나갔다. 아이디어를 잡아채서 생각이 달아나기 전에 종이에 옮겨 적었다.

"My Police Book Project"

실습생 4명이 J지구대에 왔다. 지구대 실습 첫날 실습생에게 글쓰기에 대한 내 생각을 털어놨다. 정식으로 임용받기 전에 50일간 글을 쓰며 자신만의 폴리스 북을 만들어보자는 제안이었다. 모두 찬성했기 때문에 그들을 내가 급하게 만든 온라인의 글 쓰는 공간으로 초대했다. 그리고 현직에서 근무 중인 10명의 경찰관을 더 초대했다. 현직 경찰관들과 실습생이 함께하는 50일 글쓰기 프로젝트가 탄생하는 순간이었다. 특별히 계획한 것도 아니었고 스쳐가는 아이디어를 종이에 적은 덕분에 얻은 결과였다.

나는 이 책에 50일 동안 현장 경찰관들과 글쓰기 프로젝트를 이어가며 경험한 모든 것을 담았다. 이 책을 쓰는 이유는 단 하나다. 지금 이 책을 읽고 있는 당신이 글을 써야 한다고 강력하게 설득하고 싶기 때문이다. 글쓰기로 자신만의 인생 30년, 아니 그 이상을 만들어가야 한다. 목적지만이 전부가 아니고 그 여정을 즐기는 게 더 중요하다.

50일 프로젝트를 함께한 사람들의 구성은 다양하다. 경찰 공부 중인 예비경찰, 실습생, 5년 미만이나 10년 이상 현직에서 근무 중인 경찰도 있다. 사는 곳도 부산만이 아닌 서울, 대구 등이고 근무하는 부서도 다양하다. 지구대, 경제팀, 지능팀, 기동대, 관광경찰대.

경찰관이 되기 위해 공부하는 수험생의 마음은 불안하다. 언제 합격할지 모르는 마음이 항상 초조하게 한다. 공부가 잘되는 날도 있지만 안 되는 날은 며칠간 슬럼프에 빠지기도 한다. 공부하는 수험생인 것도 잊고 쉬는 날도 분명히 있다. 슬럼프는 합격할 때까지 한 번이 아니라 여러 번 찾아오기도 한다. 실습생이던 근무 첫날의 각오는 서서히 무뎌진다. 초롱초롱하던 눈은 4일에 한 번씩 계속되는 야간근무로 지쳐갈 것이다. 아니라고 애써 보지만 체력이 한계에 부딪친다. 현직 경찰은 걱정이 많다. 승진도 해야 하고 가고 싶은 부서도 있고 책임져야 할 부양가족도 있다. 태연한 척하지만 불안감에 젖어 있다. 친구를 만나 하소연을 하든지 술자리에서 자신의 걱정을 털어놓기도 한다. 그 모든 걱정거리를 나는 글쓰기로 해결한다. 심지어 나아갈 삶의 방향과 목표도 마찬가지다.

글쓰기 프로젝트에 참여한 경찰 동료는 50일 동안 다름 아닌 글쓰기로 삶을 풀어갔다. 이 책을 읽는 당신도 글로써 당신의 모든 불안전한 것들과 결핍을 풀어보길 바란다. 글쓰기 프로젝트에 참여한 사람 중에는 비교적 시간이 많은 싱글도 있었지만 육아와 일을 병행하는 부모도 있었다. 글 쓰는 경찰은 직장, 가정, 자기 자신의 균형을 맞춰갔다. 글을 쓰며 또 다른 자신을 알아갔다. 평소 말로 내뱉지 못할 이야기들을 서슴없이 뱉어냈다. 백지에 자신을 담을수록 비우고 채우고를 반복해 나갔다.

글쓰기를 알고 나서부터는 답답한 마음이 생기면 혼자서 백지에 글을 쓴다. 내 마음을 지키면서 스트레스를 동시에 해소하는 방법을 터득했다. 3년째 글을 쓰고 있다. 나 혼자가 아니라 이제는 대한민국 경찰의 마음을 지키겠다며 동료경찰관과 함께 매일 글을 쓴다. 경찰은 무조건 참는 존재가 아니다. 대한민국 경찰이 글쓰기로 자신을 잘 표현할 수 있다면 경찰서로 찾아오는 주민의 마음까지도 잘 지켜줄 수 있다. 경찰이 주민의 마음까지도 지켜야 하는 시대에 도래했다. 경찰이 되어서도 나한테는 뚜렷한 사명이 없었다. 지금은 사명이 없는 쪽에서 있는 쪽으로 옮겨가고 있다. 뉴욕 경찰주재관이라는 목표는 있었지만, 그 이상은 없었다. 나는 감히 말한다. 글쓰기 문화를 경찰에 정착시켜 몸과 마음이 건강한 경찰을 만들겠노라고. 나아가 국민의 마음까지도 어루만지는 15만 경찰의 힘은 글쓰기에서 나왔다고 말이다.

나는 경찰 제복을 벗는 그날까지 동료와 함께 글을 쓰겠다.

대한민국 경찰의 목표달성을 도우며 함께 글을 쓰겠다.

매일 새벽 4시에 일어나는 이유, 일어나서 첫 번째 하는 일이 글쓰기인 이유가 바로 이 때문이다.

이 책을 읽는 당신이 나와 함께 글 쓰는 경찰 그리고 글 쓰는 시민 이길 간절히 바란다.

2018년 무더운 여름 **황미옥**

차
례

chapter 1 왜 쓰지 않는가

황미옥 경사가 글을 쓰고 있다는 사실은 알고 있
었다. S경찰서에 근무한 지 얼마 되지 않은 올해 초봄에 J지구대를 방
문했다가 마침 근무 중이던 황 경사가 자신이 쓴 책을 나에게 선물로
주어 읽어보았기 때문이다.

얼마 전 나의 사무실로 불쑥 찾아와 "서장님이 추천서를 꼭 써주셔
야 합니다"라고 하면서 새로 낼 책의 초고를 내밀어 적잖이 당황했었
다. 나한테 글을 부탁하리라곤 전혀 생각하지도 못했기에, 글을 거의
쓰지 않는 나로서는 무척 부담스러워서였다. 하지만 초롱초롱한 눈빛
으로 나에게 추천서를 써주기를 부탁하는 황 경사의 부탁을 거절할
수 없었다. 초고를 받아 경찰 동료의 마음으로 황 부장이 건네준 글을
읽었다.

황 경사는 경찰은 글을 써야 한다고 했다. 동료의 마음부터 주민의
마음까지도 경찰이 지켜야 한다며 글 쓰는 경찰의 시대가 도래했다고
했다. 보통 직장에서 보낸 세월이 십 년 정도 지나면 가슴속에 품고

있던 초심은 어느새 사라지기 마련이다. 그녀는 잃어버린 초심과 자신의 인생에서 진짜 하고 싶은 일이 무엇인지 글쓰기를 통해 찾아내고 지키려고 노력하고 있었다.

황 경사의 글을 읽으며 나의 젊은 경찰 모습과 그때의 초심을 되돌아보게 되었다. 나도 글쓰기를 해왔다면 내 삶이 지금과 어떻게 다를까 하는 생각도 해보게 된다.

황 경사의 '글 쓰는 경찰' 모습이 부럽다. 글을 쓰며 불필요한 마음을 비우고 초심을 생각하면서 하나뿐인 자신이 삶을 잘 가꾸고 싶다면 황 경사처럼 내면과 대화하는 글쓰기를 추천한다. 자신의 마음을 들여다보고 글을 쓰며 자신이 원하는 삶을 찾아가는 경찰관이 많아지기를 기대한다.

전 부산사상경찰서장 **총경 신영대**

경찰이란 직업은 보람도 있지만, 희생과 봉사정
신이 없으면 할 수 없는 어려운 직업이다. 지구대장으로서 같이 근무
하려면 직원들의 신상파악도 중요하다. 40여 명의 직원 중 유독 유창
한 영어 실력으로 외국인을 대하는 여경 황미옥 경사가 눈에 띄었다.

이곳은 두 개의 대학을 담당하는 지구대로 천여 명의 외국인 학생
들이 학교에서 공부하고 있다. 휴대폰 분실 신고나 각종 사건 사고 등
으로 지구대를 방문하는 횟수가 많아 황 경사가 이모 같은 마음으로
애로사항을 상담해주기도 한다.

황 경사는 경찰관이 되고 싶어 미국 이민 생활을 포기하고 한국으
로 되돌아왔다고 한다. 대단한 용기가 아닐 수 없다. 한국으로 돌아온
후 경찰관의 꿈을 이루기 위해 3년간의 수험 생활을 참고 견디며 열
심히 공부해 100대 1의 경쟁률을 뚫고 합격했다.

경찰관이 된 후 직장 동료와 결혼을 하고 단란한 가정을 이루었으
며 예쁜 딸도 낳았다. 모든 행복을 다 가진 것처럼 보이지만 아직도

성에 안 차는 모양이다. 책을 내겠다고 글을 쓴단다. 직장과 육아가 만만치 않을 텐데 그 시간을 쪼개어 글을 쓴다니 그것도 이번이 네 번째 책이라니 존경하지 않을 수 없다.

또한 뉴욕 경찰주재관의 꿈을 이루기 위해 하루하루를 열심히 살아가는 황 경사를 지켜보면서 삼십 대에 나는 과연 무엇을 했는지 궁금해서 아무리 지나간 일을 생각해도 별로 좋은 추억이 떠오르지 않았다. 허무하게 허송세월을 보낸 삼십 대의 시간을 깊이 반성해본다.

나의 고향은 경남 합천이다. 시골집은 쌍백면 소재지에서도 4킬로미터 넘게 산속으로 가야만 마을이 있는 오지 중의 오지다. 경운기 한 대가 겨우 다닐 수 있는 좁은 십 리 길을 걸어서 학교에 다녔다. 그러다 보니 부모님은 몸이 약하거나 나이가 너무 어리면 힘들다고 학교를 보내지 않았다. 당시 동기생들은 8살 입학생도 있고 9살 입학생도 있으며 심지어 누나와 동생이 한 학년인 경우도 있었던 것으로 기억한다. 나 역시도 늦은 9살에 초등학교에 들어갔다.

1989년 경찰공무원 시험에 합격해 경찰종합학교에서 교육을 마치고 그해 12월에 임용되었다. 산골 마을에서 경찰관이 된 것이 처음이다 보니 부모님께서 매우 기뻐하셨다. 어릴 적 시골 생활은 빨리 잊고 싫은 기억이 더 많은 곳이다. 모내기, 벼 베기, 고추심기 등 농사일이 너무 하기 싫었다. 지금 생각하면 모든 것이 아련한 추억이지만 그 시절에는 가난한 시골은 하루빨리 벗어나고 싶은 곳이기도 했다.

겨우 입에 풀칠하기도 어려운 산골에서 부모님은 농사지으면서 자식들을 학교에 보내고 다섯 남매의 눈을 뜨게 하셨다. 그러나 나에겐 경찰은 생계를 위한 직업 중의 하나였다. 뚜렷한 소명의식이나 비전이 없었기 때문이다. 28년 전 황 경사를 만났다면 어땠을까 하는 아쉬움이 드는 대목이기도 하다.

올해 여름은 유난히도 더웠다. 111년 만의 더위라고 한다. 열대야의 후덥지근함은 가뜩이나 힘든 직원들의 야간근무를 더욱 힘들게 한다. 비좁은 지구대 안은 술 취한 사람들의 고성과 욕설, 흐느끼는 여자의 울음소리, 시끄러운 무전기 소리와 갖가지 사건 사고로 마치 전쟁터를 방불케 한다.

그래서 사람들은 지구대와 파출소를 인생의 축소판이라고 한다. 좋은 일, 궂은 일, 억울한 일, 슬픈 일이 있을 때 사연 많은 사람이 찾아오기 때문이다. 정말이지 사연도 가지가지다. 제복 입은 경찰은 위험에 처했거나 억울한 일을 당한 사람을 보면 몸이 먼저 반응을 한다. 다른 동료도 같은 마음일 거라고 생각한다.

경찰은 다른 직종보다 스트레스가 많은 직업이다. 스트레스를 없애는 방법은 사람마다 다르겠지만, 황 경사는 글쓰기로 해결하는 좋은 취미를 가지고 있다. 새벽 4시에 일어나 글을 쓰면서 하루를 설계하고 태권도 유단자에 경찰 제복을 벗는 그날까지 나다운 경찰로 남고 싶다는 황미옥 작가.

대한민국 15만 경찰이 글 쓰는 삶을 살게 되는 것이 목표라는 황 경사의 꿈이 이루어지기를 간절히 바라본다.

전 부산사상경찰서 주례지구대장 **경감 정영규**

　　황미옥 작가님을 유난히도 더웠던 올해 여름 7월 글과 책으로 먼저 뵙게 되었다. 나는 그 시기에 나의 잘못된 행동에 책임을 지기 위해서 경무계로 대기 발령되어 징계위원회에 회부되기를 기다리고 또 징계에 대비하면서 매일 오전 9시에 출근해서 오후 6시가 되면 퇴근하는 삶을 살고 있었다. 나는 이제 3년 차가 되어가는 경찰관이다. 매일 경무계에 출근해서 내가 하는 일이라고는 반성문을 A4용지에 쓰는 일이었다.

　그런데 하루는 출근하니 경무계 내 자리에 책이 잔뜩 쌓여 있었다. 그리고 하늘색 편지지에 편지가 한 통 놓여 있었다. 그리고 새 노트가 한 권 놓여 있었다. 무슨 일인가 싶었다. 옆에 있는 직원에게 물었다. "이 책들은 무엇입니까?" 경찰서 관내에 있는 한 지구대 관리반에서 근무하시는 선배님께서 책을 두고 가셨다고 했다. 황미옥 작가님은 직장 내에서 경사 계급으로서 나에게는 부장님으로 불리는 선배님이다. 편지의 내용은 "동료가 힘들 때 격려를 해주는 것이 진정한 경찰관입니다." 그리고 "힘들 때 드는 생각들을 자유롭게 백지에 비워내보라"는 것이 요지였다.

나는 고마운 마음으로 하루에 한 권씩 책들을 읽어 나갔다. 나는 철학 전공자로서 베스트셀러 책들보다 순수 고전 인문학 또는 철학 서적들을 읽는데, 황미옥 작가님이 놓고 간 책 중에는 상당히 흥미 있게 읽은 책들이 많다. 《미움받을 용기》, 《죽음의 수용소에서》, 그리고 《어떻게 살 것인가》는 징계를 앞둔 나의 처세에 대해서 생각해볼 수 있는 시간이 되었다. 《바람이 숨결이 될 때》는 나의 삶이란 무엇인가에 대해서 경찰관으로서 주체가 아닌 박광해로서의 박광해는 어떻게 존재해야 하는가에 대한 대답이 되었다.

그리고 나는 인터넷 서점에서 황미옥 작가님의 책 《글 쓰는 경찰》과 《나는 오늘도 제복을 입는다》는 책을 사서 읽었다. 글쓰기를 통해서 삶을 비우고 채우며 자기가 몰랐던 자아를 발견하는 내용이었고, 무엇보다 문체에서 느껴지는 열정과 힘이 느껴져서 기분 좋은 문장들을 만날 수 있었던 것 같다.

나는 정직 2월의 징계가 결정되고 고마운 마음에 황미옥 작가님의 사무실에서 빌린 책들을 반납하러 가면서, 황미옥 작가님이 주신 노트에 편지를 쓰고 내가 철학과에서 4년 동안 공부해서 만들어낸 철학자 하이데거의 진리 개념에 관한 논문집을 선물로 드렸다.

그렇게 황미옥 작가님과의 인연이 시작되어 글 쓰는 경찰관 모임 3기로 50일 동안의 글쓰기 활동에 동참하게 되었다. 매일 글을 써나가면서 정직 2개월의 처분을 받고 의기소침할 수밖에 없었던 나, 날개가 부서져 추락 중인 나에게, 부서진 날개를 고쳐 다시 날아오를 수 있는 힘이 생기게 되었다. 경찰관으로서의 나, 그리고 경찰관 이전의 나로서의 온전히 나를 발견해 나가는 과정이었다. 그 체험을 통해 나는 한 단계 성장할 수 있었다.

이번에 황미옥 작가님께서 새로운 책을 출간하실 계획이라고 했다. 독자들에게 꼭 추천하고 싶다. 겉멋이 잔뜩 들어간 최신 유행에 맞는 인문학 서적은 아닐 것이다. 그리고 성공에 대한 기대만 불어넣는 공허한 자기계발서도 아닐 것이다. 이번에 출판된 책은 독자가 글쓰기라는 체험을 통해서 직접 읽기만 하는 것이 아니라 쓰는 가운데 자신을 발견하는 체험을 하면서 삶의 가치를 한 단계 고양할 수 있는 계기가 될 것이다.

어떤 삶을 살고 싶은가?
지금 당신은 스스로에 대해서 얼마나 알고 있다고 생각하는가?

자신을 알고 싶다면 이 책을 읽고 그 과정을 온전히 경험하기를 바라는 마음에 추천사를 마무리한다.

부산연제경찰서 연일지구대 **순경 박광해**

Chapter 1

왜 쓰지 않는가

1
두 권의 책 출간

　　세상에 내가 쓴 첫 번째 책이 나왔다. 글을 쓰고 싶다고 내 입으로 말한 지 딱 2년째 되는 해였다. 내 삶 있는 그대로 담았다. 특별히 꾸민 것도 없었다. 내가 살아온 길을 글로 풀었을 뿐이었다. 경찰의 길을 11년째 걸어오면서 첫 책을 쓴 시점은 가장 힘든 때였다. 아이를 출산한 지 2년 남짓 되었고 오랫동안 하지 않던 야간근무를 다시 시작하는 시점이었다. 잦은 야간근무로 몸이 지칠 때면 왜 글까지 쓰겠다고 했는지 후회가 된 적도 있었다. 야간근무를 마치고 난 후에도 글을 써야 하는 현실은 말 그대로 힘들었다. 내가 자초한 일이었다. 한번 시작한 일은 무슨 일이 있어도 끝내야 직성이 풀리는 성격 때문인지 첫 번째 책을 마무리할 수 있었다. 첫 번째 책을 쓴 기점부터 출간까지 1년이라는 시간이 걸렸다. 수없이 고쳤다. 보고 또 보는 게 내 일이었다. 출근하기 전 한 시간, 직장에서 일을 마치고 나서도 초고를 고치는 일이 생활화되어 있었다. 보고 또 보는데도 항상 고칠 흔적은 남아 있었다. 종이에 고치는 일은 그나마 괜찮았다. 고친 것을 컴퓨터로 다시 수정하는 작업은 시간이 오래 걸렸다. 백 장이 넘는 종이를 열 번 이상 프린트해서 보고 또 보고한 후에야 마무리할 수 있었다.

일 년이 지난 후《글 쓰는 경찰》이 세상에 나왔다. 부족한 글 솜씨지만 나 자신을 작가라 부를 수 있었다. 매일 글을 썼기에. 나에게는 글 쓰는 경찰이라는 꼬리표가 붙었다. 야간근무를 마치고 나서도 글을 썼고 백지 위에 매일 나를 담았기 때문에 가능한 일이었다. 누가 알아주지 않아도 힘들수록, 피곤할수록 더 매섭게 글을 썼다. 책을 출간한 사람이 아닌 매일 글을 쓰는 사람이 작가이기 때문이다. 나는 매일 글 쓰는 작가다.

남편이 결혼 신혼 때부터 가던 조기 축구회 모임이 있다. 일요일 오전이면 집 근처 초등학교에 모여 공을 찬다. 지금 있는 부서에서는 일요일 쉬는 날이 많지 않아 자주 못 가는 편이다. 그래서 공차는 사람들과 별도로 모임을 갖는다. 매월 셋째 주 토요일에 반가운 얼굴을 본다. 그곳에 가면 경찰행정학과에 재학 중인 여학생이 있다. 축구모임에 참석하시는 회원분의 따님이다. 경찰이 꿈인지 알고 있었지만 서로 경찰에 대해서는 한 번도 이야기를 나눈 적은 없었다.《글 쓰는 경찰》이 출간된 후 모임에 참석한 다송이 아버님께 내 책을 전달했다. 경찰 준비 중이니 도움이 되었으면 하는 마음에서였다. 전혀 나에게 궁금한 게 없던 다송이가 나에게 먼저 연락을 했다. 책을 잘 읽었다고 하며 막연한 미래만 생각했는데 앞으로 자신이 걸어갈 길이라고 생각하니 내 책이 도움이 되었다고 했다. 내 삶을 썼을 뿐인데 경찰을 준비하는 학생이 내 삶을 통해 힘을 얻었다는 이야기는 내가 계속 글을 쓰는 데 자극이 되어 주었다.

꽃자리 북 토크쇼에 초대받았다. 글쓰기와 관련된 책을 소개하고 글을 쓴 작가를 초대해 이야기하는 자리였다. 운영진은 내 책에 나온 몇 개의 구절을 독자로부터 낭독하게 했다. 내가 쓴 글을 다른 사람의 입에서 들어보는 색다른 체험을 했다. 책을 출간한 작가는 아파트 9층에서 10층으로 올라가는 것처럼 시야가 넓어진다는 말을 들었다. 나 혼자만 글쓰기를 할 때와는 달리 책 쓰기는 독자와 소통을 가능하게 해주었다. 나 혼자만의 세상을 넘어, 다른 사람의 세상에 구경 온 것만 같은 새로움이었다.

내 책을 읽는 독자가 반드시 있다는 믿음으로 매일 글을 썼다. 두 번째 책인 《나는 오늘도 제복을 입는다》의 초고를 쓸 때는 지구대 근무를 1년쯤 해왔을 때였다. 경찰 중에서도 꺼리는 지구대 생활을 글로 써보고 싶었다. 전국에 15만 경찰 중에서 40% 이상이 지구대에서 근무한다. 그래서 소통하고 싶었다. 내가 소속한 순찰 3팀의 동료들이 주인공인 책을 썼다. 매일 겪는 일상을 소재로 솔직하게 써 내려갔다.

두 번째 책이 출간되고 나서 주변 지인들에게 내 책을 선물했다. 그중에서 서울에서 경찰학원을 운영하는 김중근 선생에게 연락하게 되었다. 14년 전 서면에 있는 경찰학원에서 김중근 선생에게 형법을 배울 때가 생각났기 때문이다. 경찰이 되겠다며 대학교도 휴학하고 학원에 수강 신청을 하고 들었던 첫 수업이 형법이었다. 뒷문으로 들어가 뒤쪽에 자리 빈 곳에 앉아서 들었다. 무슨 말인지 하나도 이해하지 못했던 내가 경찰학원에서 열심히 공부해서 3년 후에 형법에서 고득점을 받아 경찰에 합격했다. 필기 합격도 불안 불안하게 했다. 필기 점수 81점. 꼴등이었다. 적성검사와 면접에서 승부를 걸어 뒤집은 케이스였다. 지난 15년이 담긴 내 책을 김중근 선생에게 보내고 싶었다. 《나는 오늘도 제복을 입는다》 책이 출간되고 출간기념회에서 뜻밖의 손님이 나를 찾아왔다. 김중근 선생에게 수업을 듣는 학생인데 내 이야기를 접하고 나를 알게 되었고 출간기념회에까지 참석하게 되었다고 했다. 우리는 인스타 친구가 되어 소통하고 지낸다.

첫 번째 책을 내기 전에 글을 쓰고 싶어 하는 나에게 자신이 쓴 책의 목차를 건네주며 응원을 해준 친구가 있었다. 기성준 작가가 운영하는 유튜브 채널에 인터뷰 요청을 받았다. 그 친구를 통해 블로그를 배웠고 글쓰기에 이어 책 쓰기까지 도움을 준 고마운 친구였다. 내 화장대에는 이런 문구가 붙여져 있다. "도전은 두렵지만 설레는 것이다." 인터뷰 제안은 두렵지만 설렌다. 내가 응한 이유였다. 책장이 놓여 있는 작은 공간에서 테이블에 앉아 내 앞에 놓인 두 대의 카메라를 번갈아 보며 인터뷰를 해야 했다. 머리 위에는 조명이 뜨겁게 비추고 있었다. 겉으로 웃고 있었지만, 등줄기에는 땀이 쫙 흐르고 있었다. 자기소개를 시작으로 책에 대한 소개, 멘토가 있는지, 추천하고 싶은 책이 있는지 등 몇 가지 질문을 이어갔다. 책을 출간하면서 하게 된 특별한 경험이었다.

스노우폭스 대표 김승호 회장은 내 책의 추천서에 이렇게 써주었다.

"글을 쓴다는 것은 나를 표현하는 강연 혹은 방송보다 더 힘이 든다. 더군다나 글이 책이 되어 나올 것을 알면서 쓰는 글들은 그 사람의 본심에 가장 가까운 모습으로 표출된다."

맞는 말이었다. 야간근무를 마치고 글을 쓰는 것처럼 유튜브 촬영 인터뷰는 힘들지 않았다. 나는 진심으로 내 이야기를 하면 됐다.

책이 출간된 후 두어 달쯤 뒤에 순찰 3팀에서 함께 근무했던 선후배들을 집으로 초대한 적이 있었다. 이유는 하나였다. 내 책의 주인공인 지구대 동료 8명에게 감사함을 표현하고 싶었기 때문이다. 책이 출간된 이후로 특별한 경험을 체험했다. 새로운 독자를 만나고 인터뷰를 하게 된 것도 나와 함께 근무해준 순찰 3팀이 있었기에 가능한 일이었다. 그래서 저녁 한 끼 먹자고 초대했다. 부족한 음식 실력이지만, 한 시간 동안 끓인 돼지 수육과 연어를 상에 내놓았다. 지구대에서 야간근무하며 쓴 책을 윤명원 팀장에게 선물로 드렸다. 곧 정년퇴직하시는 팀장에게 이 책이 추억이 되길 바라는 마음과 함께.

미래명함을 만들 구상 중이다. 황미옥이라는 이름 앞에 어떤 수식어를 붙이면 좋을까 고민해왔다. 경찰이라는 직업 외에 작가라는 직업명을 하나 더 얻었다. 또 하나의 직업명을 꿈꾸는 중이다. 글쓰기 동아리장. 직장생활을 하면서 8개의 직업명을 찾는다면 퇴직 후에도 내가 좋아하는 무언가를 위해 살 수 있겠다는 생각이 들었다. 대한민국에서 한 권의 책을 출간한 사람은 1% 안에 들고, 책을 두 권 출간한 사람은 0.4% 안에 든다는 말을 들은 적이 있다. 내 생에 공부를 잘해서 좋은 대학에 간 적은 없지만, 책을 출간한 후에 그 어느 때보다 자신감이 생겼다. 끝까지 책을 마무리했다는 사실이 그 어떤 일을 해도 할 수 있다는 자신감을 안겨주었다. 글을 쓰는 책임감이 생겼다. 매일 새벽 4시에 일어나서 글쓰기로 하루를 시작한다. 최근에 실천한 건강 프로그램을 통해 6킬로그램을 감량했다. 운동이 아닌 식단조절로 효과를 봤다. 그 어느 때보다 맑은 정신으로 글을 쓰고 있다. 건강한 마인드와 건강한 몸을 가진 채 글을 쓴다.

졸업한 지 15년 만에 고3 담임을 찾아갔다. 운동장 한편에 서서 커피 한 잔을 마시며 이제껏 살아온 이야기를 짧은 시간에 주거니 받거니 했다. 책을 쓰고 있다며 원고 수정을 부탁드렸다. 수차례 스스로 수정한 원고라는 말을 덧붙였다. 스승은 내 원고를 글자가 크게 보이게 수정 편집 작업을 해서 다시 프린트했다. 빨간색 펜을 이용해서 일일이 수작업으로 수정해주었다. 스승이 고쳐준 초고를 다시 읽어보고 수정하면서 흔히 실수하는 부분을 알게 되었다. 스승이 고쳐준 것 때문에 글쓰기 실력이 많이 향상했다. 지금도 글을 쓰면 다시 읽으면서 고친다. 아직도 완전히 고쳐지지 않은 습관이 더러 있다. 그래도 더는 내 원고를 스승에게 들고 부탁하지는 않는다.

두 번째 책이 출간되었을 때 역시 학교로 담임을 찾아갔다. 늘 얘기하던 운동장에 서서 책을 선물했다. 원고 수정 부탁이 아닌 완성본을 드렸다. 그러자 열심히 살라고 말씀하셨다. 나답게. 스승은 나를 두고 국어를 배우지 않은 미국 유학 중도 포기자라는 말씀을 한다. 만약 내가 글을 쓸 수 있다면 그 누구도 글을 쓸 수 있다는 게 내 생각이다.

11년 전 중앙경찰학교 졸업식 날이었다. 졸업식 행사장으로 가기 전, 여경들이 생활하는 기숙사 1층 출입문에서 정복을 입고 자기 순서를 기다리고 있었다. 한 명 한 명 지도관과 악수를 하고는 기숙사를 걸어 나갔다. 나 또한 긴 줄에 서 있었다. 내 차례가 되어 정중하게 악수를 하고자 지도관의 손을 잡았다. 그때 "네 이름 석 자 기억할게" 이 한마디를 해주셨다. 무슨 말일까? 가끔 이 말을 곱씹을 때도 있었다. 지도관이 해준 말처럼 나는 내 이름 석 자를 세상에 남기게 되었다. 중앙경찰학교에서 졸업한 지 10년 만에. 이제는 내 이름 석 자가 적힌 책을 중앙경찰학교 도서관에서 만날 수 있다.

경찰이 되겠다고 마음을 먹은 순간부터 15년이 지났다. 치열하게 살아온 삶의 흔적들이 모두 두 권의 책에 담겨 있다. 글쓰기는 경찰이다. 왜냐하면 사람을 돕기 때문이다. 나는 오늘도 매일 제복을 입는다. 나는 매일 글을 쓴다. 글쓰기를 통해 세상을 향해 한 발짝 더 나아가고 있다.

내 삶의 의미를 찾는 삶의 여정은 이미 시작되었다. 두 권의 책을 출간한 내 머릿속에는 단 하나의 메시지만이 존재한다. 세상을 향해 글을 쓰자. 함께 쓰자. 당신이 나와 함께 오늘부터 글을 써야 하는 이유이다. 글 쓰는 경찰이 대한민국의 희망이다.

2
나는 왜 글을 쓰는가

내 생을 마감할 때 딱 한 가지만큼은 누구에게도 양보하지 않고 해왔노라고 말하고 싶다. 나에게는 양보할 수 없는 그 것이 바로 글쓰기다. 밥을 먹고 잠을 자듯이 매일 이부자리를 박차고 나와 하는 첫 번째 일이 글쓰기다. 누가 시킨 것도 아닌데 가족이 곤히 잠든 새벽에 일어나 글을 쓴다. 백지 위에 내 마음을 담는다. 신들린 사람처럼 자판을 마구 친다. 나는 도대체 무엇을 담고 싶은 걸까. 소소한 일상부터 그날 겪은 일을 비롯해 깨달음까지 내 삶을 담는다. 백지에 내 마음을 담을수록 마음이 평온해진다. 새벽에 내 마음을 평온하게 담은 날은 온종일 평온하다. 매일 찾을 수밖에 없는 글쓰기. 내 삶에 훈련 같은 글쓰기다.

올해 지인의 출간기념회에 참석한 적이 있었다. 행사는 부산에서 열렸다. 지난번 부산에서 열린 행사에 참석하지 못해 이번만큼은 시간을 마련했다. 가장 내 마음에 와 닿았던 건 축사였다. 인생의 끝자락을 생각하게 하는 추도사였다. 행사장에서 저자는 나만의 추도사를 쓰는 시간을 주었다. 저자의 배려로 내 추도사를 짧게나마 사람들 앞에서 발표하는 시간을 갖게 되었다.

> "사랑하는 선배님
> 선배님을 만나게 된 건 저에게는 큰 복이었어요. 경찰을 사랑하는 선배님. 경찰과 글쓰기와 관련된 일이라면 열 일 제쳐두고 뛰어오시는 선배님. 선후배 일이라면 자기 일보다 열과 성을 다해 노력하시는 모습을 보면서 저도 선배님처럼 열과 성을 다해 제 인생을 살아야겠다고 생각했습니다.
> 선배님과 글을 쓰며 소통한 시간이 아직도 기억에 생생합니다. 기억하세요? 선배님. 제가 선배님께 고민이 있어 전화를 드릴 때마다 선배님의 조언은 단 하나였습니다. 글을 써라."

내 생을 마감하는 순간 글쓰기로 내 인생을 만들어갔다고 회고하고 싶을 뿐이다.

내 삶에는 독자가 있다. 내가 쓰는 글을 읽는 독자는 반드시 있다. 매일 쓰는 글도 동료가 읽고 있다. 더군다나 책으로 출간된 글은 나와 같은 길을 걷고자 하는 사람에게 도움을 준다. 대한민국 경찰을 준비하고 있는 사람들로부터 연락을 많이 받았다. 공통으로 하는 말은 자극을 많이 받고 있다는 말이었다. 힘이 들 때 내 책을 꺼내 읽으면 자극이 된다고 했다.

경찰 수험생이 필기시험에 합격하려면 공부하는 기간이 필요하다. 수험생의 시간도 경찰이 되기 위한 과정의 일부다. 수험생 때부터 글을 써야 한다. 글은 경찰이 되고 나서, 높은 계급이 되어야만 글을 써야 하는 게 아니다. 경찰이 되기 전부터 글을 쓰며 나를 다듬어가야 한다. 경찰이 되고 나서 방황하지 않으려면 그 전부터 준비해야 한다. 15년 전 저자가 경찰공무원 수험생일 때만 하더라도 필기시험 합격만을 위한 공부를 했다. 하지만, 수험생이라면 현직경찰관보다 더 열심히 글을 써야 한다고 말한다.

전국에 수많은 수험생 중에서 '열매(마이폴리스북 회원)'는 매일 아침 글을 쓰며 하루를 시작한다. '열매'의 하루는 평범하지만 비범하다. '열매'는 공부를 시작하기 전 글로 자기 자신을 푼다. 긴장을 푸는 것이다. 불확실한 미래, 불합격에 대한 불안감 등을 글 쓰며 떨쳐버린다. 오늘 어떤 마음가짐으로 공부할 것인지에 집중한다. 지금의 모습에서 나아가 미래의 모습도 꾸준히 그려간다. 오늘 무엇을 할 것인지 정하면서 '열매'의 글쓰기는 끝이 난다. 50일 동안 글을 쓰는 경찰 준비생 '열매'를 지켜봤다. 글을 쓰지 않은 5일 빼고는 45일은 에너지 넘치게 공부했다. '열매'의 글에서 확인할 수 있었다. 자신이 쓴 글처럼 똑같이 하루를 살았다. 글은 혼자 쓰는 것보다 함께 글을 쓸 때 지치지 않는다. 수험생이라면 공부하기 전에, 현직 경찰이라면 출근 전에 글을 써라. 자극을 넘어 내 하루를 좌우하는 글쓰기, 이제 선택이 아닌 필수다.

내가 글을 쓰는 이유는 간단하다. 나처럼 글 쓰는 경찰이 탄생하기를 많이 원하기 때문이다. 경찰이 글을 쓰면 건강해진다. 건강한 마음으로 다양한 분야에서 쓴 글은 이제 경찰을 막 시작하는 후배들, 갈 길을 잃어 방황하는 동료들에게 길잡이가 되어준다. 내 동료가 쓴 글이 가장 와 닿는 법이다. 후배 중에서 형사계에 가고 싶은데 가야 할지 말아야 할지 오랫동안 고민하던 동료가 있었다. 후배를 보면서 예전의 내 모습이 떠올랐다. 외사과에 가고 싶어 했던 내 모습 말이다. 딱히 이유도 없었다. 그 부서가 나와 맞는다고 생각했고 가고 싶을 뿐이었다. 막상 외사과에서 근무를 해봤지만 내가 생각했던 특별함은 없었다. 내가 외사과를 특별하게 취급했기 때문에 가고 싶은 욕망이 있었을 뿐이었다. 자신이 소속한 부서에서의 삶과 경험을 담아 책으로 낸다면 동료들의 진로에 많은 도움을 준다는 확신이 생겼다. 경험해보지 않고도 간접적으로 체험할 수 있기 때문이다. 사명이 없던 나는 글을 쓰면서 사명을 발견하기 시작했다. 대한민국 경찰이 글 쓰는 삶을 살 수 있도록 도울 것이다.

매일 새벽 4시에 일어난다. 제일 먼저 하는 일은 글쓰기다. 내 삶을 논하면서 글쓰기를 논하지 않고 말할 수 없다. 출근 전 두 시간 내 마음을 담는다. 장시간 글을 쓰다 보면 어깨, 목, 등 통증이 찾아온다. 일종의 직업병이다. 작가 병. 글을 쓰는 것보다 통증이 중요하지는 않다. 글을 쓰는 시간만큼은 아픔도 잊은 채 글을 채운다. 정해진 양을 채우고 나면 자리에서 털고 일어난다. 글을 쓸 때와는 달리 몸이 뻐근해진다. 글쓰기는 내 마음을 잡는 데 최고의 도구다. 멀리 갈 필요도 없다. 집안 어느 곳이든 자리를 잡으면 된다. 종이와 펜 또는 컴퓨터만 있으면 글을 쓰는 데는 돈도 들지 않는다. 다만, 시간이 들 뿐이다. 글을 쓰는 시간은 반드시 마련해두어야 한다.

내 일상, 경험에 관해 쓰면서 나를 이해하기 시작했다. 글을 써가면서 내가 글을 쓰는 이유가 핏빛보다 선명해지고 있었다. 나는 살려고 글을 쓰고 있었다. 내 안에 담긴 화, 울분을 글로 풀고 있었다. 다른 삶이 아닌 백지 속에 나를 담는 행위가 내 삶을 재해석하고 있었다. 매일 쓰는 글로 인해 나는 재탄생했다. 걱정이 아닌 지금의 모습을 행복하게 담고 있었다.

내가 쓴 글은 시간이 지나도 남아 있다. 나는 나를 세상에 남기고 싶다. 나뿐만이 아닌 내 가족에게 힘이 되는 글을 남기고자 한다. 그렇게 하고 싶은 이유가 있다. 내 친정엄마는 어릴 적 돌아가셨다. 20년이 지난 지금, 내 기억 속에서 친정엄마를 꺼내 본다. 사진도 몇 장 없다. 내 기억 속 한 장면을 꺼내 추억하는 것만으로도 행복하다. 그런데 어느 날 책방에서 짐을 정리하다가 우연히 친정아빠가 나에게 글을 써서 팩스로 보내준 옛 편지들을 발견했다. 쭈그리고 앉아 단숨에 읽었다. 한 장의 편지 안에서 아빠의 마음을 들여다볼 수 있었다. 짧은 글이었지만 아빠의 생각을 알 수 있었다. 한 장의 사진보다 마음이 더 와 닿았다. 만약 내가 생을 마감한다면 내 아이가 내 빈자리로 인해 나와 같은 고독한 그리움을 겪지 않았으면 한다. 아이가 태어나기 전부터 글을 썼다. 노트에 짧은 편지 형식으로 글을 남기기 시작했다. 아래는 2017년 6월 22일 01:04경 남긴 글 일부다.

> "오늘 엄마는 새벽 4시에 일어났단다. 글을 쓰고 명상을 했단다. 그리고는 예빈이 어린이집 갈 준비해두고 분리수거하고 나서 독서 모임 하러 희은이 이모 만나러 24시간 운영하는 커피숍에 갔단다. 8시까지 인문학 명강 서양 고전 책으로 《오디세우스》를 토론하고 성공의 법칙 마스터 마인드에 관해 토론했단다. 엄마랑 희은이 이모는 인문학을 정말 좋아해. 둘이 참 잘 맞아. 오늘이 7번째 독서 모임이었어."

내 아이가 내 삶을 있는 그대로 써둔 글을 볼 수 있게 남겨두고 싶은 마음이다. 미국의 랜디 포시 교수는 자기 아들딸을 위해 마지막 강의를 했다. 나는 내 아이들을 위해 세상에 내가 쓴 글을 남기고 싶다.

대한민국 경찰 고된 직업이다. 백조와 같은 직업이다. 화려해 보이는 제복은 겉모습에 불과하다. 보이지 않는 곳에서 힘겹게 일한다. 자신을 성장시키기 위해 끊임없이 발길질한다. 필요한 법 공부도 하고 주민이 공감할 수 있는 시책도 시행한다.

어제는 다른 지역 지구대에서 신고 출동 간 직원이 피습을 당해 1명 사망, 1명 중상을 입었다. 괴로운 일로 쌓인 스트레스를 술로 풀면 매일 술 마시는 사람이 된다. 힘겹고 고된 마음을 글로 풀면 다른 사람들의 기억 속에 글과 함께 작가로 남는다. 이미 쌓인 스트레스가 많은 사람은 백지에 담을 글도 많다. 내 인생을 직접 만들어가는 데 글만큼 좋은 게 없다.

내 삶은 다른 동료들에게 힘이 된다. 세상에 글을 남겼을 뿐인데 누군가는 내 글을 붙들고 하루를 버틴다. 대한민국 15만 경찰에게 글을 쓰라고 외친다. 삶을 변화시키고 싶다면 글을 써라. 소소한 일상에 감사함을 느끼고 싶다면 글을 써라. 지금 삶이 힘들다면 글을 써라. 이제는 당신이 동참할 차례다. 무엇을 진정하고 싶은지 글로 써라. 나는 대한민국 경찰의 글쓰기 문화를 정착시키기를 원한다. 경찰관이라면 글을 써야 한다. 사람들의 마음까지도 관리해야 하는 시대다. 경찰과 자신의 마음을 글쓰기로 마음을 다잡아라. 지금 당장 종이와 펜을 들자. 나는 오늘도 당신과 함께 글을 쓴다.

3
이토록 좋은 글쓰기

일상을 담다

나의 하루는 새벽 4시에 시작된다. 가족 중에서 하루를 가장 먼저 시작한다. 마무리도 일찍 한다. 특별한 일이 없으면 딸아이와 나는 저녁 10시 전에 꿈나라로 간다. 한번은 장마철 깜깜한 새벽 4시에 알람이 울렸다. 우리 가족은 알람 소리에 전혀 영향을 받지 않고 잘 잔다. 매일 같은 시간대에 들리는 음악 소리 정도로 여기며 곤히 잔다. 알람 소리가 울리면 먼저 알람을 끄고 아이를 찾는다. 어둠 속에서 손으로 짚어가며 더듬다 보면 어디선가 뒤집거나 바로 누워 자는 딸을 발견한다. 열이 나진 않는지 이마도 만져보고 안아주고는 침대에서 한 번에 일어난다. 그날은 침대에 실수해서 새벽에 아이를 씻기고 옷을 갈아입히는 대소동이 있었다. 결국 다시 잠드는 데까지 몇 분도 채 걸리지 않았다.

아무튼 한 번에 박차고 이불 속에서 나와야 한다. 반드시 일어나야 하는 이유가 있다. 내 글을 기다리고 있는 동료가 있기 때문이다. 후배 두 명은 출근 전 매일 글을 쓰기 때문에 새벽에 글을 올려두어야 한다. 동료와 소통하기 위한 환경이 마련되어 있으니 기쁘게 일어난다. 일어나면 화장실로 직행한다. 간단한 세면을 하고 옷방으로 향한다. 거울을 보면서 힘차게 웃는다. 휴대폰을 꺼내 녹음을 시작한다.

2018년 7월 10일 자기 청찬과 자기암시
"나는 열정적이다. 나는 적극적이다. 나는 긍정적이다. 나는 용기가 있다. 나는 자신감이 넘친다. 나는 행복하다. 나는 프로다. 나는 명확한 꿈이 있다. 나는 할 수 있다. 잘 된다, 잘 된다, 나는 잘 된다.
대한민국 경찰 중에선 내가 최고다! J지구대에서는 내가 주인공이다!"

녹음을 마치면 몸무게를 확인한다. 체중계에 올라가 사진을 찍는다. 다시 부엌에 있는 식탁에 앉아 나만의 시간을 갖는다. 방금 촬영한 몸무게 사진을 카톡방에 올린다. 녹음한 파일도 함께 올리고 마지막으로 출근 전 할 일인 기상미션을 카톡에 올린다.

베란다가 보이는 방향으로 앉아 새벽 3시간 나만의 시간을 가진다. 글을 쓰고 있다 보면 해가 뜬다. 매일 아침 단톡방을 활용하면서 지인들과 활기찬 아침을 시작한다. 일상을 담으면 즐겁다. 함께 담으면 더 즐겁다.

추억을 담다

J지구대는 관리반 직원이 두 명이다. 관리반은 보통 점심때 지구대장과 함께 셋이서 밥을 먹는다. 3명이다 보니 인원이 조촐하다. 가정일도 서로 모르는 게 거의 없을 정도다. 내 두 번째 책《나는 오늘도 제복을 입는다》가 출간되고 나서 지구대로 편지가 온 것을 알고 있는 지구대장은 나에게 제안을 했다. 동료들도 관심을 보이는 책이라면 청장님께 꼭 한 권 선물하라고 하셨다. 대장님의 조언으로 조현배 부산청장과 이철성 경찰청장에게 내 책을 선물했다. 우편으로 배송하려고 했는데 부산지방경찰청장 부속실에서 근무하는 김 실장님이 직접 드릴 수 있게 자리를 마련해주셨다. 고맙게도 청장님과 처음으로 청장실에서 이야기를 나누는 영광을 갖게 되었다. 이야기 도중에 부산청에서 추진하고 있는 자기 주도형 근무방식에 대한 현장 의견도 물으셨다. 현장 경찰에 대한 관심과 열정을 느낄 수 있었다. 근무하면서 시간을 내어 책을 썼다며 경찰을 알리는 일에 도움을 주었다며 칭찬하셨다. 이철성 청장님께 소포를 보내고 얼마 후 청장님께서 직접 전화를 주셨다. 난생처음 경찰청장과 하는 통화였다. 책이라는 매체를 통해 경찰청장과 연락이 닿게 된 것 또한 나에게는 잊지 못할 추억이 되었다. 전화 통화 후 지구대로 소포가 하나 왔다. 청장님이 직접 쓰신《동행》이라는 책과 김형석 교수의《백 년을 살아보니》라는 책이 담겨 있었다. 편지 한 장과 함께.

황미옥 경사!

여름을 재촉하는 소나기에 비릿한 흙 내음이 코를 간지럽히고, 매미 소리가 귓가에 울리는 요즘입니다.

먼저 정성이 담긴 편지와 함께 직접 지은 책을 선물해줘서 감사합니다. 업무와 육아를 병행하면서도 꿈을 잃지 않고 자기계발을 이어나가는 황 경사의 열정을 대단히 높이 평가합니다. 바쁘고 고된 생활이지만, 용기와 희망을 갖고 뉴욕 주재관의 꿈을 이룰 수 있기를 성심으로 응원하겠습니다.

아울러 편지를 읽다 보니 고 이영권 박사님과의 추억이 떠오르면서 사람의 인연이 이처럼 신비하다는 사실을 새삼 깨닫게 되었습니다. 주변 사람들과 끊임없는 소통을 통해 소중한 인연 계속 만들어나가길 바랍니다. 무더운 여름 건강에 유의하시길 바라며, 가정에 사랑과 행복이 가득하기를 기원합니다.

2018. 6. 12. 경찰청장 이철성 드림.

감사함을 담다

감사일지를 쓰며 하루를 마무리한다. 2016년 3월부터 써온 감사일지인데 지금은 매일 카카오스토리에 나의 일상을 담는다. 매일 먹은 음식, 운동한 모습, 만난 사람들, 가족과 보낸 소소한 일상에 대해 사진을 남기고 글을 남긴다. 꾸밈도 없다. 그날 하루를 그냥 담는다. 뺄 것도 없고 더할 것도 없다. 내 일상에 감사한 마음과 함께 담을 뿐이다. 어제 부산 시내 지구대 몇 군데 견학을 다녀왔다. 곧 J지구대가 이사를 할 계획이라 비품 구매와 자리 배치를 위해 사전에 알아보기 위해서였다. 북구에 위치한 지구대에 갔더니 관리반 근무하시는 선배님이 나에게 말했다. "카카오스토리 글 보며 자극 많이 받고 있어~!" 있는 그대로의 삶을 봐주는 동료가 있다는 걸 처음 알았다. 나에게 아무런 댓글을 남기지 않고, '좋아요'를 클릭하지 않아도 내 글을 읽어주는 동료가 있다는 사실에 감사했다.

2018. 02. 09. 감사일지

오늘은 금요일입니다. 매일 출근한 지 2주일이 되었습니다. 오늘도 출근하자마자 찾아온 민원인과 상담을 하고 눈비로 엉망이 된 골목길에 모래를 뿌린다고 아침을 분주하게 보냈습니다. 연이어 도로도 미끄러워 교통사고도 여러 건 일어나 야간 3팀도 늦게 퇴근했습니다. 한마음으로 분주한 아침을 보낸 결과 조속히 매끄러운 도로로 회복할 수 있었습니다. 감사합니다. 사무실에 바인더 정리를 했습니다. 세네카를 만들어 정리했습니다. 서서히 업무에 적응해가고 있습니다. 감사합니다.

여행을 담다

2013년 추운 겨울 우리 가족 네 명은 뉴욕 여행을 다녀왔다. 여행은 떠나기 전에 준비하는 과정이 가장 즐겁다. 기대감과 함께 여행지에서 무엇을 할지에 대한 행복한 고민을 할 수 있으니 말이다. 한 권의 책을 참고해서 여행 일정은 거의 남편이 짰다. 나는 뉴욕에 가면 뉴욕에서 근무 중인 뉴욕 경찰주재관과 그의 사무실에서 대화를 나누고 싶었다. 내 꿈을 이룬 사람을 만나고 싶었다. 영문도 모른 채 나를 만나주겠다고 응해주셨다. 얼마 후 어머니와 남편과 함께 주재관 사무실에 앉아 총경이 타주는 녹차를 마시고 있었다. 나는 그날을 이렇게 추억하고 있었다.

2013. 1. 22. 뉴욕 경찰주재관 박기호 영사와 만나다.

만나기까지의 약간의 에피소드가 있었지만, 무사히 도착. 뉴욕 주재관 사무실에서 옥이네 가족은 따뜻한 녹차 한 잔 먹으면서 이런저런 얘기를 나눴다. 몇 가지 조언도 해주시며. 우리 어머니 며칠째 빵만 먹어서 밥이 그립다고 하니 한인이 운영하는 뷔페 집에서 점심은 사주셨다. 미국 시민이 다 되신 거 같아 보였다. 커피, 음식 모두 셀프로 잘 드시는 걸 보면. 미국은 미국인가 보다. 총경이 타주시는 커피 맛난다. 유행어가 될 거 같은 말이다.

"여기 뉴욕은 제 팔 지가 흔들어야 해!"

글쓰기는 삶이다. 언제든지 내 삶의 발자취를 꺼내볼 수 있다. 나와 함께한 사람들과의 추억을 비롯해 내가 소중히 여기는 새벽의 일상까지 곳곳에 숨은 보석들을 찾아볼 수 있다. 내 마음을 편안히 두고 그냥 적으면 된다. 그게 바로 내 삶이 된다. 내 글로 인해 희망과 용기를 내는 사람을 위해 오늘도 내 하루를 남긴다. 위로받고 싶은 날은 내 마음을 백지에 담아본다. 나를 표현하는 방법의 최고봉은 글쓰기다. 누구나 할 수 있는 글쓰기.

성장하고 싶은가? 글을 써라.

일상에 감사하는 마음을 갖고 싶은가? 글을 써라.

가족과의 행복을 담고 싶은가? 글을 써라.

미래를 계획하고 싶은가? 글을 써라.

장점을 찾고 싶은가? 글을 써라.

남들이 할 뻔한 인생 말고 자신이 진정 무엇을 원하는지 당신의 마음을 담아라. 당신이 원하는 것을 글쓰기로 가져라.

4
글쓰기를 통해 내가 얻은 것들

      매일 아침 눈을 뜰 때 내 마음은 평온하다. 눈을 뜬 순간 살아 있음에 감사하며 하루를 시작한다. 글을 쓰면서 작은 일에 감사하는 마음을 갖게 되었다. 누군가에게는 별로 중요하지 않은 평범한 일상이 나에게는 특별한 일상으로 와 닿는다. 똑같은 아이스크림을 먹어도 아이스크림을 사준 사람에게 고마운 마음과 함께 오랜만에 먹은 아이스크림이 유난히 더 맛있게 느껴진다. 평범한 소재지만 아이스크림만으로도 글이 탄생한다. 아이스크림을 사준 사람을 위주로 글을 쓸 수도 있다. 그 사람을 어떻게 만났는지 왜 아이스크림을 사주었는지부터 할 말은 참 많다. 일상에서 일어나는 모든 일이 내 글감이 된다.

  지하철 역장님과 면담을 하고 지구대로 돌아가는 길이었다. 길거리에서 퇴직하신 선배님을 만났다. 반갑게 인사를 건넸다. 등산복 차림이었다. 산에 가는 길이라고 하셨다. 선배님이 가시는 길을 되돌아보며 나도 가던 길을 걸었다. 갑자기 글이 쓰고 싶어졌다. 퇴직이란 무엇인가. 허전해 보이는 뒷모습이 계속 마음에 걸렸다. 옆에 함께 길을 걷고 있던 관리팀장은 술이 떠오른다고 하셨다. 글을 자주 쓰는 나는 글감이 떠오르고 애주가인 팀장님은 술 생각이 나신다고 했다. 무심코 하는 말도 그 사람을 보여준다.

경찰 교양 아카데미에서 운수사 스님이 강연을 해주셨다. 이 세상에서 가장 부자는 만족할 줄 아는 사람이라고 했다. 만족은 작은 것에서 나온다. 글쓰기는 내 작은 역사를 세상에 남길 수 있게 해준다. 나에게 중요하고 소중한 일을 글로 남겨보자. 블로그와 같은 매체를 활용해도 좋지만 친한 사람들과 글을 공유할 수 있는 공간도 좋다. 세상은 더불어 사는 곳이다. 나의 이야기를 다른 사람에게 공유하는 것도 용기가 필요하다. 내 마음을 드러낼 수 있는 용기만 있다면 글쓰기는 최고의 도구다. 누군가가 보지 않아도 스스로 할 수만 있다면 좋은 출발이다. 후배에게 감사일지를 써보라고 권한 적이 있었다. 나는 카카오스토리에 감사일지를 쓴다. 후배는 자신을 공개하는 것이 꺼려진다고 했다. 일상을 드러내는 것이 불편한 모양이다. 혼자서 비공개 상태로 글을 써왔다. 며칠 전부터 자신의 일상을 사람들에게 공개했다. 용기가 필요했다고 했다. 혼자서 글을 쓸 때보다 사람들과 소통하며 쓰는 글이 더 재미가 느껴진다고 했다. 그렇다. 나와 하는 글쓰기도 중요하지만 소통하는 글쓰기를 통해 에너지를 얻을 수 있다. 나를 지켜봐 주는 사람이 있다는 사실만으로도 글을 쓰는 데 힘이 생긴다.

세상 어디를 가도 사람을 만난다. 집에서만 살 수는 없는 법이다. 직장을 다녀도 사람들과 생활해야 한다. 내 가족도 마찬가지다. 사회라는 곳은 늘 사람들과 적응해야 한다. 직장에서 사람 문제로 스트레스 받는 일이 많다. 살면서 1/3 원칙을 마음에 새기고 사는 것만으로도 내 생활을 가볍게 해준다. 사람이 힘들게 하면 평소보다 글 쓰는 양이 많아진다. 그 사람이 누구인지부터 시작해서 내게 어떤 상처를 주었고 미주알고주알 할 이야기가 참 많다. 해결할 수 없는 문제도 글을 쓰고 나서는 내 마음을 굳힌다. 나를 좋아하는 사람은 1/3, 나를 싫어하는 사람도 1/3, 나에게 별 관심 없는 사람도 1/3이 있다. 나는 나를 좋아하는 사람들만 신경 쓰며 살자는 결론은 복잡한 마음을 말끔하게 정리해준다. 군더더기가 없다. 행복한 결론이다.

올해 내 나이 서른다섯이다. 스승의 날 커다란 핑크색 장미꽃 이모티콘을 선물 받았다. 이런 글귀와 함께.

"안녕하세요. 참 좋은 미옥 작가님을 만났습니다.
참 좋은 "나"를 만났습니다.
모든 것이 미옥이 덕분입니다.
스승의 날인데 동생인 미옥이가 생각납니다.
마음속에 참 스승인 미옥이가 있습니다."

글을 쓰는 사람은 관찰력이 좋다. 살면서 그냥 지나쳤을 일도 새겨본다. 작가에게는 모든 일상이 글감이기 때문이다. 그중에서도 나 자신을 돌아보는 일은 꼭 필요한 작업이다. 글쓰기는 나 자신을 낮추는 길로 안내해준다. 겸손이 무엇인지 배려가 무엇인지 알려준다. 글쓰기는 내 스승이다. 이것이 정답이라고 가르쳐주진 않지만 내가 쓴 글에서 깨달음을 발견한다. 직장생활을 하며 육아를 병행하다 보면 쉴을 찾을 수 없다. 무엇이 그리도 바쁜지 바쁘다는 말을 달고 산다. 글쓰기는 내 일상에 쉼표를 찍게 해준다. 멈춰서서 나를 포함한 내 일상을, 내가 하는 일을 살펴보게 해준다. 무엇이 잘못되고 있는지 가늠할 수 있게 해준다.

글을 쓰면서 생긴 습관은 끊임없이 메모하는 습관이다. 글감 중에서도 찰나에 떠오른 것들이 아주 좋은 소재가 된다. 스쳐 지나가는 생각을 종이에 바로 잡아두지 않으면 그 생각은 한 번의 생각으로 끝이 난다. 어디를 가든 무엇을 하든 종이와 펜을 가지고 다니는 이유다. 정 급하면 휴대폰을 열어 카카오톡 나와 대화하기 창이나 메모를 활용해서 적어둔다. 키워드로 적어두면 충분하다. 한 개의 키워드로 내 마음을 정리하기에 충분하다. 사람과 대화를 나눌 때도 항시 글로 적는다. 스승의 날 꽃다발을 선물해준 지인과 통화를 할 때면 매번 종이에 적는다. 적은 것을 보며 내 생각을 글로 정리해둔다. 대화를 나누다 보면 나에게 필요한 정보나 꼭 배울 게 한두 가지는 꼭 있기 마련이다. 1시간의 대화를 통해 논문을 어떻게 읽어 분류하는 게 좋은지 배웠다. 10년에 걸쳐 깨달은 지식을 나는 단 5분 만에 얻은 성과였다. 어찌 적지 않을 수 있겠는가. 일상에서 작고 사소한 일에 관심을 두고 정성을 다하면 배울 것이 있다.

글쓰기는 나에게 남은 경찰 생활 25년에 대한 방향성을 안내해주었다. 머리로 생각해서 세운 계획들은 실천이 아닌 계획으로 남겨질 때가 많았다. 한 가지 목표를 세워 그것을 왜 하는지 어떻게 할 것인지 충분히 글로 쓰고 나면 실천할 때 동기부여가 많이 된다. 작년 7월부터 부산에서 경영철학을 공부하는 모임에서 공부를 시작하게 되었다. 공부하면서 내가 왜 경영철학 공부를 해야 하는지, 나는 누구인지, 여기서 무엇을 얻고자 하는지 등 몇 가지 질문을 염두에 두고 50시간 글쓰기를 한 적이 있다. 내 직장과 전혀 관련 없는 피터 드러커를 왜 공부해야 하는지 나에게 물었다. 매일 새벽 한 시간씩 컴퓨터를 켜고 백지 위에 그 이유를 담았다.

2017. 9. 11. 4:10~06:10

죽은 후에 나는 어떤 사람으로 기억되길 바라는가.

나는 경찰과 관련된 위대한 업적을 남기고 작가의 길을 평생 걸어가련다. 내가 무엇을 해야 하는지는 지금부터 찾는 중이다. 지금까지 글을 쓰면서 찾은 것은 이것이다. 테러나 지진이 발생했을 경우 우리는 몸으로 단련되어 있어야 한다. 학교에서도 일터에서도 그런 일이 발생했을 경우 재빨리 대처할 수 있는 사람은 아무도 없을 것이다.

9·11테러가 발생했을 때도 고등학생인 나는 대피방법이 몸에 배여 있었다. 매번 몸으로 익힌 대피연습 때문이었다. 테러 당일 신속하게 대피할 수 있었던 이유도 연습 덕분이었다. 스탠디 모건은 테러 당시 제일 피해가 적었던 기업이다. 어떤 시스템을 구축했기에 피해를 최소화

할 수 있었는지 연구해야 한다. 연구에서 끝나는 것이 아니라 경찰에, 우리나라에 적용해야 한다.

내가 해야만 하는 일 중에 글을 쓰면서 하고 싶은 일은 공상 경찰관을 돕는 일이다. 암연구소를 돕고 싶기도 하다. 20년 전 우리 엄마는 혈액 암으로 돌아가셨지만, 현직에 계신 선배님 한 분은 같은 병명으로 지금도 살아 계신다. 암이라는 병 때문에 나와 같이 부모를 잃은 아이가 많을 테다. 암이 치료될 수 있다면 나처럼 방황하는 아이들도 적어질 것이다. 어릴 적부터 늘 이 두 가지를 마음속에 염두에 두면서 살았다. 이제는 생각만이 아닌 실천할 때다.

내 삶은 다른 사람을 따라 하는 인생이 아니다. 유명한 저자의 강연을 들을 때면 내 눈앞에서 강연하는 사람이 단지 멋져 보여 저 사람처럼 멋지게 같은 분야에서 강연하고 싶다는 생각을 자주 했다. 자신이 걸어가야 할 길은 충분한 시간을 투자해서 선택해야 한다. 어떤 길을 가고 싶은지 자신이 선택해야 한다. 다른 사람의 삶은 참고할 수는 있겠지만 그 사람의 삶이 내 삶이 될 순 없다. 나는 글쓰기로 내 삶을 만들어가는 중이다. 내가 진정하고 싶은 일이 무엇인지 나에게 직접 묻는다. 충분한 시간을 자신과 대화를 나눈 후에 하고 싶은 일을 실천해 옮긴다. 그러면 100% 적중이다. 나는 글을 쓰면서 작가가 되었다. 왜 작가가 되고 싶은지 끊임없이 물었다. 베스트셀러 작가가 되고 싶어 책을 출간하고 싶었던 내 마음은 서서히 변하고 있었다.

지금은 대한민국 경찰이 글 쓰는 삶을 살게 되는 것이 내 삶의 목표가 되었다. 이토록 좋은 글쓰기, 글쓰기를 통해 당신의 삶을 만들어 가는 방법을 알려주기 위해 이 책을 쓴다. 감정노동자인 경찰은 글을 써야 한다. 경찰은 몸과 마음이 튼튼해야 한다. 운동을 통해 체력관리를 하고 마음 관리는 글쓰기로 해야 한다. 손에 밴 상처도 그냥 두면 상처로 남는다. 연고를 바르고 치료를 해주면 깔끔하게 낫는다. 경찰의 마음은 글로 다스려야 한다. 마음을 다스릴 수 있는 가장 효과적인 방법이 글쓰기다. 3년째 글을 쓰고 있고 경찰직을 퇴직하는 그날까지 글을 쓸 생각이다.

오늘은 이 책을 읽은 당신 차례다. 노트를 펼치고 펜을 들어라. 당신이 지금 힘든 모든 일을 글에 담고 뱉어내라. 원하는 삶을 담아라. 글쓰기는 절대 배신하지 않는다.

5
365일 매일 쓰는 긍정의 힘

경찰은 직무교육에 참석해야 한다. 교육 중에서도 인권 교육은 주제부터가 딱딱하다. 별 기대 없이 앉아 있었다. 강의 내용이 생각보다 딱딱하지 않았다. 나도 모르게 강의에 빠져서 듣고 있는 나를 발견했다. 강사가 하는 말에 웃고 대답하고 있는 나였다. 강사는 〈Plantinum 5가지〉에 대해 이야기를 해주었다.

- 첫째가 오늘 할 일을 마음속으로 정리해서 성공 다짐 반복하기.
- 둘째, 매일 Pep Talk 하기. Pep Talk란, 하루 새로운 아이템 3가지 생각, 미래 5분 그리기, 하루 30분 운동, 하루 2시간 공부하기.
- 셋째, 성공 서적 듣기.
- 넷째, 멘토를 구하기.
- 다섯째, 화이트보드를 구해 갖고 싶고, 하고 싶고, 되고 싶은 것을 채우기.

오늘 할 일을 마음속으로 정하기와 미래 5분 그리기를 추가했다. 비전 보드를 만들고 있는 중이다. 하고 싶고, 갖고 싶고, 되고 싶은 모습을 정하는 중이다. 이제 남은 건 관련된 이미지를 찾으면 된다. 인권 교육을 통해 알게 된 정보를 내 삶에 적용하게 된 이유도 글쓰기 덕분이다. 강연에 참석하면 강의 내용을 정리하면서 글을 쓴다. 배운 것은 실천하지 않으면 무용지물이다. 매일 Pep Talk를 실천하기 위해 매일 앉는 곳 옆에 붙여두었다. 새벽에 글을 쓸 때도 나의 미래를 5분간 그려본다. 내 미래를 적어보았다.

2018. 7. 12. 나의 미래

"1년이라는 기간은 상상이 잘 된다. 하지만, 3년, 5년, 7년, 10년 후의 나는 어떨까. 상상이 즐겁다. 나는 두 아이의 엄마다. 아이와 시간을 많이 보내면서도 매일 2시간씩 공부를 하고 있다. 여전히 에너지 넘친다. 마흔이 넘으면 부동심을 갖고 싶어 했는데 점점 좁혀 가는 중이다. 아이가 초등학생이 되어 매년 해외로 여행을 다니고 있다. 우리의 목표는 아이가 고등학교 졸업 전까지 12개 도시 24개국 이상 방문하는 것이다. 해외여행을 하는 이유는 아이에게 넓은 세상을 보여주기 위해서다. 세상에는 할 일도 많고 다양한 사람이 있다는 걸 눈으로 직접 보여주고 싶어서이다. 나는 지혜로운 글 쓰는 경찰이다. 동료들과 매일 글 쓰는 삶을 실천한다. 동료와 함께 출간기념회를 연 것도 벌써 50번이 넘었다. 서점에는 경찰관이 낸 책이 참 많다. 후배들이 여러 가지 부서를 책으로 접할 수 있는 세상이다. 글쓰기의 힘은 무한하다. 내 인생 오늘도 글쓰기로 만들어간다."

　여자는 매달 '그날'이 다가오면 기분이 처지면서 단것이 많이 당긴다. 적어도 나는 그랬다. 식단조절을 잘하고 있던 나는 저녁에 탄수화물인 밥을 많이 먹게 되었다. 그게 며칠씩 이어지자 몸무게는 상승선을 타고 있었다. 결정적으로 딸이 먹던 아이스크림을 먹은 게 화근이었다. 뒷자리 숫자가 7에서 9로 바뀌는 순간이었다. 다음 날이 되자 의욕이 더 떨어졌다. 글을 쓰기 시작했다. 내 기분은 왜 처지는 걸까. 몸무게에 집착하는 이유는 뭘까. 나에게 질문을 던지는 방식으로 글에 나를 담았다. 내 상태는 분명했다. 불만족이었다. 지나친 음식 섭취로 몸이 변하는 게 싫었다. 나에게 글 처방을 내리기 시작했다. 내가 만족하기 위해서는 저녁 식단관리를 다시 시작하고 저녁 운동을 병행해야 한다. 기분이 처져 있을 때 가만히 있으면 기분을 회복하기가 힘들다. 글을 쓰면 무엇 때문에 그런지 원인을 알 수 있다. 원인과 결론도 내가 내린다. 회복이 빠른 이유다. 퇴근 후 저녁을 먹기 전에 40분 운동을 했고 밥 대신 채소 위주의 식단을 찾아 먹었다.

　지구대로 전화 한 통이 걸려왔다. 태풍이 지나간 후라 맑은 하루였다. 여름인데도 덥지도 않았다. 온도도 적당한 게 기분 또한 상쾌하게 해주었다. 반갑게 수화기를 들었는데 상대방의 목소리는 화가 잔뜩 나 있는 상태였다. 집중해서 들어보니 문화센터에서 약간의 시비가 있었는데 센터 측에서 경찰을 부른 모양이다. 왜 그런 일로 경찰을 부르냐고 따져 묻기 시작했다. 전화를 건 민원인은 내 말은 중요하지 않았다. 내가 묻는 말에는 대답을 해주지 않았기 때문이다. 단지 말하고 싶어서 전화하신 모양이었다. 계속되는 욕설과 화를 나에게 뿜어내고 있었다.

관점을 바꿔 생각해보기로 했다. '아저씨는 무엇 때문에 저렇게 화가 난 걸까?' 이렇게 물으니 한결 마음이 편안해졌다. 그래도 계속되는 욕설은 듣기는 거북했다. 그날 저녁 글을 썼다. 내 기분이 어땠는지, 왜 참았는지, 왜 맞대응하지 않았는지 내 마음을 살폈다. 글을 쓰면서 불편한 마음을 내려놓으려 했다. 상대방의 부정적인 태도가 나에게 동화되지 않아야 한다. 글을 쓰면서 털어버리는 힘이 생겨야 한다. 다른 사람의 일을 나와 결부 짓지 않는 힘을 가져야 한다. 상대방의 불편한 마음이 나에게 전염되지 말아야 한다.

여전히 그 다음 날 날씨 맑은 날의 하루처럼 잘 지낼 수 있었다. 경찰이 만나는 대부분의 사람은 불편함을 호소하거나 자신에게 어떤 문제가 발생한 사람들이다. 경찰관이 잘못한 건 아무것도 없는데 무턱대고 화를 낸다든지 막 대하는 경우가 많다. 그때마다 내 마음을 어두운 곳에 둔다면 이 직업은 오래 할 수 없다.

경찰은 감정노동자이다. 그때그때 마음을 풀어주어야 한다. 쌓이면 병이 된다. 글쓰기로 제때 풀어주자. 돈이 드는 것도 아니다. 하지만 쌓아두면 돈 주고 풀어야 한다. 상담센터에 가거나 치료가 필요할 수도 있다. 돈도 돈이지만 시간과 고통이 따른다. 불필요한 마음은 글쓰기로 매일 풀어주자.

모든 사람에게 하루 24시간이 주어진다. 나에게도 똑같다. 나의 하루는 새벽 4시에 시작된다. 매일 아침 글부터 쓰는 행위는 나를 바로 세우는 일이다. 중심을 다시 잡는 행위다. 내 마음의 중심을 잡기 위해서 글을 쓴다. 마흔이 되면 부동심을 갖고 싶다고 이십 대부터 말해왔다. 나에게도 고민거리들이 있다. 예를 들어 10년 뒤 어떻게 살면 좋을지에 대한 생각과 2019년이 되면 부서를 옮겨야 하는데 어디로 갈지에 대한 생각이다. 머릿속으로만 생각해서는 간단하게 답이 나오진 않았다.

글을 쓰면서 나에게 묻기 시작했다. 10년 뒤에 하고 싶은 게 무엇인지, 어떤 모습으로 남고 싶은지. 미래는 만들어가야 한다는 생각을 하는 나이기에 끊임없이 상상하고 글로 쓴다. 내가 원하는 모습을 찾으면 그것을 실천하면 된다. 현재, 과거, 미래 중에서 현재의 삶에 충실하지만 과거와 미래를 검토한다. 과거는 내 작은 성공이 담겨 있다. 과거에 젖을 필요는 없겠지만 자신감이 부족할 때 언제든지 과거의 상상 속으로 여행 가서 꺼내 볼 수 있다는 걸 잊으면 안 된다. 지금, 이 순간에 충실하며 사는 것이 정답이지만 하루 5분 정도 미래를 그리는 것은 나쁘진 않다. 내가 원하는 모습을 그려볼수록 지금 내게 부족한 게 무엇인지 눈에 보인다. '현재의 나'가 '미래의 나'로 가기 위해 폭을 좁혀 가는 작업이 바로 글쓰기다. 진정 원하는 것이 무엇인지 반드시 보인다. 찾은 것을 점으로 연결하면 현실이 되고 현실이 된 것은 결국 이미 이룬 성공인 과거가 된다.

서울대 이정동 교수의 강의를 들은 적이 있었다. 세바시에서 한 강연이었다. 강연 제목은 축적의 시간이었는데 기술 혁신에 관한 이야기였다. 재활용 로켓을 제작한 엘론 머스크와 하루에 거의 모든 시간을 추진체 만드는 일에 집중하는 톰 뮬러 같은 분들을 소개해주었다. 이 사회는 능력자들의 시대라며 끝까지 버텨내는 시스템과 문화가 중요하다고 했다. 도전을 위해서는 축적의 시간이 필요하다고 했다. 남눈치 안 보고 좋아하는 분야에서 버티기. 그러고 나서 경험을 축적해야 고수가 된다는 내용이었다. 축적하기 위해서는 대상이 있어야 한다. 나도 오랫동안 그 대상을 찾아왔다. 우연히 만나게 된 글쓰기를 통해 내가 무엇을 잘하는지 수십 번, 아니 수백 번 묻고 또 물었다. 끈기 있게 하는 일이 내가 좋아하는 일이었다. 나의 선택은 글쓰기였다. 나는 글을 쓰겠다고 다짐했다. 나는 경찰의 성장을 돕고 싶었다. 환경을 만들어주는 것도 내 몫이라고 생각한다. 매일 내가 좋아하는 글쓰기를 하는 이유이다. 수 년, 수십 년 글을 쓰면서 생긴 글 쓰는 경험들이 나를 고수로 만들어줄 것이다. 남 눈치 안 보고 내 인생 만들어가기 위해 매일 글을 쓴다. 스스로 내 인생의 건축설계사가 되어 묻는다. 나는 왜 쓰고 싶은가. 어떻게 쓰고 싶은가. 언제 쓸 것인가. 나 자신에게 말한다. 나는 죽어서 경찰관으로 기억되고 싶어서 글을 쓴다. 매일 새벽에 일어나서 글부터 쓸 것이고 내가 원하는 만큼 자유롭게 언제 어디서든 쓸 거라고.

사람의 눈을 보면 그 사람이 풍기는 에너지를 알 수 있다. 한 사람의 입을 보면 입꼬리가 처진 사람, 올라간 사람을 볼 수 있다. 글을 쓰면서 사진도 많이 찍었다. 운동하면서 자신감을 많이 갖게 되었다. 상승하는 내 자신감처럼 내 입꼬리도 같이 상승했다. 요즘 사진 찍은 걸 보면 내 입꼬리는 하늘을 향해 있다. 아래위로 움직이는 내 입꼬리처럼 내 인생도 글을 쓰며 변화시킬 수 있다. 글을 쓰면서 내 관심사를 찾고 점점 구체화해가는 재미를 꼭 느껴봤으면 한다. 내가 찍은 사진 한 장에 글을 추가하면 나만의 작품이 된다. 그 사진 한 장 놓고 한 장의 글을 쓴다. 내 마음을 긍정 또는 부정에 두는 것은 내 선택이다. 만약 부정에 두었다면 글쓰기로 부정을 뱉어내고 그곳에 긍정을 담아라. 글쓰기는 자기 결정권을 높여주는 도구다. 365일 글쓰기로 긍정의 힘을 경험하라.

6
그건 운명이었네

　　J지구대장의 아들은 첫 번째 승진시험에 합격
했다. 얼마 전 당직을 한 다음 날 아들의 승진임용식에 참석한 대장은
아들과 함께 찍은 사진을 보여주었다. 임용된 지 2년 만에 한 계급 승
진했다. 가족과 동료로부터 축하 인사를 받는 축복이 넘치는 날이었
다. 나는 지금껏 두 번의 승진을 거쳤다. 근속 승진과 시험 승진. 그런
데 내 삶은 항상 유턴 신호를 연상케 한다. 돌아가시오! 직진이 아닌
좀 더 힘들게 돌아가게끔 했다. J지구대장의 아들과는 달리 나는 첫
승진을 포기했다. 살기 위해서였다. 머리 위에 누군가 앉아 있는 기
분. 당해보지 않은 사람은 모른다. 개운한 적이 없었다. 자고 일어나
면 맑은 정신은 찾아볼 수 없었다. 승진시험을 치르지 않겠다고 마음
을 비우고 나니 거짓말처럼 머리가 아프지 않았다. 그렇게 나는 5년
만에 근속승진을 했다.

　　나를 바로 세우는 책을 읽고 공부를 하면서 동료가 승진할 때 배

아파하지 않고 진심으로 축하해 줄 수 있는 베푸는 마음을 가지게 되었다. 경찰에 첫 임용될 때도 동기 3명 중에서 제일 선호하지 않는 지구대에 배치되었다. 바쁜 곳. 바빠서 선호하지 않는 곳이었다. 여성청소년과가 신설될 때는 과서무로 일했다. 신설되는 부서는 일이 많다. 지금 있는 지구대는 곧 신축예정이다. 이사를 가야 한다. 옮겨야 할 짐이 있고, 옮기고 나서 정리가 남아 있다. 내가 걷는 길은 굳은 시멘트 길이 아니라 진흙탕 길이었다. 남들이 가기 싫어하는 곳이었다. 글 쓰는 경찰인 지금은 진흙탕 길이라서 좋다. 글감이 많아 좋은 점이 많기 때문이다. 매 순간 내가 걷는 길은 꽃길이 아니어서 지금의 내가 있지 않을까.

지구대 관리반으로 근무를 시작하게 되었다. 순찰팀에 있을 때 마음에 가장 쓰였던 것은 야간 출근이었다. 활발했던 딸아이는 낮에는 엄마 없이도 할머니와 잘 지냈다. 어린이집에 갈 때도 우는 법이 없었다. 마치 엄마가 일 나가는 걸 아는 것처럼 3살 때 처음 어린이집을 보낼 때부터 그랬다. 하지만 저녁에 잘 때만큼은 엄마를 찾았다. 한 해 나이가 들어 4살이 되고 말을 하면서 저녁에 회사 가지 말라는 날이 잦았다. 순찰차 안에서 딸아이로부터 야간근무 중에 전화를 받는 날이 많았다. 잠자기 전에 꼭 전화를 해왔다. 그래서 지구대 관리반 자리가 비었을 때 내가 먼저 하겠다고 했다. 딸을 위해서라면 뭔들 못하리. 그렇게 관리반에서 일한 지 6개월이 되어간다. 경찰서 내근 경험도 있지만, 관리반 일은 달랐다. 우왕좌왕했다. 수시로 메모를 하고 일머리도 있는 나였지만 소용없었다. 매일 바쁘기만 바빴고 퇴근할 시점에 내가 무엇을 했는지 살펴보면 별로 한 것도 없었다. 내가 정해둔 업무는 무산되기 일쑤였다.

원인이 뭘까 고민 했지만 2달 정도 알지 못했다. 민원인이 지구대에 찾아와도 반갑지 않았다. 부담되었다. 내가 해야 할 일이 태산인데 시간 안에 끝내지 못할까 봐 조바심을 내고 있었다. 일을 잘하려는 욕심은 늘어만 갔고 마음만 앞섰다. 지구대는 10차선 도로가 앞에 있다. 습득물을 가져오는 민원인이 엄청 많고 민원전화도 수시로 온다.

글을 쓰면서 내 문제점을 찾을 수 있었다. 내가 왜 바빴는지 무엇이 잘못되었는지 말이다. 두 가지 문제점이 있었다.

첫 번째는 해야 할 일을 너무 많이 설정해두었다. 일 욕심에 오전 5~6가지 해야 할 일을 정했다. 평소 내 업무 스타일은 11시 전에 하루 중에 중요한 우선순위 일을 끝내는 걸 좋아했기 때문이다. 관리반은 평소 적용하던 업무 스타일을 적용할 수가 없다. 변수가 너무 많아서다. 민원인이 지구대에 방문해서 상담하기 시작하면 때로는 30분, 1시간 이상 걸릴 때도 있다. 교통 스티커 위반 고지서를 들고 와도 최소 몇 분은 걸린다. 오전 10시 전에 중요한 업무, 그날 꼭 해야 하는 일 한 가지만 하기로 정했다. 나머지 시간은 민원인 방문 시간으로 열어두었다. 오후도 마찬가지였다. 꼭 할 일 한두 가지만 정했다. 해야 할 일을 분산해서 세팅해두니 한결 수월해졌다.

두 번째는 일을 잘하려는 욕심을 버렸다. 너무 잘하려면 과해진다.

불필요한 일을 하게 된다. 관리반의 최우선 과제는 대민친절이다. 지구대 방문하는 민원인과 전화응대에 초점을 두기 시작했다. 보이스피싱으로 의심받는 전화를 받고 놀란 가슴을 붙들고 지구대를 방문한 할머니에게 친할머니처럼 진심으로 걱정해주고 응대 방법을 알려주며 한참 이야기를 들어주니 마음을 풀고 돌아가신 적이 있었다. 그것이 바로 내 역할이었다. 지구대 근무하는 동료가 편하게 일할 수 있게 돕고, 찾아오는 민원인에게 만족을 선물하는 일. 글을 쓰면서 내 문제점을 짚어볼 수 있었다. 반년이 지난 지금은 마음이 바쁠 게 없다. 매일 해야 하는 일은 그날 하나씩 하면 된다. 내가 출근하는 이유는 내 고객들이 나를 기다리고 있기 때문이다. 고객에게 상처받은 마음은 백지 위에 올려두고 내 마음을 풀면 된다.

오래전에 꿈 리스트에 갖고 싶은 항목에 '두 번째 생일'이라고 적은 적이 있었다. 내 삶의 전환점이 있었으면 좋겠다는 생각에 적어두었다. 인생이 100층이라는 계단이라면 나는 지금 35층에 서 있다. 내 인생만 놓고 두 번째 생일을 찾으라고 한다면 나는 3년 전으로 거슬러 올라가고 싶다. 내 나이 32살에 다시 태어났다. 첫 아이를 출산하는 날부터 다시 태어났다. 내 인생 통틀어 이만큼 성장한 적도 없었다. 책을 읽고 사람을 만나서 배울 점도 많지만 자식을 키우면서 성장하는 점은 달랐다. 내 마음은 내가 제일 잘 안다. 사람을 대하는 태도, 배려하는 마음은 눈에 보이지 않는다. 하지만 사람들은 느낌으로 알아차린다. 아이를 기르면서 공감하는 능력도 높아졌다. 꼭 내 아이가 아니라도 아이와 관련된 일은 더욱 적극적이었다. 지구대에 미아방지를 위해 사전등록 지문 채취를 하러 오는 아이와 부모에게도 예전 같으면 지문 채취만 하고 돌려보냈다면, 지금은 칭찬도 해주고 몇 살인지 이름은 무엇인지 묻는다. 함께 온 부모님에게도 힘든 건 없는지 인사를 건넨다. 사탕이나 줄 게 없는지 스스로 찾는다. 유쾌한 경찰관으로 변하고 있었다. 다시 찾아오고 싶은 지구대. 정이 있는 지구대로 기억되게 해주고 싶었다.

60층에 도달하면 나는 제복을 벗어야 한다. 두 번째 생일부터 치자면 28년 후이다. 나는 경찰서장, 경찰청장이라는 이름표로 기억되길 바라지 않는다. 내 이름은 몰라도 친절하고 정이 많았던 한 명의 경찰관으로 기억되고 싶다. 그곳에 가면 생각나는 정겹고 유쾌한 경찰관 말이다. 61층부터 어쩌면 세 번째 생일을 치러야 하는지도 모르겠다. 그때는 또 다른 깨달음이 있겠지.

고등학교 3학년 때 한 학년 꿇었다. 부끄럽지는 않다. 서른 중반인 시점에 지금부터 고3 시절까지 점을 찍어 연결해보면 고3의 기억은 한낱 점 하나에 불과하다. 내 인생 전체를 두고 보면 작은 시련은 그냥 시련일 뿐이다. 생각해보면, 3학년을 한 해 늦게 해서 얻은 게 더 많다. 좋은 담임을 만나 지금까지도 소통하고 지내지 않는가. 걱정거리, 문제가 생기면 고민 끝에 찾아가는 사람이 바로 고3 담임이다. 찾아갈 스승이 있다는 건 참으로 행복한 일이다. 길거리에서 우연히 고3 때 우리 반 반장을 만났다. 근무하는 지구대 근처에서 마주쳤다. 15년이 지났건만 우린 한눈에 알아봤다. 어쩜 그리도 변하지 않았던

지. 서로 눈가에 주름살은 늘었지만 말투, 행동은 똑같았다. 고등학교 3학년 때 입버릇처럼 이야기했었다. 나는 경찰이 될 거라고. 15년 뒤에 나는 경찰 제복을 입고 입버릇처럼 말하던 모습으로 친구를 길거리에서 만났다. 피식 웃음이 나왔다. 속으로 이렇게 말하고 있었다. '황미옥 출세했네. 세상에서 노력해서 안 될 건 없다 말 진짜네.'

지금도 같은 생각이다. 경찰은 내 운명이었다.

대한민국 경찰 15만 명 중에서 동명이인이 없다. 황미옥. 내 이름은 나만 있다. 경찰이 되어서부터 진짜 인생을 살고 있다. 자신이 좋아하는 일을 하는 사람은 생각보다 그리 많지 않다. 가족 때문에 어쩔 수 없이 돈을 벌기 위해 일한다고 말하는 사람 중에서 나는 예외다.

경찰을 사랑한다. 좋아하는 일을 하면서 취미를 가지게 되었다. 바로 글쓰기다. 글쓰기가 취미를 뛰어넘었다. 나만의 사명이 되었다. 나만 좋은 글쓰기가 아닌 세상에, 대한민국 15만 경찰에게 글을 써야 한다고 말하고 있다. 취미가 직업이 되었다. 경찰인 직업과 글 쓰는 작가의 직업이 더해져 나는 글 쓰는 경찰의 삶을 살고 있다.

먼 훗날 내 무덤 앞에서 단 한 가지만큼은 양보하지 않고 살았다고 자신 있게 말하고 싶다. 제복을 벗는 그날까지 나다운 경찰로 남고 싶다. 내 생각이 행동으로 옮겨지면 현실로 된다는 것을 경험으로 알게 되었다. 경찰이 되고 싶다는 생각을 해온 나는 진짜 경찰이 되었다. 나는 글을 쓰며 내 인생을 만들어간다. 거창한 것도 없다. 내 생각을 글로 정리해 진정하고 싶은 것이면 행동으로 옮길 뿐이다. 그렇게 작가가 되었다. 세상에 내가 쓴 책이 나오게 되었다.

글쓰기는 내 인생의 점을 찍어 연결하게 해주었다. 아직도 찍을 점이 많이 남아 있지만 서두를 필요는 없다. 내 인생 내가 만들어가면 된다. 글 쓰는 경찰은 내 운명이었네.

7
글쓰기가 알려준 3가지 비밀

손은 거칠다. 얼굴의 주름살은 가득하다. 누가 봐도 연세가 많다. 혈관이 다 보이는 나이 든 손으로 넥타이를 곱게 맨다. 넥타이를 단정하게 매고 있었다. 넥타이의 중간 고정한 것을 잡고는 중심을 맞추었다. 〈해피 엔딩 프로젝트〉 영화에 나오는 첫 장면이다. 그 장면을 보며 넥타이를 매는 일이 글쓰기와 같다는 생각을 했다. 누구나 행복한 인생을 꿈꾼다. 행복하기를 바란다. 나 또한 나 자신이 행복하고 내 가족이 행복하고 내 주변 사람들이 행복한 삶을 꿈꾼다. 말로만 하는 행복은 의미 없다. 행복의 연결고리를 글쓰기로 행한다. 매일 새롭게 넥타이를 바로 매는 일이 나에게는 글을 쓰는 일이다. 지금, 이 순간에도 글을 쓴다. 가족들과 2박 3일 휴가를 온 날에도 말이다. 방이 하나라서 불을 켜면 잠을 깨울까 봐 화장실에서 쓴다. 바닥에 수건 하나를 깔았다. 노트북과 음악만 있으면 된다. 다리를 펴고 쓰다가 아이용 스테퍼를 활용해서 책상으로 사용했다. 완벽한 구조를 갖추었다. 조명도 있고 책상도 있고 두드릴 수 있는 노트북과 음악 그리고 물도 있다. 글 쓰는 사람에게 완벽한 환경이다. 내 행복을 위해 글을 쓴다.

〈해피 엔딩 프로젝트〉 영화를 보면 주인공은 집을 짓는다. 혼자서 집을 짓는다. 아픈 부인을 위해 둘만이 살 공간을 짓는다. 짓는 과정에서 도면도 있어야 하고 마음대로 지을 수 없는 고비들이 나타난다. 죽음을 앞둔 부인과의 마지막 프로젝트를 진행 중인 남편의 이야기는 삶과 죽음을 대하는 태도를 떠올리기 충분했다. 내 근무지인 J지구대는 건물이 너무 오래되어 곧 이사할 예정이다. 새로운 곳에 터를 마련해 지구대를 짓고 있다. 건축가도 있고 현장을 감독하는 현장 소장도 있다. 무더운 날씨에 땀을 뻘뻘 흘려가며 노동을 하시는 작업자도 있다. 영화에서 노부부가 집을 짓는 것과 지구대에서 신축건물을 짓는 것처럼 나는 내 인생을 인테리어 하고 있다. 다름 아닌 글쓰기로. 건축사가 캐드로 방마다 뼈대를 잡고 하나하나 구석구석 설계해 나가듯이 글쓰기로 내 인생 뼈대를 만들고 있다.

제일 먼저 하는 것은 비움이고 폐기다. 내가 가지고 있는 모든 것을 버린다. 새로운 곳에 새 건물을 지으려면 헌 건물을 헐어야 한다. 그렇듯이 내 마음속에 남아 있는 찌꺼기들을 쓰레기통에 버려야 한다. 여백에 부정적인 모습 모두를 담는다. 담음으로써 내던져버린다. 뱉어낸 모습은 내 것이 아니다. 내가 정의한 성공과 행복이 담긴 인생을 머리가 아닌 손으로 써 내려간다. 내 마음은 콩닥콩닥 뛰고 있다. 내가 글을 쓰는 이유는 명백하다. 나에게 매 순간 던지는 질문은 바로 이것이다. "How to be useful?" 사람들에게 어떤 도움을 줄 수 있는지 생각한다. 어떻게 하면 성공할 것인가는 잘못된 질문이다. 내 인생이 다하는 날까지 몇 개의 프로젝트를 이어갈지는 모르겠다. 글쓰기는 내 인생을 인테리어하는 첫 번째 프로젝트다. 세상에 이 프로젝트를 내놓기 전에 동료들과 글쓰기 프로젝트를 시도해봤다. 글쓰기는 수신제가치국평천하다. 나를 먼저 다스릴 수 있게 해준다. 모든 것은 나로부터 시작하고 작은 범위에서 시작되는 것을 깨닫게 해준다. 나를 바로 세우는 일, 바로 글쓰기다.

세상은 바쁘게 돌아간다. 매일 아침 일어나면 출근하기 바쁘다. 직장인은 중요한 것보다 바쁜 일을 해치우며 산다. 바쁘지 않지만 중요한 것들인 책과 가까이 지내기, 건강을 위해 꾸준히 운동하기, 자신의 성장을 위해 공부하기, 가족과 시간 보내기와 같은 것들은 점점 소홀해진다. 100세 인생이라는 100계의 계단에서 각자 서 있는 위치가 다르다. 나는 서른 중반인 35번째 계단에 서 있는데 엄마의 죽음을 일찍 겪었던 탓에 죽음을 자주 떠올리는 편이다. 30대에 만들고 싶은 3가지가 있다. 유서, 의향서 2장이다. 자필 유서는 이미 써두었다. 매년 내 생각을 업데이트하는 일만 남았다. 의향서는 언제 죽을지 모르니 가족에게 내 마음을 알리는 일이다. 바쁘지만 꼭 하고 싶은 일이다.

경찰관도 매년 건강검진을 받는다. 20대에는 12월 31일 한 해를 마무리하는 마지막 날에 건강검진을 받는 날도 있었다. 내 건강을 위해 받기보다 직장에서 꼭 해야 하는 일이라서 했다. 작년에 특수건강검진을 받았다. 야간근무자는 꼭 해야 했기에 의무적으로 했다. 30대에는 혹시 안 좋은 곳이 있는지 우려하는 마음으로 병원에 간다. 주로 6, 7월에 검진을 받는데 마음가짐이 다르다. 직장인은 늘 바쁜 틈에 자신이 좋아하는 일을 찾아야 한다. 퇴직하기 전에 제2의 인생으로 시작하고 싶은 것들을 찾아야 한다. 퇴직하고 나서 놀아야지 하는 생각은 그 유효기간이 길어야 1년이다. 1년 내내 가는 등산보다 평일에는 일하고 주말에 쉬기 위해 가는 등산이 더 매력적일 것이다. 망중한. 바쁜 중에 한가로움이 멋스러운 법이다. 아이를 키우면서 내가 좋아하는 글 쓰는 시간을 찾아내 쓰는 맛이 더 특별하다. 24시간 내내 한가롭다면 과연 글쓰기가 즐거울까. 글쓰기는 망중한이다. 바쁠수록 더 써야 한다. 무엇을 할지 혼란스러울수록 더 써야 한다. 젊을수록 더 써야 한다. 내 인생 바쁜 와중에 멋스럽게 만들어보자.

매년 즐겨보는 영화인 〈행복을 찾아서〉의 주인공 남자는 길거리에서 빨간색 스포츠카를 보고 불타는 욕망을 갖게 된다. 그 차에서 내리는 사람에게 말을 건다. 직업이 무엇인지 묻는다. 주식 중개인이라는 직업을 알고는 그 직업을 가진 사람이 되기 위해 불타는 욕망을 가슴에 품고 꿈꾸기 시작한다. 하지만 사는 집에서도 쫓겨나게 된 주인공은 노숙자 쉼터에서 아들과 생활한다. 그곳에 가기 위해서는 긴 줄을 서야 하는데 거기마저도 가지 못할 때는 지하철역 화장실에서 문을 안으로 걸어 잠그고 잠을 잤다. 주인공은 노숙자 쉼터에서 밤을 맞이할 때는 아들을 재워놓고는 자신은 불빛이 있는 계단으로 향한다. 공부하기 위해서였다. 비록 지금은 가난하고 갈 곳이 없지만, 행복을 찾아서 가는 중이었다. 빨간색 스포츠카를 보고 불타는 욕망을 가지고 주식 중개인이 되기 위해 끊임없이 노력했듯이 나도 글쓰기라는 도구로 글 쓰는 경찰이 되어 동료 경찰관과 함께 글 쓰는 삶을 멋지게 살기 위해 끊임없이 노력하는 중이다. 될 때까지 포기하지 않는다. 매일 글을 쓴다. 처마의 빗방울이 돌을 뚫는다는 마음으로 매일 글을 쓴다. 나에게 글쓰기는 점적천석點滴穿石이다.

10대, 20대, 30대의 내 인생을 살펴보면, 〈행복을 찾아서〉 영화의 주인공이 빨간색 스포츠카에 끌려 불타는 욕망을 가졌던 것처럼 특별히 되고 싶고, 하고 싶은 것이 나에게는 없었다. 그런데 경찰이라는 직업에 대해 불타는 욕망을 가진 것이 내 인생의 첫 행복의 시작이었다. 24살에 경찰이 되어 행복한 줄만 알고 살았다. 공무원이 되었고 가족도 있으니 이만하면 행복인 줄 착각했다. 100년이라는 인생 속에서 기껏 절반도 살지 않은 상태에서 감히 내가 행복하다고 말했다. 그 행복이 계속 이어질 거라 믿었다. 하지만 경찰 7년 차에 우연히 알게 된 글쓰기를 통해 나는 겁쟁이라는 사실을 알게 되었다. 말로는 변하고 도전하고 있다고 했지만 아니었다.

신혼여행지에서 야구선수 이대호 선수를 만난 적이 있다. 같은 공항에 있었지만 남편과 나는 이대호 선수 부부와 사진을 남길 수 없었다. 이유는 서로 "네가 해"라며 사진 찍어달라고 말하기를 꺼리고 있었기 때문이었다. 용기가 없었다. 경찰이 되고 나서 경찰만큼 용기 내서 도전한 일은 그 이후에는 없었다. 글을 쓰면서 깨달았다. 글쓰기가 나에게는 용기라는 것을. 세상에 나를 드러내는 것이 바로 도전이고 용기였다. 계급이 높은 경찰관, 돈을 많이 버는 삶은 나를 행복하게 해주지 않는다는 사실을 깨달았다.

내가 성장하고 변화할 때, 내 동료가 목표를 달성하고 행복해할 때 내 가슴이 뭉클해지며 행복해하는 나를 발견했다. 나에게 성공은 바로 이런 것이었다. 대한민국 경찰이 행복한 삶을 사는 것. 글을 쓰며 내면의 나와 대화를 나누며 진정으로 하고 싶은 것을 찾았다. 나만의 행복을 깨달았다. 이토록 신비로운 글쓰기를 전하고자 글쓰기 프로젝트를 실천한다. 나는 행복하기 위해 글을 쓴다. 내 행복과 성공을 생생하게 글로 담는 이유다.

누구나 삶의 마지막 순간을 향해 걸어간다. 목적지에 도착하는 시점은 다르겠지만 여정만큼은 자신이 선택할 수 있다. 종착지인 내 무덤 앞에서 후회보다는 감사한 마음을 갖고 싶다. 글쓰기는 내 마음을 감사함에 둘 수 있게 해준다. 매일 성찰하는 삶, 숙고하는 삶을 살게 해주기 때문이다. 인생에 많은 걱정거리는 양면성을 지니고 있다. 좋은 것과 나쁜 것을 스스로 선택할 수 있다. 글쓰기는 좋은 일이다. 나는 당신이 글을 써야 한다고 말하고 있다. 당신에게 3가지 이유로 글을 써야 한다고 말하고 있다. 바쁜 와중에 쓰는 글쓰기가 제맛이다. 처마의 빗방울이 돌을 뚫은 것처럼 지금 쓰는 글은 자신의 인생을 뚫어줄 것이다. 다른 사람에게 영향을 주고 싶다면 자신부터 바로 서야 한다.

글쓰기는 나에게 이 3가지를 가르쳐 주었다.

망중한忙中閑

점적천석點滴穿石

수신제가치국평천하修身齊家治國平天下

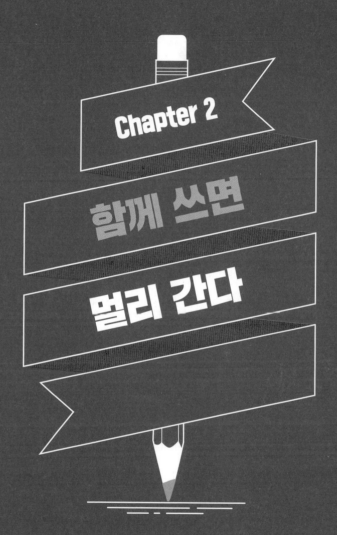

Chapter 2

함께 쓰면

멀리 간다

1
결국 혼자 쓰는 것이다

　　일상에서 배울 수 있는 부분은 많다. 가정과 직장 그리고 내가 만나는 사람으로부터 배울 수 있다.

　글쓰기는 내 인생 설계도이다. 머릿속에 있는 내 생각을 글쓰기로 담으면 실천하게 해준다. 하나의 생각을 머릿속에 붙들고 계속해서 글을 써 내려가며 마음을 붙잡는다. 정말 원하는 것이 이것이 맞는지 자신과의 대화를 통해 확정짓는다. 그것이 맞다면 밀고 나가면 된다. 남들이 뭐라고 하든 상관없다. 내 주관대로, 글쓰기로 내 마음을 정리한 것처럼 실천하면 된다.

　아침마다 모닝페이지를 쓴다. 내가 가진 생각을 있는 그대로 노트에 적어보는 행위다. 일어나자마자 한다. 빈 노트를 꺼내 펜을 들고 한 자 한 자 적기 시작하면 친구를 직접 만나 계속 이야기 나누는 것처럼 글을 적게 된다. 내가 가진 고민은 평범한 것부터 하루아침에 고민해도 답이 나오지 않을 문제까지 다양했다. 매일 혼자서 쓴 모닝페이지 글을 친구와 공유한다. 작년부터 비공개 카페를 만들어 운영하고 있다. 종이에 쓴 글을 사진으로 찍어 카페에 올린다. 매일 각자의 공간에서 쓴 글이지만 한 공간에서 자신이 쓴 글을 읽어보는 재미는 쏠쏠하다. 때로는 지인의 이야기를 통해 깨달음을 얻을 때도 많다. 모닝페이지를 함께 쓰는 친구의 딸은 아토피 피부로 치료 중이다. 엄마와 딸이 힐링 여행을 하는 시간을 본 적이 있다. 덕분에 건강에 대해 다시금 생각해보는 시간을 갖게 되었다. 내 딸에게 평소에 더 자주 표현해야겠다는 생각과 함께 보낸 시간은 글로 더 남기려고 애를 쓴다. 내 글도 딸과 지인에게 나눠주려면 일단 혼자 써야 한다. 써야 나눌 수 있다.

일상을 살펴보면 우리는 혼자 하는 것들이 그리 많지 않다는 사실을 깨닫는다. 아침에 일어나서 출근하는 순간부터 누군가와 함께 일한다. 싫든 좋든 사람을 만난다. 사람들과 어울려 일을 하고 집에 와서도 가족과 함께 보낸다. 때로는 온종일 혼자 보내는 시간이 없는 사람들도 많다. 어린 자녀가 있는 부모는 퇴근 시간 이후는 자신만의 시간을 가지는 것을 꿈꾸지도 못한다. 친정 아빠는 20년 넘게 혼자 사셨다. 혼자 살다 보니 자연스럽게 혼자서 밥 먹는 것도 익숙해졌다. 내가 보기에는 쓸쓸해 보이는 밥상도 친정 아빠에게는 익숙해진 평범한 식사였다. 글쓰기는 나를 위한 시간을 꼭 필요로 한다. 엉덩이를 대고 앉아서 쓰는 힘이 필요하다.

사람은 태어나서 죽는 순간까지 혼자다. 지구별을 떠날 때도 혼자 떠난다. 지구별에서 아무리 많은 돈을 벌어도 돈은 죽을 때 가지고 갈 수도 없다. 내 무덤에 넣어주지도 않는다. 언제 죽을지 모르는 인생이지만 사람들은 행복하기 위해서 산다. 돈을 버는 이유도 앞날을 위해 저축해두기 위해서다. 살면서 원하는 것이 무엇인지 알려면 혼자 글을 써봐야 한다. 남이 하는 말에 끌려 다니지 않으려면 스스로 생각하는 힘을 길러야 한다. 그 힘은 자신이 쓰는 글에서 나온다. 모든 중심은 나로부터 비롯되기 때문이다. 한 사람의 생각이 위대하듯이 한 사람이 쓴 글 또한 위대하다.

미국의 랜디 포시 교수의 〈마지막 강의〉라는 영상을 보고 〈마지막 어땡〉이라는 제목으로 글을 쓴 적이 있었다. 글과 함께 내가 선택한 사진은 우리 집 앞 놀이터 사진이었다. 살날이 한 달밖에 남지 않았다는 마음으로 글을 쓰니 삶에 대한 마음가짐이 달랐다. 죽음에 대한 생각은 내 삶에 긍정적인 자극을 주었다. 한 달이라는 기간이 남았다고 생각하니, 앞으로 어떤 삶을 살아야 할지에 대해 생각을 집중하는 나를 발견했다. 삶의 마지막 순간까지 세상에 글 쓰는 사람으로 남고 싶어졌다.

2017. 9. 18. 00:02 마지막 어땡

안녕하세요. 작가 황미옥입니다.

저는 한 달밖에 살지 못합니다. 췌장암이 재발해 간으로 번졌습니다.

이 상황을 받아들이기가 너무 힘이 듭니다.

아이가 하나 있어요. 딸 아이에요. 이제 겨우 15개월입니다.

저의 마지막 어땡.

<u>오늘의 주제는 죽음이 아닙니다. 어떻게 살아야 하는지에 관해 이야기하고 싶습니다.</u>

가족들과 경기도 양평에 놀러 간 적이 있다. 유튜브 채널을 통해 캐릭터 방(시크릿쥬쥬)을 알게 된 딸아이는 그곳에 가고 싶다고 졸라 댔다. 한 달쯤 지났을까 캐릭터 방에서 1박을 하기 위해 양평까지 가게 되었다. 숙소 근처에서 수상 보트와 스키를 탈 수 있는 곳이 있어 잠시 휴양을 즐겼다. 딸은 처음으로 수상 보트와 튜브를 탔다. 우리와 함께 3종류의 튜브를 탔다. 타면서도 딸아이의 다른 면을 보게 되었다. 비록 4살이지만 엄마보다 의젓하다는 생각이 들었기 때문이다. 나는 아이가 무서울까 봐 튜브를 꼭 잡고 있는 손을 잡아주었다. 아이는 나보다 한 수 위였다. 물 위로 달리는 튜브 위에서 물살을 맞으며 무섭다며 소리치는 엄마에게 아이는 이렇게 말하고 있었다.

"엄마 예빈이가 지켜줄게요."

3번의 경험으로 자신감을 얻은 아이는 혼자서 튜브를 탈 수 있다고 했다. 물에 빠질까 봐 걱정은 되었지만 해보겠다고 해서 타보게 했다. 튜브에는 신발처럼 발을 끼울 수 있는 고정된 것과 손잡이뿐이었다. 그 외에는 아이가 입고 있는 구명조끼 외에는 의지할 곳이 없었다. 내가 타고 있던 보트와 연결된 긴 노끈으로 묶인 튜브 위에 아이는 탑승해 달릴 준비가 되었다. 줄이 팽팽해지자 보트는 물 위에서 달리기 시작했고 점점 속도를 내기 시작했다. 무서울 법도 한데 아이는 입으로 재잘거리고 있었다. 무섭다고 이야기하는 줄 알고 유심히 입

모양을 살펴봤다. 노래를 부르고 있었다. 한 번씩 고개를 옆으로 돌렸는데 혹시나 물에 빠져 아이가 놀랄까 봐 염려가 된 사장님은 아이를 향해 소리쳤다.

"앞을 봐!!!"

나도 모르게 아이가 걱정돼 똑같이 소리치고 있었다.

"예빈아 앞을 봐!"

아이가 다 타고 나서 보트 위에서 내려왔을 때 나를 꼭 안아주었다.

아이가 내뱉은 첫 말은 "우와 신난다!"였다. 아이는 세상에 홀로 서는 법을 배웠다. 딸아이가 만약 보트를 타지 않았더라면 홀로 설 수 있는 용기를 가질 수 없었을 것이다. 혼자서 해봤기에 다른 새로운 것에도 자신감을 가질 수 있었다. 아이가 하나씩 배워가는 것처럼 인생도 글로 써봐야 한다. 원하는 인생을 제대로 설계하는 방법은 결국 혼자 쓰는 것이다. 내가 원하는 성공과 행복을 생생하게 적는 것만이 쓴 대로 삶을 살 수 있다. 내 인생에 언제 쉼표와 맞춤표를 찍을 것인지 정해야 한다. 물 흐르는 대로 인생을 살다 가기에는 인생은 너무 짧다.

경찰 경력 11년. 첫 번째 하프 타임을 겪는 중이다. 내가 원하는 인생이 무엇인지 매일 혼자 글을 쓴다. 나에게 있어 글쓰기는 내가 원하는 청사진을 그릴 수 있게 바꿔주는 시간이다. 여러 가지 삶의 선택 중에서 여러 가지 필터링을 거쳐 최종적으로 내가 원하는 것들로 선택한다. 매일 혼자 글을 쓰며 내 삶을 돌아본다. 혼자 쓴 글이 나를 일으켜 세워준다.

　매년 9월 11일이면 진지하게 내 삶을 돌아보는 글을 쓴다. 1년 동안 얼마나 성장했는지 살펴보기도 한다. 2001년 9월 11일 뉴욕에서 내 삶을 마감했더라면 지금의 나도 없다. 죽음의 문턱에서 살아 돌아온 사람은 삶을 대하는 태도가 다르다. 삶을 진심으로 감사할 줄 안다. 9·11테러 이후 내 삶의 변화를 살펴본다. 경찰이 된 이후로 열정이 넘쳤던 나는 하고 싶은 것들로 가득했다. 글을 쓰면서 해야 할 것 To Do list도 중요하지만 하지 말아야 할 것Not To do list의 목록이 살면서 더 중요하다는 사실을 깨달았다. 원하는 것 25가지를 쭉 적어본다. 그중에서 가장 중요한 우선순위를 5가지 고른다. 살면서 5가지만 집중하며 실천한다. 그 외 20가지는 살면서 하지 말아야 할 것들의 목록이다. 이것들을 실천하지 않는 것이 중요하다. 매년 연간계획을 짜면 사람들은 영어공부와 다이어트를 계획한다.

　혹시 내 삶에 우선순위가 아닌 것을 매년 집중하고 있는 건 아닌지 생각해볼 필요가 있다. 다름 아닌 글쓰기로 내 마음을 들여다봐야 한다. 혼자서 가능하다. 그 누구도 대신해줄 수 없다. 내 인생이기 때문이다. 나는 세상에 한 명뿐인 유일한 존재다. 나와 같은 사람은 세상에 없다. 모든 사람이 세상에 태어난 이유는 있다. 의미 있는 삶을 살고 싶다면 글을 써야 한다. 자신의 강점, 원하는 것이 무엇인지 자신에게 묻고 찾아야 한다. 다른 사람이 유명하다고 해서 그 사람과 같은 삶을 사는 것은 내가 아니다. 나답게 사는 것이 가장 아름답다. 세상에 나는 단 한 사람 나뿐이다. 나를 일으켜 세우고 바로 세우는 일은 바로 혼자 글 쓰는 힘에서 나온다. 나는 나답게 살기로 했다. 남 눈치 안 보고 내 방법대로 살기로 했다. 내 마음을 연결하게 해주는 글쓰기를 통해 나는 오늘도 혼자 새벽에 글을 쓴다. 나다운 모습을 찾고 싶다면 글을 쓰자.

2
지치고 피곤하고 포기하고

지구대 관리반. 월요일에서 금요일까지 일한다. 아침 8시에 출근해 오후 6시에 퇴근하는 직장인의 삶이다. 1년 동안 순찰팀에서 주·야간근무를 하던 나는 관리반으로 옮기게 되었다. 저녁마다 엄마를 찾는 딸아이가 눈에 밟혀 관리반 자리가 났을 때 운이 좋게 그 자리에 가게 되었다. 주간과 야간을 마치면 이틀 쉬는 근무 패턴에서 매일 출근하는 일은 쉽지 않았다. 예전에 경찰서에서 근무할 때는 어렵지 않게 매일 출근했지만, 교대 근무에 익숙해진 몸은 내 마음과 달리 따라주지 않았다. 5일 연속으로 출근하는 일상에 익숙해지는 데 몸이 적응하는 시간은 몇 달이 걸렸다. 저녁에 약속을 잡는 횟수도 줄었다. 늦게까지 누군가를 만나면 다음 날 4시에 일어나 할 일을 하고 출근을 해야 하는 나로서는 부담이 되었기 때문이다. 매일 출퇴근이 일정한 삶은 규칙적인 생활 방식이 되었다. 누가 봐도 멋진 근무 스케줄이었다. 하지만 변화된 환경에 나는 그 전보다 더 열심히 글을 쓰며 중심을 잡아야 했다.

지구대 관리반으로 근무하면서 나에게 평일은 5일이 아닌 7일이었다. 토요일이면 아이 발레 수업이 있다. 어김없이 4시에 하루를 시작하면 평일과 똑같은 오전이 이어진다. 출근 시간처럼 7시까지 글을 쓰고 독서와 운동을 마친다. 9시까지 할 일이 하나 더 남아 있다. 발레 수업에 가기 위해 아이를 씻기고 먹이고 입혀야 한다. 발레 수업에 다녀와서는 점심을 먹어야 한다. 주말은 평일에 보지 못한 사람들을 만난다. 때로는 주말에 낮잠은커녕 평일보다 더 빡빡한 하루를 보내야만 할 때도 있다. 행복한 가족과의 시간이지만 다시금 월요일이 되면 내 몸 상태는 지쳐 있다. 지난주 역시 금요일 날 가족들과 시작한 서울 나들이로 일요일 저녁 11시가 넘어서야 집 문을 열고 들어왔다. 다시금 일상으로 돌아와 글을 쓴다. 일상을 벗어난 곳에서 3일을 보내고 와서 나의 위치는 어디인지 점검한다. 여행을 통해 분명 깨닫고 배운 것이 있다. 지치고 피곤할 법도 하지만 글로써 내 마음을 푼다. 스스로 다음 주말은 약속을 자제하며 집에서의 휴식을 자청하는 글을 적어보기도 한다.

주 5일제 근무는 삶을 더 단순하게 해준다. 새벽에 할 일을 하고, 출근 후 10시간 근무, 퇴근 후 가족과 식사, 아이 목욕, 놀고 재우기. 매일 반복되는 것처럼 보이는 하루지만 매일 내 마음가짐은 달랐다. 글쓰기로 하루를 시작하는 마음은 남다르다. 허겁지겁 일어나 출근길에 오르는 사람과는 차원이 다르다. 음악을 들으며 주황색 불빛 아래에서 글을 쓰는 나는 해가 떠 바깥이 훤히 밝아지는 모습을 눈으로 담

으며 하루를 시작한다. 내 마음은 고요함과 평온이 함께한다. 나를 들여다보는 글쓰기는 내 하루를 좌우한다.

글을 쓰며 폐기한 것들이 꽤 많다. 한가롭게 티브이를 보지 않는다. 꼭 보고 싶은 채널이 있으면 다시 보기를 활용한다. 저녁 10시 이후의 모임은 과감하게 가지 않거나 일찍 나온다. 내 삶의 우선순위는 글쓰기로 설정한다. 그 외의 급하지 않은 것은 위임하거나 폐기한다. 초고를 쓰는 동안은 최대한 약속을 자제한다. 지인과 만나서 소통하는 대신 전화로 대체한다. 나누고 싶은 이야기는 꼭 만나지 않아도 할 수 있다. 조절이 필요하다. 글쓰기 이외의 불필요한 일을 하는데 시간을 줄임으로써 퇴근 후 저녁 시간 가족과 함께 보내는 시간을 늘리고 멘토와 소통하는 시간을 가지며 내 삶의 방향성을 향해 한 발짝 나아갈 수 있었다.

최근 포기한 일이 있다. 작년 11월부터 시작한 피터 드러커의 《자기 경영 노트》 필사다. 개인적으로 드러커를 좋아하는 나는 드러커가 말한 것처럼 3년 동안 한 가지 분야에 몰입해서 공부하는 방법을 실천 중에 있다. 박사학위처럼 철저히 공부하라고 했다. 드러커 책을 집중적으로 읽고 있는데 공부를 시작하면 매일 해야 한다. 같은 장소에서 같은 시간에 하는 것이 가장 좋다. 자기 경영 노트 필사를 실패한 원인은 매일 하지 않았기 때문이다. 한 번 빼먹기 시작하자 결국엔 손을 놓았다. 포기는 했지만 덕분에 하나의 성과는 얻었다. 필사를 포기한 덕에 글을 쓰며 드러커 공부를 왜 해야 하는지, 어떻게 해나갈 것인지 방향을 잡을 수 있게 되었다.

2016년부터 글 쓰는 삶을 살고 있다. 무엇이든 3년은 해봐야 한다는 게 내 생각이다. 3년 글을 쓰면서 깨달은 것은 삶은 프로젝트의 연속이라는 것이다. 3년마다 공부하는 주제는 바뀌겠지만 글을 쓰며 성장하는 내 모습은 바뀌지 않을 것이다. 《자기 경영 노트》 필사를 7개월가량 했다. 100장 정도를 남겨두고 포기했다. 내 생명이 다하는 날까지 몇 번의 프로젝트를 할 수 있을지는 모르겠지만 한 가지 프로젝트를 정해서 매일 실천한다면 포기는 하지 않을 것이다. 필사를 포기했던 이유도 한 번에 한 가지가 아니라 그 이상을 했기 때문이다. 큰 깨달음을 얻었다. 프로젝트는 한 번에 한 가지씩 해야 한다는 사실을.

글쓰기는 한 가지에 집중하는 힘을 길러준다. 지금처럼 책을 쓰는 일은 고된 일이다. 단지 글을 쓰는 일은 내 마음을 푸는 일이기에 크게 신경이 쓰이진 않는다. 하지만 내 글이 책으로 출간되어 세상에 나오는 일은 신경이 쓰인다. 하지만 책 쓰기에도 글쓰기처럼 마감 시간이 필요하다. 시간 안에 모든 글을 마쳐야 한다. 고되지만 마감 시간 안에 해내는 책 쓰기는 자신감을 키워준다. 책을 쓰는 일 자체에 투자하는 시간과 노력이 크기 때문에 그 외의 일은 섣불리 시작하지 않는다. 책 쓰기는 내게 인생을 가르쳐주었다. 앞으로도 어떤 일에 집중하거든 딱 이렇게만 하면 된다는 사실을. 한 번에 한 가지씩 할 수 없다면 차라리 안 하는 것보다 못하다. 책 쓰기는 한 가지 주제를 정해 집중할 수 있도록 깨달음을 주었다. 내 인생을 어떻게 만들어갈 것인지 팁을 주었다. 글쓰기를 3년째 하면서 진정 내가 원하는 것이 무엇인지 알게 되었고 마음은 바쁘지 않으면서 매일 행복을 누리는 사람으로 거듭나게 해주었다. 글쓰기는 나에게 포기를 알려주었다. 글쓰기와 관련된 것이 아니라면 포기하는 편이 낫다는 것을 글쓰기를 통해 깨닫게 해줬다. 삶에는 우선순위가 필요한데 이것이 당신이 글을 써야 하는 이유다.

아주 오래전, 어릴 적 뉴욕에서 살면서 엠파이어 스테이트 빌딩 전망대에 오른 적이 있었다. 솔직히 자세하게 기억나지는 않는다. 그런데 5년 전 남편과 시어머니와 함께 같은 엠파이어 전망대에 다녀왔다. 그러자 내 머릿속에는 생생하게 기억이 떠올랐다. 가방을 둘러 메고 걸었고 후드가 달린 보라색 옷을 입고 있었다. 단발머리를 하고 있던 나까지 정확하게 기억하고 있었다.

어제 서울에 있는 롯데월드 전망대에 다녀왔다. 가족들과 보쌈을 먹은 것부터 중간중간에 사 먹은 간식까지도 기억한다. 지치고 피곤한 순간까지도 글로 써본 적이 있다면 추억 속에는 오래 남는 법이다. 지하 1층에서 롯데월드 전망대 117층까지 가는 데 1분밖에 안 걸렸다. 과거의 기억 속에서 내 모습을 끄집어내는 데 1분도 안 걸린다. 117층에 도달하기 전, 35층을 올라갈 때는 마치 내 나이만큼 와 있다는 생각이 들었다. 엘리베이터가 100층을 넘자 장수한 내 모습이 스쳐 지나갔다. 117층에 이중문이 두 개가 열리자 천국에 도착해 천국문이 열리는 느낌을 받았다. 천국 문이 열릴 때, 내 생을 마감하는 순간이 올 때 나는 과연 몇 개의 소중한 추억들을 꺼내 볼 수 있을까? 순찰팀에서 근무하든 지구대 관리반에서 근무하든 지치고 피곤하기는 마찬가지다. 환경보다는 내 마음가짐이 중요하다.

100세라는 인생을 놓고 본다면 내 삶에 중요한 추억거리를 남겨둬야 한다. 글로 써두어라. 지치고 포기하고 싶은 순간도 나만의 역사로 한쪽에 남겨두어라. 힘든 순간이 있었기에 지금의 내가 있다. 딸아이를 낳고 100일이 되기 전 내 소원은 3시간만 잠을 자는 것이었다. 지금은 3시간 넘게 매일 잠을 자기에 그 소원은 더는 나에게 중요하지 않다. 변화하는 환경 속에서 자신의 역사를 남겨두는 것이 후회를 반복하지 않는 일이다. 내 인생 인테리어는 글쓰기와 책 쓰기로 한다. 지친 내 마음과 상처는 글쓰기로 비워버리고 내가 생각하는 성공과 행복을 생생하게 그리는 일은 책 쓰기로 글에 담는다. 지치고 피곤한 내 모습도 내 일부로 봐주는 독자가 있기에 매일 글을 쓴다. 삶은 소통이다. 소통할 때 진정으로 살아 숨 쉰다. 더불어 사는 세상 당신이 할 일은 자신의 삶을 글로 담는 일부터다.

3
함께 쓰는 힘

누군가와 글을 함께 쓴다는 것이 무엇일까. 글은
혼자서 써야 한다. 종이에 연필로 쓰든 워드로 치든 혼자서 글을 써야
한다. 이 세상에 내가 쓴 글이 책으로 나오기 전부터 글쓰기와 관련된
것이라면 함께했던 친구가 있었다. 비록 다른 공간에서 각자 쓰는 글
이지만 같은 시간대에 쓰고 공유했다. 서로의 글을 읽으며 응원해주
기로 하고 위로도 받았다. 글 쓰는 습관을 위해 시작한 백 일 글쓰기
를 매일 했다. 온라인 카페에 매일 백 일 동안 글을 쓰는 습관을 기르
기 위한 것이었다. 소정의 돈을 내고 하는 것이었다. 친구와 함께 백
일을 채웠다. 글을 잘 쓰고 못 쓰고의 문제가 아니었다. 백 일 동안 뚝
심 있게 해내는 것이 중요했다. 백 일 동안 매일 글을 썼다는 성취감
은 이루 말할 수가 없었다. 작은 성공은 자신감 상승에 도움을 준다.

한 권의 책을 만났다. 《아티스트웨이》 아침에 눈을 뜨면 모닝페이
지를 실천하라고 권했다. 생각의 흐름대로 세 바닥 정도 기록한다. 무

슨 글을 쓰는 게 옳은지에 대한 정답도 없었다. 매일 썼다. 만약 혼자 썼다면 쓰다가 말았을지도 모르겠다. 백 일 글쓰기를 함께했던 박선진 작가와 함께 매일 글을 쓰고 우리만의 온라인 공간에 포스팅해두었다. 내 생각과 함께 다른 사람의 생각을 매일 조금씩 알아가는 재미가 있었다. 서로 다른 지역에 떨어져 살아도 매일 무슨 생각을 하는지 알 수 있어 서로의 안부를 묻지 않아도 되는 장점이 있다. 《아티스트 웨이》를 실천하다 보면 독서를 중단하라는 미션과 마주하게 된다. 일주일 동안 책을 읽지 않았는데 금단 현상처럼 불안해하는 나를 만났다. 그럴수록 글에 대한 애착이 강해졌다. 틈만 나면 글을 썼다. 그 당시에는 노트북도 없었다. 휴대폰과 블루투스 키보드가 전부였다. 생각의 흐름을 방해하지 않고 그냥 내 생각을 글에 담았다. 백지에 글을 담았을 뿐인데 내 마음은 점점 편안해져만 갔다. 독서를 하지 않아도 글쓰기로 마음을 움직이는 법을 배웠다. 그냥 썼을 뿐인데.

글을 쓰는 사람에게 가장 중요한 것은 건강이다. 건강을 잃으면 아무것도 할 수가 없다. 매일 규칙적으로 운동하고 먹는 것을 잘 조절하기 위해 바디라이프 팀에 가입했다. 건강을 위해 시작한 모임이었지만 공통으로 매일 실천하는 특별한 행위가 있었다. 바로 감사 글쓰기다. 일상을 남긴다. 무엇을 먹었는지, 어떤 운동을 했는지, 누구를 만났는지 사진을 찍어 하루를 돌아보며 감사함을 떠올려본다. 그 마음을 글쓰기에 담는다. 학교아빠 김승주 선생이 리더이고, 은주샘, 기임샘, 금자샘 은영샘이 함께했다. 건강을 위해서 매일 함께 감사 글쓰기를 남긴다. 서로를 격려해주고 응원해주는 힘은 글쓰기에서 나온다.

돌이켜보니 나는 항상 누군가와 함께 글을 쓰고 있었다. 새벽 4시에 일어나 글을 쓰고 하루를 시작했다. 어김없이 나를 돌아보는 글쓰기를 지인과 공유했다. 블로그나 브런치에 글을 올리면 독자가 읽는다. 다른 작가들이 올린 글을 보는 것도 함께 쓰는 힘을 느낄 수 있다. 매일 새벽에 일어나 글을 쓴다는 것은 성실함을 뜻한다. 누구나 아침밥을 먹는 게 몸에 좋다는 사실을 안다. 하지만, 매일 아침밥을 먹는 사람은 적다. 글쓰기도 마찬가지다. 좋아서 글을 쓰는 사람과 그냥 쓰는 사람이 있다. 글에서도 에너지가 느껴진다. 매일 쓰는 사람 중에서 좋아서 하는 사람이 되어야 한다. 그 사람과 함께 쓴다면 무궁무진한 에너지가 펼쳐진다.

하고 싶은 말이 있으면 전화통화를 하는 것보다 글을 써보기를 추천한다. 스승의 날이 되면 나는 두 분이 생각난다. 고3 담임과 경이 언니가 떠오른다. 누구보다 나에게 솔직하게 이야기를 해주는 두 사람이다. 꾸밈없이 솔직하게 해주신다. 사람 문제로 힘이 든 적이 있었다. 물론 그 사람이 나에게 한 것은 아무것도 없었다. 단지 혼자서 실망을 했다. 내 마음을 정리할 필요가 있었다. 어느 정도 마음을 풀고 편지를 보냈다. 전화통화가 아닌 편지 형식으로 답장이 왔다. 한 자 한 자 읽으며 상대방의 숨은 뜻도 찾아가며 읽는 재미가 있었다. 누군가에게 읽힐 글을 쓰는 건 쓰는 이로 하여금 힘차게 쓸 수 있게 해준다.

마인드스쿨에서는 요일별 작가를 운영했다. 매주 같은 요일에 정성스럽게 쓴 글을 카페에 올렸다. 나는 월요일 작가였다. 매주 일요일 새벽 12시가 되면 글을 올렸다. 아침에 기상해서 댓글을 남기는 독자에게 피드백을 주는 일 또한 작가의 몫이었다. 3번을 더 연장하면서 1년을 채웠다. 월요일이 아닌 다른 요일에는 다른 작가의 글을 읽고 댓글을 남겼다. 매일 혼자서 감사일지를 썼더라면 포기했을 줄도 모른다. 매일 아침 좋은 글을 읽고, 감사한 3가지를 쓴 단순한 행동이 글을 계속해서 쓰게 도움을 주었다. 부인할 수가 없다. 어땡작가 1년, 함께 쓰는 힘이 무엇인지 제대로 느낄 수 있었다.

2017. 5. 8. 00:04 어땡작가 1년

신논현역 근처에서 첫 만남. 2016년 5월 14일부터 8월 14일까지 3개월 동안 함께했던 작가 7인방.

마인드스쿨에서의 성장은 항상 그 중심에 사람이 있었습니다. 서로를 끌어주었습니다.

마음 근육이 쫀득쫀득하게 유지될 수 있게 매일 글을 올려주시는 어땡작가님들을 비롯해 모든 것의 중심은 사람이었습니다. 최고의 사람들이 있었기에 성장할 수 있었습니다.

최고의 사람들과 소통하고 배움의 장을 이어갈 수 있었습니다.

퇴임 한 달 전쯤 청장님에게 지구대에서 근무하며 쓴 책을 보내드렸다. 그에 대한 보답으로 이철성 청장님은 편지와 함께 직접 쓰신

《Together》라는 책을 보내주셨다. 자신이 쓴 글귀가 있고 비어 있는 공간에 내 글을 담아야 하는 형태였다. 이 책이 완성되면 청장님이 쓴 글과 내가 쓴 글이 한 권의 책이 된다.

감정노동자인 경찰이 글을 써야 하는 시대에 도래했다. 경찰청장만이 글을 쓰는 게 아니라 평범한 경찰이 글을 써야 한다. 내 동료가 함께 글을 써야 한다. 말보다 글에는 치유 능력이 있다. 자신을 용서할 수도 치유할 수도 있다. 오래 멀리 가려면 함께 써야 한다. 자신이 정의 내린 성공을 향해 뚜벅뚜벅 걸어가야 한다. 글쓰기라는 도구로 나만의 인생을 가꿔나가야만 한다. 함께할 때 빛이 난다. 그 빛은 경찰의 길을 걷는 내내 함께해야 한다. 경찰 제복을 벗는 퇴직 날 후회가 아닌 감사함이 넘쳐야 한다. 동료와 함께 글을 써보자. 함께 멀리 가야 한다.

4
누구나 쓸 수 있다

저자의 출간기념회에 참석하기 위해서 창원으로 향했다. 혼자서 창원을 가보는 건 처음이었다. 어떤 독자를 만날지 기대감에 부푼 채 가벼운 발걸음으로 시외버스를 탔다. 강의실로 가는 길에 저자 출간기념회 포스터가 걸려 있었다. 3권의 익숙한 책을 눈에 담고 계단을 내려갔다. 강의실로 가기 전에 3권의 책이 어디에 있는지 서점을 둘러봤다. 책장 앞에 서서 책을 다른 책들보다 앞으로 살짝 빼두고는 강의실로 발걸음을 옮겼다. 독자가 아닌 작가의 신분으로 강연장에서 서 있었다. 3명의 작가가 돌아가면서 20분 정도 미니 강연을 하기로 했다. 나는 두 번째 차례였고 준비해온 강연을 잘 마쳤다. 주최자인 이은대 작가님의 짧은 피드백이 있었다.

"황미옥 작가의 첫 번째 초고는 상상을 초월했다. 어디서부터 손을 대야 할지 모르겠더라. 국어를 배운 적도 없으니 당연했지만, 원고량을 채운 것 빼고는 손을 대야 할 곳이 넘쳤다. 그런데도 두 번째 책을 냈다. 열정이 실력을 이겼다."

지구대 관리반은 보고서라든지 모든 서류를 경찰서 주무 부서로 보내주는 보조적인 역할을 한다. 저녁에 폭행 사건을 했다면 관련 서류는 다음 날 아침에 형사계로 보내주어야 한다. 관리반에서 문서를 수발한다. 평소와 같이 경무계에 들러 우리 지구대에 가져갈 문서가 없는지 챙겨 보려고 경무계에 들렀다. 모르는 직원 한 명이 테이블에 앉아 무언가를 쓰고 있었다. 입 모양으로 작게 "이 사람 누구야?"라고 고 반장에게 물었다. 음주 운전한 직원이라고 했다. 직원들이 들락거리는 경무계에 앉아 있는 본인도 불편할 테다. 경무계 들를 때마다 같은 자리에 앉아 있는 직원을 보니 마음이 쓰이기 시작했다. 죄는 미워해도 사람은 미워하지 말라는 말처럼 지구대로 돌아가면서 곰곰이 생각에 잠겼다.

"자신이 한 잘못으로 인해 죗값을 기다리는 내 동료를 위해 나는 무엇을 도와줄 수 있을까?"

문득 작년에 순찰팀에서 힘든 시기를 보낸 주임님에게 책을 빌려준 일이 생각났다. 그래! 내가 읽은 책 중에서 힘든 시기에 읽은 책을 골라 빌려주자고 마음을 먹었다. 퇴근 후에 책장을 살피며 책을 골랐다. 10권이나 넘는 책이었다. 몇 권을 빼고 8~9권을 가방에 넣었다. 장마로 비가 억수같이 쏟아지는 날, 출근길에 가방 두 개를 짊어지고 출근했다. 다행히 방수 가방에 넣어 책은 젖지 않았다. 내 생각을 담은 손편지, 노트와 함께 내가 선별한 책은 동료에게 전달되었다. 고맙다는 한 통의 전화를 받고 그 일을 잊고 지냈다. 하루 휴가를 다녀와 월요일 사무실에 출근하니 내 책상 옆에 내가 빌려준 책들이 쌓여 있었다. 논문 한 개와 함께. 내 책을 빌려준 동료가 쓴 논문이었다. 첫 장을 열어보니 내가 글을 써보라고 준 노트에 적은 종이가 여러 장 보였다. 무려 6장이나 빽빽이 손으로 쓴 글이 담겨 있었다. 편지를 읽어보고는 한참 동안 생각에 잠겼다. 편지 내용은 자신의 마음 상태, 동료에게 미안한 감정과 동시에 감사한 마음, 앞으로의 방향 등이 적혀 있었다.

《글 쓰는 경찰》 초고는 22일 만에 썼다. 내 삶의 이야기를 담는 내용이라 어려울 게 없었다. 매일 양을 채우기만 하면 되었다. 글을 쓰는 일보다 수정하는 일이 더 어려운 작업이라는 것을 책 쓰기를 하며 배웠다. 작가란 글을 고쳐 쓰는 사람이다. 글을 채우는 일은 내 생각의 흐름에 집중하면 되었다. 퇴고는 수십 번 읽고 고치는 작업이다. 지겨울 만큼 반복해서 보고 또 봐야 한다. 첫 책이다 보니 걱정도 되었다. 읽고 또 읽어도 고칠 곳이 보였다. 고3 담임을 찾아간 이유도 혼자서는 답이 없어 보였기 때문이다. 담임이 빨간색으로 고쳐준 글을 보면서 잘못 쓰고 있던 글쓰기 습관을 많이 고칠 수 있었다. 지금도 여전히 같은 실수를 할 때도 있지만 실수가 준 건 사실이다. 무려 1년 동안이나 수정했다. 내 경찰 동기 순용 오라버니는 책에서 오타를 찾아내 알려주었다.

글쓰기 스승인 이은대 작가는 강연 중에 감옥에서 있었던 일을 자주 언급한다. 같은 방에서 생활하는 사람에게 글을 써보라고 하면 내가 무슨 글을 쓰느냐며 단호하게 거절했다고 했다. 그런데 판사에게 보내는 편지를 쓰는 모습을 보면 전혀 다른 사람이라고 했다. 절대 글을 못 쓴다던 사람이 A4 10장이 넘는 글을 써낸다고 했다. 음주운전으로 징계 절차를 기다리던 내 동료도 매일 3장씩 반성문을 썼다고 했다. 누가 시킨 것도 아닌데 매일 같이 글을 썼다. 내가 글을 써보지 않겠냐고 했을 때는 거절했던 동료였다. 왜 이런 현상이 일어나는 걸까. 누구나 자신에게 필요하면 글을 쓴다는 뜻이었다. 나와 내 동료와 차이점은 글쓰기를 대하는 태도였다. 나는 내 삶에 매일 필요하다고 생각하니 매일 글을 썼다. 반면에 동료는 반성문의 형식으로 글을 쓰는 게 필요하다고 판단해서 징계를 기다리며 글을 썼다. 조금만 마음을 바꾸면 된다. 글은 매일 쓰는 거라고 마음만 먹으면 된다. 조금씩 내 생각을 담으면 담은 내 생각만큼 삶은 변화한다. 비록 징계로 인해 박 반장을 알게 되었지만, 그는 내 글쓰기 친구가 되었다. 누구나 글을 쓸 수 있다. 자신이 쓸 수 있다는 믿음만 있으면 된다.

경찰이 쓴 《행복파출소》라는 책이 있다. 책 뒷면에 보니 2011년 4월 29일 읽음이라고 표시되어 있다. 또 이렇게 적혀 있다.

"자신을 위해 조직을 위해 국가를 위해 그리고 국민을 위해 열정을 불태웠을 때가 진정한 경찰의 모습이다. 10년 후에 내가 책 쓸 때는 경찰에서 이루고자 하는 목표들을 20대에 미래일기로 써서 꼭 책에 같이 적든지 따로 미래일기를 내자. 무엇이든 문제를 긍정적으로 생각하면 답은 반드시 있다. 책 쓸 때 우리 남편 스토리도 많이 넣자."

집중해서 완독한 책이다. 오른쪽 면에는 띠지가 색상별로 붙여져 있고 책 안에는 밑줄과 별표가 가득하다. 나보다 앞서간 선배의 인생에서 내 인생에 팁을 많이 얻었다. 2011년 이 책을 읽을 때만 해도 내 나이 28살이었다. 십 년 뒤에 책을 내겠다고 했으니 38살까지다. 나는 올해 서른다섯 살이니 꿈을 이룬 셈이다. 종이에 적으면 꿈이 이루어진다는 말을 믿는다. 글쓰기는 그 꿈을 구체적으로 이루게 해준다. 경찰이 되어 작가가 되었으니 내가 산 증인이다. 《행복파출소》라는 책처럼 다양한 부서에서 일하는 경찰관이 책을 냈으면 하는 바람이었다. 외사과를 꿈꾸고 있던 나였기에 나보다 앞서간 선배 중에 외사과에서 근무하고 있는 선배의 삶의 이야기를 책으로 읽고 싶었다. 그 부서에 가기 전에 미리 알 수 있는 것도 좋은 방법이다. 나뿐만이 아닌 내 동료가 글을 쓰길 바란다. 아니, 써야 한다고 말한다. 평범한 경찰관의 글을 동료들은 기다린다. 평범한 경찰관의 삶의 이야기를 경찰을 꿈꾸는 예비경찰들이 기다린다. 경찰청 사람들의 재현된 이야기가 아닌, 지금 살아 숨 쉬는 현직 경찰관의 삶의 이야기를 기다리는 독자가 있다. 나를 포함해서 전국에 있는 15만 경찰 그리고 전국에 있는 경찰학원에서 공부하는 수험생들이 바로 당신의 독자다.

유서를 썼다. 작년에 친구와 함께 쓰기로 했던지라 시간을 마련해서 내 삶을 정리하는 마음으로 편지지에 가족에게 남기는 유서를 썼다. 친구의 유서는 눈물바다였다. 편지 곳곳에 그리워하는 마음이 담겨 있었다. 삶에 대한 아쉬움이 가득했다.

반면에 내 유서는 담담하게 썼다. 삶에 대한 애착보다는 가족과 보낸 시간에 대한 감사함과 열심히 살아온 소박한 내 삶에 만족해하는 글이었다. 눈물도 나지 않았다. 그저 나에게 남은 시간은 얼마인지 그동안 가족들과 무엇을 할까 하는 생각이 스쳐 지나갔다. 유서를 쓰는 내내 한 가지 이미지를 떠올렸다. 남편의 품에서 편안히 눈을 감는 모습. 평온하게 이 세상을 떠나길 소망하는 한 폭의 그림이었다. 내 삶은 프로젝트의 연속이라고 정의를 내리고 나서부터는 평온해졌다. 지금 나는 글쓰기 프로젝트를 실천하고 있다. 글쓰기는 나만의 버킷리스트를 잘 실행해 현실로 만들어주는 도구이다. 막연하게 적어둔 내 버킷리스트를 현실로 바꿔주는 마법의 지팡이다.

글쓰기와 책 쓰기를 병행하면서 시야를 넓힐 수 있었다. 얼마 전 가족들과 120층 롯데월드타워 전망대에 서서 밑을 내려다 봤을 때는 아찔했다. 글을 쓰기 전에는 탁 트인 시야를 가질 수 없었다. 내 삶은 내가 생각하는 작은 틀 안에 갇혀 있었다. 상자 밖에서 생각할 수 있었던 이유가 바로 글쓰기 때문이다. 생각지도 못한 사람과 인연이 닿아 배운 것도 많다. 내 이야기를 세상에 내놓으면서 나를 있는 그대로 인정하고 용서했다. 무엇이든 할 수 있는 용기가 생겼다. 살면서 가장 잘한 일을 꼽으라면 3가지가 있다. 내 남편을 만나 결혼을 하고 딸아이를 낳는 일이고, 두 번째로는 경찰이 된 것, 마지막으로 글을 쓴 일. 참으로 잘한 일이다. 내 삶을 바꿔준 글쓰기. 이제는 당신 차례다. 진정 원하는 인생을 살고 싶지 않은가. 자신의 마음부터 담아보자.

5
정답이 없다

    평일 아침 지구대에 출근하면 제복을 갈아입고 하는 첫 번째 일은 청소다. 무더운 여름날 걸어서 출근한 날은 선풍기 앞에 앉아서 땀을 식히기 바쁘다. 어느 정도 땀이 식으면 일을 시작하기 전에 새빨간 고무장갑을 두 손에 낀다. 걸레를 들고 책상을 닦으면서 내 하루는 시작된다. 뭔가 닦고 나서 일을 시작하면 마음이 개운하다. 하루 건너뛰면 그냥 괜스레 마음이 불편하다. 책상을 닦고 있으니 지구대 안이 복닥복닥한다. 같은 공간에 있을 때는 잘 몰랐다. 책상과 사무기기를 다 닦고 걸레를 빨려고 화장실에 들어가려고 하니 다른 동료가 1층 세면대를 사용 중이었다. 화장실 앞에 서서 기다렸다. 화장실과 사무실을 구분하는 문이 하나 있는데 그 문밖을 바라보며 서 있었다. 마치 내가 상자 밖에 서 있는 듯한 기분이 느껴졌다. 총을 꺼내어 조끼에 착용하는 직원, 컴퓨터에 앉아 문서를 열람하는 직원, 커피 한잔 마시며 다른 동료와 이야기를 나누는 직원, 무기고 대장에 기록하는 직원이 내 눈에 들어왔다. 나는 두 손에 고무장갑을 낀 채 걸레를 움켜잡고 가만히 서 있었고 구경꾼 같았다. 같은 공간에 있을 때는 느끼지 못한 낯섦이었다. 어쩌면 글쓰기도 이와 같지 않을까. 상자 안에서 무언가를 하는 동료들처럼 내 인생을 위한 글쓰기도 정답은 없다. 나는 매일 바삐 움직이고 있고 무언가 열심히 한다. 내가 글을 쓰는 이유, 똑같은 시간을 보내도 조금 더 남다르게 의미를 찾는 이유다.

글쓰기는 쓰는 맛도 있지만 동시에 설렘도 있다. 나는 이것을 사전과 사후 글쓰기라 부르고 싶다. 칭찬 박사 강의를 들은 적이 있다. 미인 대칭 운동을 전하는 분이 4개 주제 중에서 칭찬만을 따로 분리해 강연했다. 누구나 칭찬 박사가 될 수 있다는 강연이었다. 3시간 강연을 통해 무엇을 배웠는지 글로 써봤다. 강연을 통해 삶에 적용할 것이 무엇인지 또한 글을 쓰며 정리하게 되었다. 9가지를 하겠다고 글로 남겼다. 딸에게 매일 칭찬하기, 경찰서 전 직원 이름과 얼굴 익히기. 나만의 장점 100가지 써보기, 경찰관 중 위대한 인물 조사해서 자료 모으기, 《Where have all the leaders gone》 책 읽기, 글 쓰는 경찰 명함 제작, 반경 책 선물하기, 자기 칭찬 문구 매일 녹음하기, 딸과 하루 박수 10번 치기. 칭찬하는 습관을 기르기 위해 칭찬 박사 밴드에 21일 동안 칭찬일지를 쓰겠다고 글을 썼다. 매일 21일 동안 칭찬일지를 썼다. 장점 100가지는 완료했고 딸에게 매일 칭찬은 하고 있고 녹음도 매일 하는 중이다.

배우고 나서 글로 쓰면 배운 것을 정리하는 데도 좋고 내 머릿속에도 각인이 되어 다음번에 언제든지 배운 내용을 끄집어내 사용할 수 있다. 이것을 사후 글쓰기가 부르고 싶다. 나만의 사전 글쓰기는 설렘을 안겨준다. 기아자동차 근무하는 정성만 부장과 함께하는 단톡방이 있지만, 개인적으로 만난 적도 없고 통화한 적도 없다. 그런데 갑자기 오늘 통화하고 싶어졌다. 무슨 이유에서인지 그렇게 해야만 할 거 같았다. 카톡을 보내 오늘 통화 희망한다고 전했다. 사실 무슨 말을 해야 할지 막막했다. 누군가와 통화를 하기 전에 글을 써보는 것이 사전 글쓰기다. 평소에 궁금했던 것이 무엇인지, 나와 연결고리는 무엇인지 글을 쓰면서 찾게 된다. 사람과 소통할 때와 무언가를 배울 때는 사전, 사후 글쓰기를 활용해보자.

불편한 진실을 마주하는 데는 글쓰기만큼 좋은 것도 없다. 글 쓰는 경찰이지만 모든 것을 잘할 수는 없다. 육아와 직장 그리고 자기계발에 균형을 맞춰가고 있다지만 나도 사람인지라 완벽할 수는 없는 법이다. 가족들과 서울 여행을 다녀온 후 피곤할 대로 피곤했던 나는 월요일 퇴근 후에 저녁을 먹고는 거의 쓰러지다시피 잠이 들었다. 남편이 예빈이를 씻기고 재웠다. 그런데 남편의 불만은 그다음 내행동이었다. 피곤하면 쭉 자면 되는데 12시쯤 깨서는 감사일지를 쓰고 내가 해야 할 일을 하는 나를 보고 분통이 터졌다고 했다. 항상 가정이 우선인 남편 입장에서 내 행동은 이해되지 않았다. 내 성격과 정반대인 남편은 기분 좋지 않으면 입을 다문다. 말을 하지 않는 남편을 보고 있으면 화가 났는지 알 수 있다. 무엇으로 기분이 나쁜지 말이다. 남편과 다투었던 내용을 포함해서 평소 가정에서의 내 모습을 글로 써 보면서 얼마나 심각했는지 알게 되었다. 자기중심적으로 살았던 나였다. 말로는 가정이 우선이라고 말하면서 실제 행동은 아니었다.

반면에 내 남편은 달랐다. 나와 남편의 차이는 무엇일까. 글을 쓰면서 알게 되었다. 욕심이었다. 무언가를 계속하려는 그놈의 욕심 때문이었다. 나에게 주어진 하루 24시간 중에서 새벽 3시간 글 쓰고 독서하고 운동하는 시간을 제외하면 21시간이 남는다. 그중에서 8시 출근해서 18시 퇴근하면 사무실에서 10시간을 보낸다. 잠을 6시간 정도 자면 나에게 남는 건 5시간이다.

5시간 중에서 가족과 보내는 시간은 얼마나 될까. 퇴근 후에 생각해보면 집을 치우거나 폼롤러로 운동을 한다고 예빈이와 얼굴 맞대고 노는 시간은 손으로 새기도 힘들 정도였다. 하루에 30분부터 시작해야겠다고 마음을 먹었다. 알람을 맞추어 아이와 몸으로 놀아주겠다고 말이다. 언젠가 30분이 40분 되고 한 시간이 될 테니까. 글을 쓰며 나의 잘못된 점을 짚어볼 수 있었고 상자 안에서 나와 객관적인 눈으로 나를 바라볼 수 있었다. 구경꾼이 되어서야 진정 똑바로 나를 알게 된 것이다. 끊임없는 남편의 잔소리는 흘려들었다. 조용히 앉아 가정을 위한 글을 써보자. 내 미래를 담는 것만이 아닌 가족 구성원으로서 내 위치를 정확히 아는 것 또한 꼭 필요한 작업이었다. 자신이 잘못하고 있는 줄 알면서도 회피하는 이유는 뭘까. 직면하기 싫어서이다. 마주하면 불편한 진실과 마주하기 때문이다. 불편할수록 써보자. 자신을 성장시키는 방법은 써야 알 수 있다.

남편은 카톡으로 영상을 하나 보내주었다. 방범순찰대 대원들과 영상을 찍었다고 했다. 짧았지만 전하고자 하는 메시지가 있었다. 남편의 구수한 사투리가 눈길을 끌었다. 제목은 데자뷰였다. 영상 막바지에 이런 글이 나왔다. '무심코 지나쳤던 그 얼굴, 당신의 얼굴일 수도 있습니다.' 제복을 입고 근무 중에 무심코 지나친 민원인이 없는지 경각심을 주는 영상이었다. 학교폭력을 당하는 장면을 목격하면 경찰은 도와야 한다. 그건 선택이 아닌 의무고 필수다. 법을 공부할 때 '할 수 있다'와 '해야 한다'의 차이로 시험의 당락을 결정하듯이 이건 확실히 해야 하는 일이다. 글쓰기도 마찬가지다. 선택이 아닌 필수다. 글을 쓰며 성찰해야 한다. 그래야 성장하는 삶을 살 수 있다. 삶을 되돌아보고 자신을 상자 밖에서 객관적인 눈으로 볼 때 올바른 방향으로 나아갈 수 있다. 이보다 더 쉬운 방법은 없다. 자신의 글을 보며 나만의 인생을 만들어가야 한다.

한 사람에게 고마움을 표현하기 위해 한 달 동안 매일 손편지를 쓴 적이 있었다. 경영철학을 공부하면서 자기계발이 아닌 자기경영이 필요한 시점이라는 깨달음을 준 분에게 마음을 표현하고 싶어서였다. 매일 2시간씩 공부하면서 느낀 점 위주로 편지에 담았다. 무엇을 바라고 쓴 글도 아니었다. 정성이 담긴 선물이 없을까 하며 글을 쓰다 번뜩이는 아이디어를 찾았고 실천했을 뿐이었다. 내 마음이 담긴 편지를 전달했고 얼마 지난 후에 답장이 왔다.

뜻밖의 글이었다. 공부도 좋지만, 가정에 집중하라는 글이었다. 예빈이와 보내는 시간을 늘리라고 했다. 지금 하는 공부는 아이가 커서도 할 수 있지만 아이가 어릴 때 함께 시간을 보내지 않으면 떠나보낸 시간은 영원히 돌아오지 않는다고 했다. 그 편지를 작은방에 붙여두었다. 가끔 가정에 소홀해지려는 나에게 자극을 주기 위해서였다. 혼자서 쓰는 글보다 소통할 때 쓰는 글은 깨달음을 준다. 혼자 쓰는 글쓰기와 함께 나누는 글쓰기를 병행해야 한다. 다른 시각에서 자신을 바라볼 수 있을 뿐만 아니라 삶에 새로운 자극과 영양제가 되어준다.

글 쓰는 작가는 구경꾼이 되어야 한다. 내 삶에 구경꾼이 될 때 삶을 올바르게 바라볼 수 있다. 삶에서 높은 목표보다 올바른 방향이 중요하다는 것은 누구나 다 아는 사실이다. 자동차 안에서 내비게이션을 켤 때 목적지를 입력해야 하듯이 하루를 시작할 때 글쓰기 버튼을 반드시 켜야 한다. 내 삶의 조종사는 바로 나다. 올바른 방향으로 나아가고 있는지 구경꾼이 되어 삶을 관찰하자. 오늘 이 순간을 자유로운 영혼이 되어 즐길 수 있는 사람이 되자. 바로 글쓰기의 힘이다. 내일이 아니라 오늘부터. 바로 지금, 이 순간부터다. 펜을 들어 글을 쓰자.

6
소망을 목표로 바꾸는 글쓰기

최근에 내 인생을 생각하며 몇 개의 표를 만들었다. 만다라트표를 활용해서 8개의 영역을 정했다. 8개의 영역을 더욱 세분화해 또다시 8개로 세분화하는 작업을 했다. 머리로만 그리면 막연한 뜬구름 잡는 생각들도 종이에 적으면 소망이 목표로 변신한다. 물론 종이에 적는다고 해서 모든 것을 실천하는 것도 아니다. 하지만 일단 종이에 적는 행위는 출발을 의미한다. 이것을 자주 생각하고 있다는 의미가 포함된다. 그다음 행위는 적은 표를 보이는 곳에 두어야 한다. 자주 봐야 아이디어도 떠오르고 생각을 이어갈 수 있어 다음 행동을 취할 수 있다. 이 방법을 위해 나는 매일 아침에 일어나 표를 본다. 그날따라 유달리 눈에 들어오는 영역이 있다. 그것에 대해 글을 쓰면서 확장해보는 것도 하나의 방법이다. 표를 눈에 보이는 곳에 두고 매일 확인하면서 노트 하나를 마련해 10개의 풍광이 담긴 이미지와 목표를 글로 적어두었다.

10년 동안 이루고 싶은 것들을 내 눈으로 볼 수 있게 이미지와 글로 기록해두었다. 매일 이것을 보면서 생각나는 아이디어가 있으면 그 목표 밑에 적어둔다. 비전 체계 강의를 하고 싶은 목표가 생겼다. 강의하는 사진을 구해 인쇄해서 종이에 적었다. 2019년 비전 체계 강의 10번 하기. 강의 10번을 어떻게 할 수 있을까 머리로 생각할 때는 막연했다. 글로 적기 시작했다. 머릿속에 들어 있는 생각을 꺼내기도 전에 내 손은 바쁘게 움직였다. 걱정되는 마음도 찾아볼 수 있었다. 사람들 앞에서 말하는 걸 부끄러워하는 나이기에. 글을 적으면서 깨달았다. 강의는 예쁜 목소리로 잘하는 게 중요한 게 아니라 어떻게 내 사명을 찾게 되었는지 나의 이야기를 들려주는 것이 더 중요하다는 사실을 말이다. 불필요한 걱정거리를 떨쳐 버릴 수 있었다. 본질을 생각하고 강의 준비를 할 수 있었다. 강의하는 이유는 나와 같이 사명을 찾는 사람들에게 도움을 주기 위해서다. 강의 실력을 뽐내기 위해 하는 것이 아니었다.

글을 쓰면서 본질과 다른 생각을 하는 나를 발견했지만 점점 올바른 방향으로 가고 있었다. 강의 경험이 거의 없는 나에게 고3담임과의 전화통화는 신세계를 열어주었다. 글을 쓰면서 고3 담임이 떠올랐고 문제 해결을 위해 통화를 하게 되었다. 만다라트표에 포함된 자기경영 영역 안에 있는 "전문 강사" 소망을 목표로 바꾸기 위해 몇 시간의 글을 썼다. 왜 강의를 하고 싶은지 이유를 알게 되었다. 나는 자기경영을 실천하는 글 쓰는 경찰을 복제하고 싶었다. 그냥 글 쓰는 경찰이 아닌 자신을 경영할 줄 아는 사람을 원했다. 자신을 경영할 줄 아는 사람이 조직을 경영할 수 있기 때문이다.

소망을 목표로 만드는 글을 쓰면서 나에게 계속해서 물었던 질문 3가지가 있다. 끊임없이 스스로에게 묻고 답하면서 내 생각을 정립할 수 있게 되었다.

첫 번째, 어떻게 하면 성공하는지가 아닌 어떻게 하면 사람들에게 잘 도움을 줄 수 있는지 물었다. 올바른 질문은 'How to be successful?'이 아닌 'How to be useful?'이다. 나눔을 실천할 때 사람들로부터 쓰임이 있는 사람이 된다. 매일 새벽에 일어나 꾸준히 글을 쓰는 사람이 되고 나서 나를 찾아가고 있다. 누군가에게 도움이 되는 사람이 되려면 줄 것이 있어야 한다. 무엇을 줄 수 있는지 고민하는 사람이어야 한다. 글쓰기를 통해 대한민국 경찰이 자신의 삶을 가꾸어갔으면 한다. 바쁘지 않지만 중요한 것들을 다시 하길 바란다. 아침을 일찍 시작하고, 책을 가까이하고, 약속 시각에 늦지 않고, 찾아오는 민원인을 내 가족처럼 대하고, 신발을 잘 닦고 다니고, 미래를 위해 공부하고, 건강을 위해 운동하는 등, 자기 관리가 필요하다. 글을 쓰면서 나는 무엇을 줄 수 있는지 찾은 끝에 챙기는 일에 소질이 있다는 점을 발견했다. 다독여주고 모범을 보여주는 일. 매일 글쓰기 힘들어하는 사람들에게 모범이 되어주기. 그것이 글을 쓰면서 찾은 내 강점이었다.

두 번째, 죽어서 어떤 사람으로 기억되고 싶은가를 끊임없이 나에게 물어야 할 질문이다. 질문에 대한 답은 의식이 성장할수록 바꿀 수 있겠지만 본질은 같다. 한 명의 경찰관으로 기억되고 싶다. 누구 뭐래도 대한민국 경찰의 삶을 알리는 삶을 살고 싶다. 내 무덤 앞에서, 내 장례식장에 찾아온 사람들의 입에서 '정말 괜찮은 경찰관이었어'라는 한 마디면 충분하다. 저자의 고3 담임은 자식들에게 괜찮은 아빠라는 평을 들으면 성공한 인생이라고 말한 적이 있었다. 나를 아는 사람들의 입에서 괜찮은 사람이라는 말을 듣는다면 인생 잘 산 게 아닐까.

세 번째 질문은 나는 어디서 무엇을 하며 살 것인가를 물었다. 부산에서만 살 거라는 생각은 하지 않는다. 부산만을 고집하는 남편은 어느 날 딸이 성인이 되어 서울에서 살게 되면 같이 서울로 함께 이사 갈 의사가 있다는 말을 했다. 신혼여행을 하와이로 다녀온 나는 언젠가는 하와이에서 꼭 살아보고 싶은 막연한 생각을 하고 있었다. 글을 쓰면서 내가 왜 하와이에서 살고 싶어 했는지 알게 되었다. 그곳에 사는 주민들 때문이었다. 경적 소리 하나도 없는 평온한 곳, 화분에 물을 주는 사람마저도 행복해 보이는 미소 때문이었다. 경찰 제복을 벗는 그 날 꼭 하와이에서 살아보겠다는 나의 소망은 내 버킷리스트 한 편에 자리 잡고 있다. 언젠가는 소망이 목표로 둔갑해 이루는 날을 기다려본다.

소망을 위한 글을 쓸 때는 항상 왜 하고 싶은지에 대한 글부터 쓴다. 방법적인 면에서 출발하면 하고 싶은 것들을 나열하기 식으로 시작해 끝나기 쉽다. 하고 싶은 이유가 명확하지 않다면 시작은 빨라도 불타는 욕망은 빨리 꺼져버린다. 그것이 바로 글을 써야 하는 이유이다. 내 소망이 끝까지 이어져가려면 불타는 욕망의 원인을 찾아야 한다. 살을 빼고 싶다는 소망은 보통 소망으로 끝나는 경우가 많다.

여름이면 주변에 다이어트를 하는 사람들이 많다. 그중에서 많은 사람이 살을 빼는 데 성공하지만 유지하지는 못한다. 왜 살을 빼서 유지해야 하는지에 대한 명확한 이유를 찾지 못했기 때문이다. 나는 글을 쓰면서 살을 빼는 이유는 건강을 위해서이며, 건강한 몸을 유지하는 방법으로 운동을 하고 식단조절을 해야 한다고 정했다. 꾸준히 하기 위한 도구로 바디 프로필 촬영을 매년 하기로 목표로 삼았다. 건강을 잃으면 모든 것을 잃는다. 야식을 먹고 운동을 하지 않는 몸은 오래 버티지 못한다. 건강한 몸을 가져야 함을 알지만, 일상에서 매일 실천하기는 쉽지가 않다. 올해 8월 12일 11시에 바디 프로필 촬영을 예약해두었다. 건강한 몸을 위해 하루라도 운동을 하지 않을 수가 없다. 매년 선 예약을 해둠으로써 건강한 몸을 관리해나갈 계획이다. 이 또한 글을 쓰면서 소망을 목표로 바꾸려는 방법을 찾았다. 머릿속으로만 하는 생각과 손끝으로 써 내려간 생각의 폭은 다르다. 해보면 그 맛을 안다. 매일 찾게 될 테니까. 내 시간과 글을 써 내려가야 하는 정성이 필요할 뿐이다.

예비경찰이 있다. 다송이에게는 경찰이 되는 것이 소망이었다. 경찰행정학과에 4년 동안 다니며 품었던 소망이다. 경찰이라는 직업을 진지하게 생각했고 소망을 목표로 바꾸기 위해 대학교 안에 있는 고

시방에서 공부를 시작했다. 다송이는 일반 수험생과 조금 다른 하루를 시작한다. 글 쓰는 예비경찰이다. 하루를 글쓰기로 시작한다. 50일 동안 생활방식을 지켜봤다. 글쓰기로 시작한 하루는 에너지가 달랐다. 집중력과 몰입도는 굉장했다. 글을 쓰면서 경찰이 되고 싶은 소망을 목표로 바꾸고 있었다. 매일 아침이면 자신이 오전에 할 계획을 정한다. 그중에서 글쓰기는 제일 먼저다. 글을 쓰며 그날의 마음을 정리한다. 오전에 실천한 것을 단톡방에 다시 올린다. 틈틈이 운동한 것도 공유한다. 오전, 오후, 저녁 이렇게 세 번의 일정을 공유한다. 글을 쓰면서 끈기도 생겼다. 한 번은 5일 동안 글을 쓰지 않은 적이 있었다. 친구와 다투어 아무것도 하기 싫어서였다고 했다. 글쓰기와 5일을 멀리하게 되면서 글쓰기의 힘을 알게 된 다송이는 지금도 매일 글을 쓰며 하루를 보낸다. 자신의 소망을 목표로 바꾸는 글쓰기의 힘을 알게 된 수험생의 특별한 이야기다.

글을 쓰는 방법은 여러 가지가 있다. 그중에서도 자신의 원하는 소망을 현실로 바꾸는 방법을 알고 있다면 어떨까. 매력적이지 않은가. 매일 쓰면서 가꾸어가는 소망을 현실로 만드는 방법은 매일 쓰는 방법밖에 없다. 자신도 모르게 원하는 모습이 되어 있을 것이다. 경찰인 내가 작가가 된 것처럼. 끊임없이 적고 또 적었다. 작가가 되고 싶은 내 소망은 글을 쓰면서 구체적인 목표로 바뀌었다. 계속 쓰면서 깨달았다. 하나씩 실천하면서 원하는 모습을 결국엔 이룰 수 있었다. 상상을 글쓰기로 이어가는 것. 그것이 바로 정답이다. 순간의 생각을 믿지 말자. 손으로 낚아채자. 정답은 내 손아귀에 있다.

7
경찰 퇴직을 넘어
100세 인생까지

직장인은 언제부터 퇴직 준비를 하는 게 맞는
걸까. 함께 근무하던 동료의 퇴직을 여러 번 지켜봤다. 자식 농사를
다 짓고 나서 50대가 넘어서 퇴직을 준비하는 게 옳은 걸까. 직장에
서의 정년이 60세까지라면 나는 36년 동안 제복을 입어야 한다. 한
가지 일에 3년씩 투자한다고 치면 12개의 분야에서 전문가가 될 수
있다. 11년이라는 경찰 경력을 내걸고 전문가라고 내세울 수 있는 게
있을까. 지금부터 남은 25년을 생각하면 8개의 분야에서 내가 좋아하
는 일에 도전해 볼 수 있는 기회가 남았다. 퇴직 준비는 30대부터 빠
르면 20대부터 진행되어야 한다. 자신이 좋아하는 일이 무엇인지 강
점이 무엇인지 반드시 알아야 한다. 자기에 대한 이해와 공부 없이 퇴
직 후의 삶을 설계하기는 불가능하다. 그저 똑같은 공무원, 직장인으
로 살고 싶지 않다면 필요한 작업이다.

나의 글쓰기 스승은 대기업에 다니며 남부럽지 않게 경제적인 여

유와 함께 살았다. 지금은 경제적으로 여유롭지도 않고 잘나가는 명함 한 장 없어도 지금의 삶이 더 행복하다고 말한다. 예전에는 놀이동산에 아들을 데리고 가면 다음 날 출근해야 하는데 차 막힐까 봐 걱정이 되어 한참 잘 놀고 있는 아들을 데리고 집으로 왔다고 했다. 글 쓰는 삶을 살면서부터는 온종일 문을 닫을 때까지 질리도록 놀이동산에서 함께 놀아준다고 했다. 돈이 많고 적음을 떠나 무엇이 진정한 행복인지 알게 된 것이다. 자신이 잘하고 좋아하는 글쓰기를 찾았기에 사명으로 여기고 글 쓰는 삶을 위해 나폴레옹 수면법을 실천하며 하루에 4시간 자고 불타는 욕망으로 살고 있다. 인생은 돈을 벌기 위해서가 아니라 행복해지기 위해 사는 것이다.

　나이가 많다고 해서 모두 다 어른은 아니다. 정년이 5~6년 정도 남은 나의 고3 담임선생은 조직에서의 정년은 의미 없다고 말한다. 자리만 지키는 건 의미가 없다고 말이다. 그렇다면 언제 나가야 한단 말인가. 궁금해서 물었다. 매듭지을 일이 끝나면 나가야 한다고 했다. 선생이라는 신분은 과연 언제 매듭이 지어진단 말인가. 학생이 졸업하고 성인이 되면? 궁금증이 생겼다. 경찰조직에서 내가 매듭지어야 할 일은 무엇인지 곰곰이 생각해봤다. 소속한 부서에서 맡은 일을 잘 해내는 것은 기본이다. 그 외에 동료와 함께 매일 글 쓰는 삶을 사는 것. 동료와 함께 삶을 끊임없이 고민하며 글을 쓰는 일을 매듭짓고 경찰 제복을 벗어야 한다. 할 일이 남았기에 아직 떠나지 않는 것이지 자리만 지키고 있는 선배는 되지 않겠다고 다짐해본다.

후배를 보면서 내 삶을 돌아보는 경험은 값지다. 여경 제대에서 근무하는 시보 순경인 두 명의 후배와 인연이 닿아 재능기부를 해주면서 친해졌다. 어쩌다 단톡방을 만들어 세 명이 소통하게 되었다. 매일 일어나서 하는 것들을 공유했는데 어느 순간 나와 똑같이 새벽을 열고 있었다. 매일 아침 일어나서 굿모닝 인사를 하고 자기 칭찬 10가지를 육성으로 녹음한다. 어느 순간 나와 똑같이 하루를 여는 후배의 모습을 보며 반복의 중요성을 깨달았다. 글 쓰는 삶은 누군가에게 모범이 될 수 있다.

퇴직한 선배와 통화를 하게 되었다. 퇴직하고 나서 일은 하지 않고 취미활동을 한다고 했다. 악기도 하나 배우고 책도 읽고 산에 다니면서 산다고 했지만 목소리에 힘이 없었다. 건강검진을 받는다고 죽을 먹어서 그런지 삶에 애착이 가는 목소리는 아니었다. 글을 써보라는 말에 무슨 글이냐며 사양하신다. 계속되는 나의 질문 공세에 딸은 잘 있는지 묻고 질문을 돌린다. 퇴직한 선배님은 현직에서 얼마만큼 퇴직을 그렸을까. 퇴직 전에 왕성하게 활동한 사람은 퇴직 후에도 할 일이 있어 분주했다. 연금만 받고 30년 고생했으니 쉬어야겠다고 말하는 선배들은 그냥 말 그대로 쉬었다. 인생의 황금기는 60세부터 75세라고 말하지 않는가. 왜 60세부터가 시작인데 삶의 쉼표를 찍어야 한단 말인가.

경찰관의 삶의 출발지와 종착지는 모두 다르다. 들어가고 나가고는 자신의 선택이다. 정년을 채울 수도 있고 명예퇴직을 할 수도 있다. 퇴직하고 나서부터는 자신이 선택한 책임이 따른다. 현직에서 얼마 만큼 준비했는지에 따라 성패가 갈라진다.

내 큰아버지는 서울에서 사시다가 미국에 이민을 가셨다. 뒤늦게 다시 서울로 돌아오셔서 혼자 힘으로 사업을 일구셨다. 작은 컨테이너 방에서 쪽잠을 자며 끼니를 해결하며 버텨서 일궈낸 사업이었다. 나이가 일흔이 넘으셔서 사업을 정리하시고 남해에 내려와서 작은 민박집을 운영하신다. 얼마 전에 복국을 잘못 먹어 온몸에 독이 퍼져 응급실에서 큰 고비를 넘기셨다. 일흔이 넘은 나이에도 죽음은 두렵다. 집안 곳곳에는 취미로 서예를 한 흔적들이 보였다. 나이가 들수록 배움을 이어가야 함을 공감했다.

나와 인연이 된 사람들의 인생을 글로 적어보는 것이 내 취미다. 한 사람의 삶을 정의할 수는 없지만 살펴보면서 나름대로 영향을 받고 배울 점은 받아들인다. 글쓰기는 있는 그대로의 인생을 담을 수 있는 장점이 있다. 뭔가 특별하게 꾸미려고 할수록 내가 아닌 다른 사람이 된다. 내가 생활하는 곳에서 내 생각이 그대로 담긴 글쓰기가 바로 나다운 글쓰기다. 빼고 넣고를 고려하는 글쓰기가 아닌 있는 그대로 내 마음을 담아 표현하는 힘을 배워야 한다. 원하는 모습도 내 손끝에서 나와야 한다. 내 인생을 내 손끝으로 이리 적어보고 저리 적어보면서 가꾸어 나가야 하는 게 내가 할 일이다.

삶은 여정이다. 여행을 갈 때처럼 목적지에 도착해서보다 여행을 가기 위해서 준비를 하는 과정 자체가 즐겁다. 인생도 마찬가지다. 성공한 사람이 된 모습보다 내가 그리는 미래의 모습으로 가기 위해 걸어가는 삶의 여정이 소중하다. 그냥 흘려보낼 내 인생의 발자취를 글로 남겨두면 세상에 남는다. 내 흔적이 남는다. 많은 것을 남기는 것이 중요한 건 아니겠지만 나만의 아름다운 흔적을 세상에 남기고 가는 것 또한 의미 있는 삶이다.

고3 담임선생을 통해 알게 된 김형석 교수의 강의를 듣고 10가지 포인트를 요약해봤다. J지구대 근무하는 동료에게 손편지를 쓰면서 열 가지로 정리된 한 장을 첨부해주기도 하고 사람들에게 손편지를 쓸 때마다 꼭 첨부해서 넣었다. 읽을수록 내용이 와 닿았기 때문이다. 나만 알기에는 아까웠기 때문이다. 이철성 청장님도 나에게 선물해준 책이 바로《백 년을 살아보니》였다. 열 개의 가르침 중에서 나에게 가장 와 닿았던 것은 네 가지다.

첫째 직장에서의 삶이 풍성해질수록, 고위직 공무원일수록 정신적 빈곤이 많이 생긴다. 계급사회인 경찰조직에서 대부분의 삶을 진급을 위해 독서실에서 공부할 것인지 아니면 가족들과 여행을 다니며 인생의 가치관에 대해 끊임없이 고민하며 글을 쓰고 책을 읽는 삶을 살 것인지 선택해야 한다. 경찰이 되어 2년 동안은 계급이 전부인 줄 알고 살았다. 첫 승진시험을 포기하고 책과 글쓰기를 만나면서 내 삶의 태도는 완전히 다른 사람으로 바뀌었다. 계급이 아닌 내 삶 그리고 죽음을 생각한다. 태어나서 죽는 것이 삶의 이치지만 끊임없이 세상에 내가 주고 갈 것을 고민하면서 진정으로 하고 싶은 것을 글쓰기로 찾고 있다.

둘째 인생은 60세부터다. 공부, 취미 활동, 일 중에서 하나는 반드시 하자. 퇴직하면 진짜 인생이 시작되는데 내 주변을 보면 퇴직 전보다 만족하는 인생을 살지 못했다. 퇴직 후의 삶을 즐기려면 현직에서 열심히 일궈낸 삶의 흔적들이 필요하다. 아무것도 애쓰며 살지 않았는데 퇴직 후에 갑자기 무언가 하고 싶은 마음이 생기진 않을 것이다. 삶에 대한 태도는 퇴직 전부터 갖추고 있어야 한다. 긍정적인 마인드, 역량, 인격을 미리 갖추고 있어야 한다.

셋째 사랑하는 사람은 일 년에 봄, 여름, 가을, 겨울 하루를 정해서 만나라. 평생 친구가 있는지 나 자신에게 물었다. 어느 날 답을 잘하지 못하는 나를 발견하고는 버킷리스트에 적었다. 평생 친구 3명 만들기. 아무런 이유 없이 만나고 싶으면 얼굴 보고 터놓고 이야기할 수 있는 친구 3명만 있으면 세상 사는 데 어려움이 없을 거 같단 생각이 들었다. 한 명을 만들었다. 아직 두 명을 찾는 중이다. 천안에 사는 박선진 작가와 계절마다 만나는 중이다.

넷째 가장 행복한 인생을 산 사람은 "고맙습니다" "감사합니다" 인사를 많이 받는 사람이다. 현직에 있는 경찰관만큼 감사하다는 인사를 받는 사람도 없을 테다. 직업 자체가 사람을 돕는 일이다. 어려움이 필요한 사람들이 경찰을 찾는다. 경찰은 어려움이 필요할 때 갈데가 없다. 업무 중에 다친 마음을 풀 때는 더더욱 없다. 그냥 차곡차곡 쌓아둔다. 나 자신도 모르게 가까이 있는 사람에게 그 스트레스를 푸는 자신을 발견하고는 놀람을 금치 못할 때도 있다. 내가 행복해야 나를 포함한 내 가족도 주변도 행복해진다. 내가 불행한데 다른 사람을 위해 살 수만은 없는 법이다. 업무 중에 쌓인 찌꺼기들을 쓰레기통에 비워야 한다. 매일 글 쓰는 여백에 버려야 한다.

내가 글을 쓰는 이유는 내가 행복해지기 위해서다. 행복을 위해 해야 할 첫 번째는 비움이다. 불필요한 찌꺼기들을 모두 비우고 퇴직을 넘어 인생 전체까지 내 손으로 적어봐야 한다. 내 인생은 내가 만들어가는 데 초점을 두어야 한다. 다름 아닌 내가. 오늘부터 당장 글을 쓰자. 내 진짜 인생을 위해 적어보자.

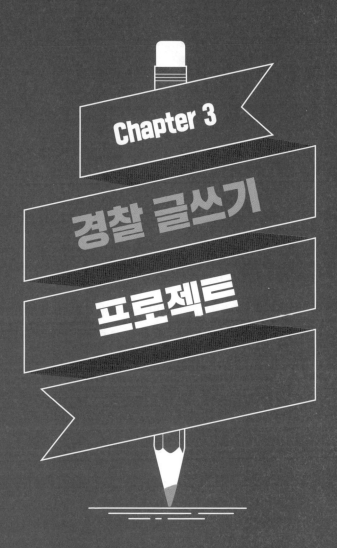

Chapter 3

경찰 글쓰기

프로젝트

1
목표는 무엇인가

　　지금부터 어쩌다 글 쓰는 경찰이 된 경찰관 이 야기를 하고자 한다. 올해 6월 초 지구대에 경찰 실습생 4명이 오기로 예정되었다. 경찰 선배로서 내가 무엇을 도울 수 있을지 며칠간 생각에 잠겼다. 11년 전 내 실습 때를 떠올려보니 특별히 기억에 남는 몇 개의 추억 말고는 남겨둔 글이나 사진도 찾을 수 없었다. 뭔가 의미 있는 추억거리를 만들어줬으면 좋겠다는 생각을 이어가던 차에 스쳐가는 아이디어를 잡아채서 종이에 적었다. 'My Police Book Project.' 그래 이거야! 실습 동안 실습생이 글을 써 보게 하는 것이었다. 글로 남기면 실습 때의 역사는 남게 되니 세월이 지나도 언제든지 꺼내 볼 수 있다.

　생각 끝에 저장할 공간을 찾다가 네이버 카페를 개설하고는 첫 번째 글을 쓰기 시작했다. "당신의 초심은 무엇입니까?" 드디어 실습생이 지구대에 찾아왔다. 남자 2명, 여자 2명. 탈의실이나 알아야 할 것들을 설명해주고 대장님과 면담을 마친 후에 내 생각을 전달했다. 50일 동안 경찰 인생을 어떻게 그려가고 싶은지 글을 써보면 어떻겠냐고 물었다. 신임의 패기가 넘쳤다. 오랜 시간이 걸리지도 않았다. 좋은 경험이라고 생각했고 4명 모두 선뜻 하겠다고 했다. 실습생 4명을 온라인 카페로 초대했다. 동료 경찰관들에게 글쓰기 프로젝트를 50일간 하려고 하는 데 동참하겠냐고 물었더니 일부가 하겠다고 했다. 10명의 인원이 더 추가되었다. 경찰을 준비 중인 예비경찰 1명, 시보 순경 2명, 경찰 11년 차 2명, 13년 차 1명, 2년 차 후배 1명, 4년 차 1명, 책 출간으로 알게 된 전남청 실습생 1명, 서울청 12년 차 1명으로 총 14명이었다. 오래전부터 계획한 것이 아니었다. 실습생을 위해 도울 것이 없을까 생각하다가 스쳐가는 아이디어를 잡아채서 하루 만에 카페를 만들어 글을 쓰게 된 것이 오늘까지 오게 되었다.

'마이 경찰북 프로젝트'의 핵심은 대한민국 경찰이 어떤 삶을 살고 싶은지 스스로 글쓰기로 찾아가는 것이다. 내가 무엇을 좋아하는지, 어떤 장점을 가졌는지 글을 쓰면서 찾는 것이 목적이었다. 글쓰기로 내 마음 들여다보면서 말이다. 글을 쓰면서 점점 내 마음은 확고해져 갔다. 글 쓰는 문화를 이어가야겠다고 다짐했다. 이 공간만큼은 대한민국 경찰이라면 언제나 찾아와서 글을 쓸 수 있는 공간이 되어야겠다고 못을 박고 있었다. 매일 새벽에 일어나 하루도 빠짐없이 글을 쓸 수 있었던 이유이다. 내 글을 기다리고 있는 동료가 있음을 알기에. 글쓰기 프로젝트를 시작하는 첫날, 단톡방에서 미션을 주었다. 50일 동안 꼭 이루고 싶은 한 가지를 기록해 자주 보이는 곳에 붙여두라고 했다. 다들 자신이 쓴 글을 사진을 찍어 올려주었다.

미옥	네 번째 책 출간
찰스	5시 기상, 규칙적 운동, 긍정 마인드
솜뽈	형법, 경찰관직무집행법 공부, 근육량 40킬로그램 체지방 20% 이하
뽈뽈리	수사 경과 취득
지니	매일 30분 운동
열매	형법 80, 형소법 90, 경찰법 90, 헌법 70, 민법 60 달성
로니	5:30 기상, 하루 만 보 걷기, 독서 10분
흰곰탱이	5시 기상, 감사일지, 글쓰기
그니	주4회 운동, 1시간 매일 독서, 10분 형소법 공부
희희	이틀에 한 번 운동, 매일 영작 일기, 사건 익히기
사과	쉬는 날 검도, 하루 1개 배우기, 항상 감사
고운빛나파파	5시 기상, 필사 1개

나는 동료들과 함께 글을 매일 썼다. 글 쓰는 경찰 일부는 하루를 시작하기 전에 글쓰기로 시작했고, 일부는 하루를 마감하는 저녁에, 일부는 일과 중에 틈이 날 때 썼다. 어떤 때는 몰아서 여러 날의 글을 쓴 사람도 있고, 매일 규칙적으로 쓴 사람도 있었다. 중요한 것은 계속 이어서 글을 쓰는 사람이다. 출근하기 전 나는 글쓰기로 하루를 시

작한다. 동료들과 글쓰기 프로젝트를 하는 중에 네 번째 책 초고를 병행했다. 하루에 두 시간씩 글을 쓰고 출근했다. 두 시간 집중해서 글을 쓰고 나면 어깨가 뻐근하고 목 뒷덜미가 뻣뻣해진다. 그런데도 매일 글을 쓰는 이유는 분명하다. 내 동료가 내 글을 기다리고 있기 때문이다. 매일 이 시간이면 글이 올라오는 것을 알고 있기에 매일 빠짐없이 쓸 수 있었다. 가족들과 서울로 여행을 갔을 때도 가족이 잠에서 깰까 봐 화장실 가서도 쓰고, 어떤 날은 휴대폰 전등을 켜 둔 채 껌껌한 방안에서 글을 쓰기도 했다. 50일 동안 내 목표는 동료들에게 글쓰는 삶을 체험해보게 하고 싶었다. 글을 쓰면 마음이 어떻게 평온해지는지, 글쓰기로 내 소망을 어떻게 구체화할 수 있는지 직접 체험해보게 하고 싶었다. 매일 쓰는 길밖에 없다. 눈이 오나 비고 오나 내가 할 일은 매일 쓰는 것이었다. 그것만이 내 동료를 글 쓰게 움직일 수 있게 해주었다.

글쓰기 프로젝트의 장점은 내 글이 아닌 동료의 글을 읽을 수 있는 장점이 있다. 다른 부서에 근무하는 동료의 생각은 다른 관점에서 새롭게 접근할 수 있게 해준다. 서울청에 근무하는 동료는 신임 순경의 글이 자신에게 많은 도움이 된다고 했다. 43일 차 글쓰기를 하는 날, 단톡방에 익명투표를 한 적이 있었다. 나의 질문은 3가지였다. 50일 글쓰기 이후 매일 글을 쓰고 싶은 사람, 가끔 글을 쓰고 싶은 사람, 글을 쓰고 싶지 않은 사람. 매일 쓰고 싶은 사람 4명, 그 외 모두 가끔 쓰고 싶다고 했고 쓰고 싶지 않은 사람은 없었다. 내 마음을 울린 내 동기의 글이 있었다. 14일 차 글쓰기 제목은 '들이대'였다. 딸아이

를 키우는 나와 비슷한 환경에서 생활하고 있는 맞벌이 동료의 글이
었다.

들이대

몇 년 전에, 그리고 또 우연히 이번에 나는 내 동기이자 동생인 미옥이
에게 들이댔다. 주어진 내 시간을 어쩌지 못해 동동거리면서 도와달라
했다. 자주 만나는 것도 아닌데, 내가 원하는 방향으로 성큼성큼 걸어
가는 너의 모습을 보고 네가 배운 대로 그 뒤를 쫓아가고 싶었다. 새벽
에 일어나는 것도, 책을 즐기는 것도 내가 했던 것들인데, 너는 꾸준히,
우직하게 연습해서 결국 습관으로 굳혔다. 그리고 어느 날, 책을 썼다
며 연락이 왔다. 똑같이 3년이라는 시간이 흘러가는 동안 나는 여전히
동동거린다. 오늘 나는 그 누구도 아닌 너에게 다시 들이댄다. 언젠가
동기였던 우리가 같은 무대 뒤에서 강의 차례를 기다리면서 차 한잔하
는 그날을 그린다.

몇 년 전 경무계 직원 한 명이 경찰청에서 주관하는 고객 만족 경
진대회에 출전한 적이 있었다. 여성청소년과 서무였던 나는 응원 차
본청에 함께 가게 되었고 응원복까지 입고 구호를 외치며 최선을 다
해 응원했다. 전국에서 모인 경찰관들과 한 공간에서 한 해 동안 자신
들이 추진해온 시책을 열과 성을 다해 발표하는 모습을 내 가슴에 담
았다. 언젠가는 나도 이곳에서 시간과 노력을 들인 결과물을 선보이
겠다고 다짐하면서 말이다. 매일 가지고 다니면서 아침마다 보는 미

래 앨범 한쪽에는 "고객 만족 경진대회 대상"이라는 문구가 적혀 있다. 물론 이미지도 함께 들어 있다. 나는 3년 후에 미래를 이렇게 그려본다.

2021. 11. 17. 경찰청 고객 만족경진 대회 참가

동료와 함께 이곳에 몇 년 전 왔을 때 다짐했던 말이 생각난다. 글 쓰는 삶을 살면서 동료와 함께 글을 쓰면서 내 꿈은 커져만 갔다. 나는 오늘 이곳에서 글 쓰는 경찰이 된 100명의 동료 경찰을 대표해 15만 경찰관을 대상으로 글 쓰는 삶이 어떤 변화를 주었는지 낱낱이 고한다. 100명의 경찰작가가 탄생하는 순간을 곁에서 지켜봤다. 누구나 글을 쓸 수 있지만 아무나 도전하지 못하는 분야였다. 이제는 아니다. 글 쓰는 경찰. 대한민국 경찰관에게 필수이다. 전국 방방곡곡에서 제복을 입고 근무하는 우리들의 이름은 경찰이다. 강인한 체력도 필요하겠지만 마음을 관리할 줄 알아야 한다. 글쓰기로 치유하고 나아가 내 인생을 스스로 만들어가는 힘을 글쓰기로 배웠다. 오늘 이 자리에서 전국에 있는 글 쓰는 경찰 100명의 이야기를 소개한다. 한 사람의 소망이 어떻게 현실로 바뀌었는지 오늘 다 밝힌다.

철새는 항상 무리 지어 이동한다. 4만 킬로미터 이상 날아가야 하는 철새는 옆에 있는 동료를 의지한다. 15만 경찰이다. 15만 경찰 중에서 나는 한 명의 경찰관이다. 멀리 가려면 동료와 함께 가야 한다. 어쩌다 시작한 글쓰기가 내 사명이 되었고 지금은 하루라도 글을 쓰지 않으면 찝찝해서 미칠 지경에까지 이르렀다. 동료와 함께 쓰는 글은 분명한 목표가 있다. 우리가 느꼈던 글쓰기의 잔잔한 감동, 마음의 평화, 나아가 글쓰기로 만들어가는 신나는 내 인생을 내 옆에 있는 동료에게 알려주고 싶을 뿐이다. 이제는 당신이 글을 쓸 차례이다. 두려운가. 동료의 글을 읽고 자신만의 글을 써보자. 50일이면 변화하기에 충분하다. 당신 인생의 첫 번째 프로젝트를 글쓰기로 시작하라. 반드시 길이 보인다.

2
이 길에 동행하다

　　나에게는 36층의 계단이 남았다. 24살에 경찰
에 입문했으니 60세 정년까지 36년이 주어졌다. 15만 경찰은 저마다
들어온 시기도 계기도 다르다. 나는 이제 겨우 11층에 도달해서 글쓰
기라는 문을 활짝 열었다. 경찰이지만 글 쓰는 삶을 살기로 선택한 것
은 내 선택이었다. 처음에는 지금과 생각이 달랐다. 베스트셀러 작가
가 되어 돈을 많이 벌어야지 하는 생각을 했다. 얼마를 벌고 싶은지도
모른 채 그냥 막연히 좋은 집에 좋은 차를 타고 싶었다. TV에서 보는
한 명의 드라마 주인공처럼 말이다. 시작한 이유가 어찌 되었건 글을
쓰면서 점점 빠져들었다. 삶의 이유를 고민하고 있는 나를 발견했다.
글쓰기로 하루를 시작했을 뿐인데 아무런 잡생각도 들지 않았다. 말
그대로 하루가 평온했다. 동료들과 50일 글쓰기 프로젝트를 시작하
면서 내 일과는 글쓰기와 관련된 일로 대부분 채워졌다. 글쓰기만 하
면 지겨울까 봐 단톡방에 매일 미션을 올렸다. 마지막 날의 미션은 유

언장 쓰기였다. 매일 미션을 올리고 하루를 보내면서 글을 쓰게 하는 것이 내 역할이었다. 시간을 쪼개 댓글에 답글도 하면서 말이다. 무작정 생각나는 대로 미션을 정한 것은 아니었다. 애초부터 미션지와 글쓰기 목록을 가지고 있었다. 만다다트표에 50일 동안 글 쓸 제목을 적어두었다. 일부 수정한 것도 있지만 대부분 지켰다.

　동료의 삶을 글쓰기로 만났다. 내 이야기를 글로 담으면 구경꾼이 되는 것처럼 동료의 삶을 철저한 구경꾼이 되어 알아 갔다. 자주 보는 동료도 글로써 만나니 다른 점을 많이 알게 되었다. 머릿속으로 이런 걱정을 안고 있었는지 알게 되는 부분도 있었다. 처음에는 글을 쓰는 것 자체를 두렵거나 망설여서 했다면 지금은 서슴없이 자신을 표현했다. 개인적인 이야기도 막 뱉어 내는 것을 보면 진정 글쓰기에 빠져 있는 모습이었다. 머리가 아닌 손으로 쓰고 있음을 알 수 있었다. 진정한 나를 알아 가는 과정이다. 글 쓰는 삶은 단순한 삶이다. 자신을 돌아보는 글쓰기는 삶에 변화를 준다. 글 쓰는 동료 중에 한 명은 대구에 산다. 얼굴만 보면 결혼도 안 한 처녀 같지만, 애 둘을 키운다. 지구대에서 야간 근무를 한 지도 6년이 넘는다. 경찰이 된 지 10년 동안 아이 둘을 키우고 일한다고 바빠서 자신의 꿈은 저 깊숙이 접어 두었다. 어쩌다 시작한 글쓰기를 통해 끈기 있게 자신을 바로 세우는 모습을 볼 수 있었다. 남편과 다툰 날이었는데 그날의 미션이 화내지 말고 참아 보기였다. 자신의 화를 억제한 하루를 보낸 후 남긴 글이 인상적이었다.

자기 성찰하지 않는 자 유죄

오늘만큼 내가 답답하다고 느껴본 적이 없다. 내 성질대로라면 판을 엎고 NO!라고 해야 하는데 용기가 없어 그러질 못했다. 아이들이 눈에 밟혀서. 내가 또 참고, 이것이 내 성찰의 기회라 생각하고 내 화를 참고, 이 고난을 견디면 더 성숙해질 수 있다고 나를 다잡는다. 자기 성찰은 어렵다. 아직은 견뎌야 할 시련이 많은가 보다. 나랑 맞지 않는 사람들과 같이 있는 걸 견딤으로써 사람을 통한 성찰을 오늘도 한다.

- 내 화를 참고 성찰하기 끝-

내 동기는 글을 쓰면서 접어둔 꿈을 다시 찾았다. 토익을 공부해 장기 국비 유학을 준비하고 있다. 서류도 제출했다. 완성된 꿈은 아니지만 도전하며 글 쓰는 삶을 살고 있다. 도전과정에서 맛본 실패는 글을 쓰며 털어버리면 된다. 함께 가면 멀리 간다는 말처럼 함께 쓰는 글쓰기는 목표를 향해 같은 방향으로 가는 데 도움을 준다.

모두 다 바쁘다. 같은 지구대에서 근무하던 후배가 기동대로 발령이 났다. 글쓰기 프로젝트를 해보겠냐고 물었을 때 시간을 내서 만나는 것이 아니라 혼자서 해도 되는 거면 하겠다고 했다. 기동대 근무는 변수가 많다. 약속을 미리 잡을 수 없을뿐더러 잦은 출동으로 자신의 시간을 균형 있게 사용하기도 힘들다. 그런데도 매일 쓰지는 못해도 잘 따라오고 있었다. 글 쓰는 시간을 소중하게 여기는 게 글에서 느껴졌다.

나를 위한 힐링 타임

한 해에 한 개의 목표만 가지기로 했다. 그만큼 남는 시간이 생겨 쉴 수 있게 되었다.

힐링 타임이라 하면 집에서 에어컨 틀어놓고 아무 생각하지 않으면서 죽은 불가사리처럼 침대에 늘어져 있는 게 최고다. 또는 간단한 운동, 몸 만들기 역시 내년의 목표 중 하나이기에 올해의 목표에 방해되지 않을 정도로만 땀을 낸다. 또 카페에서 독서. 카페마다 아메리카노의 맛이 다르다. 그 차이를 느껴가며 주기적으로 다른 카페를 들른다. 아메리카노 혹은 콜드브루를 주문하고 책을 편다. 이 또한 좋은 휴식이다. 많은 사람은 힐링하면 여행을 생각한다. 나도 여행을 가려고 이리저리 알아봤지만 당장 여행자금이 없어 적금을 들기 시작했다. 사람이 없는 자연공간으로 떠나기 위해 조사를 시작했다. 사람에 차이는 직업인만큼 사람을 신경 쓰지 않는 곳에서 홀로 있는 게 내 최고의 힐링인 것 같다.

자신이 속한 부서와 계급에 상관없이 글쓰기는 가능하다. 내년에 있을 일도 계획하지 못했는데 퇴직 날의 자신의 모습을 미래일기로 써보라는 미션이 있었다. 쉽지 않은 글쓰기였다. 30년 후의 모습을 상상하며 글로 담아보기. 그리고 관광대에 근무하는 후배와 영어 일기를 쓴 적이 있었다. 두 번을 시도했는데 매번 하다가 중간에 둘 다 포기했었다. 하지만 이번 글쓰기 프로젝트에서는 달랐다. 중간에 빼먹을 때도 있었지만 다시금 일어나 후배는 글을 쓰고 있었다. 경찰 제복을 입는 동안 나처럼 글 쓰는 경찰이 되겠다고 했다. 후배가 쓴 정년퇴임식의 글이다.

2049. 8. 8. 정년퇴임식

2014. 8. 8. 25세에 경찰임용식 후 35년간 경찰관으로 근무를 했고, 60세인 오늘 이 직을 떠나는 날이다. 나는 글 쓰는 경찰관으로서, 동료 경찰관에게 글 쓰는 삶을 전파했다. 내가 낸 책도 10권이나 된다. 20세 마지막 해에 한 권을 시작으로 30대, 40대, 50대 계속 글을 썼고, 책을 출간했다. 50일간 글쓰기 미션이 퇴직하는 오늘날까지 이어질 것이란 막연한 상상이 현실이 되었다. 퇴직 후에도 지금처럼 계속 글을 쓸 것이다. 현직에 있을 땐 동료들에게 긍정적인 영향을 주는 글을 썼다면, 퇴직 후에는 퇴직한, 퇴직을 앞둔 경찰관에게 좋은 지침서가 되어주는 책을 쓰고 싶다.

10년 동안 경찰의 길을 걸어오는 동안 나는 철저하게 혼자였다. 내 모든 배움은 나를 위한 것이었다. 책을 접하면서 조금씩 나누는 삶을 살 수 있었다. 배운 것을 다시 주변에 알려주는 재능기부를 실천하면서 배울 때보다 무언가를 가르칠 때의 희열이 더 큼을 알게 되었다. 내가 좋아하는 작가 중에 고 구본형 작가라고 있다. 직장 생활을 하면서 출근 전 두 시간씩 글을 쓰며 여러 권의 책을 출간한 작가다. 누군가는 성공하고 나서 한 권의 책을 남기겠다고 한다. 나는 매일 글 쓰는 작가이고 싶다. 한 권의 책으로 사람을 변화시킬 수 있을까? 책을 읽으며 글을 쓰며 변화한 내 삶은 단 한 번으로 바뀌지 않았다. 매일 투자한 결과물은 몇 년 후에 찾아왔다. 어쩌면 5년 이상 독서를 해왔기에 글 쓰는 재미가 더해졌는지도 모르겠다. 글을 쓰면서 내 삶에 선별능력이 좋아졌다.

내 삶에 필요한 것들을 마구잡이로 선택하는 것이 아니라 우선순위에 맞게 해가고 있었다. 글쓰기와 관련된 것이 아니라면 배움도 뒤로 미룰 줄도 알게 되었다. 대한민국 경찰이라면 글 쓰는 경찰이 되어야 한다. 책을 내지 않아도 글 쓰는 삶을 살아야 한다. 빠르게 변화하는 시대에 자기 성찰하지 않는 자는 유죄. 성장과 성찰은 한 세트다. 글쓰기는 성장과 성찰의 결과물을 둘 다 가져다준다. 쓰지 않고서는 절대 알 수 없는 비밀이다. 경찰 제복을 입고 펜을 들고 있는 이미지가 나를 대표하는 글 쓰는 경찰의 이미지다. 맥아더 장군은 말했다. 노병은 죽지 않는다. 사라질 뿐이다. 글 쓰는 경찰은 죽지 않는다. 글속에 사라질 뿐이다.

3
시행착오는 필요하다

        모든 일은 때가 있다고 한다. 그때란 언제일까. 살면서 많은 일을 하면서 살지만, 그때를 잘 알지 못하고 지나칠 경우가 많았다. 기회가 왔을 때 잡으려면 평소에 준비가 되어 있어야 하는 법이다. 돌이켜 생각해보면 때라는 순간이 내 인생에도 몇 번은 찾아왔던 거 같다. 하지만 나에게 온 기회임을 알지 못했고 다시 그때가 오기를 기다리고 있다. 글쓰기는 그때를 다시금 놓치지 않게 도와준다. 평소에 내 마음을 살피게 해주기 때문이다. 내 마음이 어느 방향으로 향하고 있는지 알게 해준다. 내가 적은 글을 보면서 내가 알고 있는 마음 이외 또 다른 마음이 있음을 알게 된다. 매일 쓰지만 매일 새롭게 알게 되는 내 마음에 놀라곤 한다.

    《누가 내 치즈를 옮겼는가》라는 책을 읽은 적이 있었다. 원문으로 된 얇은 책을 입으로 큰소리를 내며 읽었다. 수십 번을 읽었던 거로 기억한다. 한 권의 책을 반복해서 보다 보면 생각지도 못한 곳에서 아이디어도 얻고 삶의 지혜와 깨달음을 얻는다. 치즈가 없어졌을 때 생쥐 중에서 새로운 곳인 미지의 세계를 향해 나아가는 생쥐와 치즈가 다시 돌아올 거라며 안주하며 기다리고 있는 생쥐가 있었다. 그중에서 한 마리는 마음을 바꿔 다시 미지의 세계로 나갔다. 안주할 때는 치즈 구경도 못 했지만 앞으로 나아가면서 약간의 치즈를 발견한 생쥐 한 마리는 치즈가 없어진 곳에서 여전히 방황하고 있을 생쥐에게로 돌아갔다. 다시 신발 끈을 매고 앞으로 나아가자고 설득했다. 치즈가 없어진 곳에서 다시 기다리다 보면 다시 치즈가 나타날 거라며 생쥐는 말을 듣지 않았다. 어쩔 수 없이 혼자서 운동화 끈을 매고 미로를 향해 나아갔다.

세 마리의 생쥐 이야기가 글을 쓰는 경찰의 이야기였다. 글 쓰는 새로운 환경이 닥쳤을 때 누군가는 재빠르게 환경에 적응해 매일 글을 써나갔다. 일부는 중간에 포기했다. 포기한 사람 중에 누군가는 다시 일어나서 경주에 합류하고 일부는 포기 상태에 머물러 있었다. 글쓰기라는 변화의 순간은 우리 삶에 항상 찾아온다. 우리에게는 새로운 생각과 새로운 행동보다는 있는 그대로의 자신을 사랑하는 법을 배워야 한다. 그리고 내가 지닌 마음을 밖으로 표현하는 법을 배워야 한다. 누구나 처음은 서툴다. 말보다 글이 편한 이유다. 말은 뱉으면 그만이지만 글은 적고 나서 수정할 수 있다. 여러 번 읽으면서 내 생각을 수정해 나갈 수 있다. 빠르게 변화하는 시대에 자신을 지키고 내 마음을 지키는 방법은 단연 글쓰기다.

글쓰기에는 간절함을 담을 필요가 있다. 글 쓰는 경찰관 중에서 글을 쓰는 이유는 다양하다. 자신의 마음을 담아 알아가고 싶어 쓰는 사람도 있었다. 근무 여건이 너무 힘들어서 에너지를 얻고 싶어 쓰는 사람도 있었다. 절실하게 글을 쓰는 사람은 경찰관이 되고 싶어 하는 예비경찰이었다. 앞에서 이야기한 예비경찰인 다송이는 매일 글을 쓰고 있다가 5일 정도 글을 쓰지 않았다. 무슨 일이 있는지 감지했지만 먼저 묻지 않았다. 먼저 이야기해주길 바라는 마음도 있었다. 친구와의 문제로 글을 쓰지 않고 공부도 소홀히 했던 이야기를 들었다. 다음 날 글을 쓰면서 마음을 추스르는 모습을 봤다. 자신이 낭비한 시간을 글쓰기로 털어버리고 다시 공부에 집중하는 모습을 봤다. 예전보다 더 단단하고 야무져 보였다. 자신과의 약속을 지키는 사람은 자신감이 넘친다. 매일 자신에게 다짐하는 글을 쓰는 예비경찰의 각오는 남다를 수밖에 없었다.

열매의 35일 차 - 자기 성찰하지 않는 자 유죄

매일 아침 공부하는 곳에 도착하면 글쓰기를 먼저 한다. 글을 쓰면서 오늘의 나에게 다짐의 메시지와 지난 내 삶을 돌아보게 된다. 그러면서 자기성찰도 하게 된다. 이렇게 매일 자기성찰을 한 적은 없었던 거 같다. 매일 자기성찰을 하면서 하루를 시작하고 바인더에 내 시간을 기록하면서 하니까 다음 날에도 열심히 할 힘이 생긴다. 얼마 전에 친구하고 문제가 좀 있어서 생각이 많아졌었다. 공부하려고 해도 계속 그 생각만 떠오르고 집중이 안 됐다. 아무 생각도 하기 싫고 무기력에 빠져서 글쓰기 미션도 안 하고 있었다. 계속 마음에 걸렸지만, 그냥 무기력함에 빠져서 정신을 못 차렸다. 정말 다행히 친구랑 문제를 해결하게됐고 이제 마음이 괜찮아질 때쯤 황미옥 선배님과 통화하면서 다시 일어날 수 있었다. 결국 돌아보면 아무 생각 없이 살았던 그땐 완전 내 손해였다. 넘어진 게 중요한 게 아니라 얼마나 빨리 일어나느냐가 중요하다고 한다. 나는 그때 넘어져서 내가 넘어진 것에 대해 한탄하느라 일어날 생각을 못 하고 있었다. 정신력이 참 중요한 것 같다. 그런데도 내할 일을 해내야만 한다는 그 정신력. 아직도 부족한 점이 참 많은 나다.그래도 그런 나 자신과 싸움에서 분명 이겨낼 것만 같다.

몇 달 전 우리 집에서 시간 관리 재능기부를 함께 받았던 후배 두명은 기동에서 잦은 출동으로 체력적으로 정신적으로 힘들어하고 있었다. 전화를 걸면 목소리가 땅끝에 닿을 것처럼 축 처져 있었다. 후배들에게 글을 써보지 않겠냐고 권했던 이유도 매일 에너지 넘치게삶을 살았으면 하는 이유에서였다. 둘은 배움에 열정이 있는 걸 알기에 꼭 도와주고 싶었다. 잘 쓰고 못 쓰고를 떠나서 매일 시간을 내어글을 써나가는 모습이 보기 좋았다. 멘토를 만들어보라는 미션이 있었다. 늦은 시각 둘은 번갈아가며 나에게 전화를 걸었다. 멘토가 되어달라고 했다. 매일 글쓰기로 새벽을 시작하듯이 둘은 일어나서 글 쓰는 하루를 시작했고 자신을 칭찬하고 자신이 할 일을 정해 나에게 카톡으로 알렸다. 처음 글을 쓸 때는 몇 줄밖에 못 쓰겠다고 하던 둘은나만큼 길게 글을 쓰기도 했다. 할 말이 많아졌음은 물론이고 하루를 살면서 사소한 일에도 정성을 다하는 자신을 발견했다고 한다.

지금, 이 순간을 살면서 감사할 줄 아는 힘은 아주 큰 힘이다. 후배는 승진 공부를 하고 있었다. 50일 동안 글을 쓰면서 목표를 수정해나갔다. 승진 공부도 중요하지만, 대학원 공부도 필요함을 깨닫고는 방향을 종합적으로 수정해 가고 있었다. 지금은 아무런 거리낌 없이 백지에 자신을 담는다. 두려움은 습관의 힘이 이길 수 있다. 두려운가. 50일만 글을 써봐라. 두려움은 자신감으로 변해 있을 테니까. 불과 몇 달 전에 나에게 내 책에 사인을 해달라며 수줍게 말했던 후배들이었다. 지금은 매일 함께 글을 쓴다. 서로를 존중하고 사랑해준다. 지금도 후배들은 같은 일을 한다. 성주로 출동을 가고 무더운 더위 속에서 교차로에 서서 교통정리를 한다. 하지만 그들은 자신의 삶을 불평 불만하지 않는다. 출근하기 전, 자신이 얼마나 소중한 존재인지 자신의 마음을 글쓰기로 표현했기 때문이다. 불평 불만보다는 자신이 해야 할 중요한 일에 집중한다. 무엇이 삶에 소중한지 안다. 그것이 바로 글쓰기의 힘이다.

50일 글쓰기를 진행하면서 사람이 변화할 수 있음을 내 눈으로 확인했다. 3년째 글을 쓰는 내 삶이 바뀔 수 있었던 이유도 모두 글쓰기 덕분이다. 숙고하는 삶. 자기 성찰 하는 삶은 우리 모두에게 필요하다. 1년, 3년, 5년, 10년 후의 미래를 점칠 수는 없지만 만들어갈 수는 있다. 변화하는 시대에서 우리가 할 수 있는 일은 글을 쓰면서 내 모습을 가꾸어 나가야 한다. 다른 사람 말에 신경 쓸 필요 없다.

내 인생이다. 처음이 어렵지 뭐든 습관이 되면 내 것이 된다. 글쓰기 시행착오도 글쓰기로 극복하면 된다. 당신 곁에는 글 쓰는 동료 경찰이 함께 글을 쓰고 있다는 사실을 잊지 말자. 글쓰기로 인생을 풀어가자. 다른 사람에게 맡기지도 말자. 스스로 적어서 만들어가자. 매일 새롭게 새롭게 적자. 내 삶의 변화는 글쓰기에서 찾자. 다름 아닌 글쓰기가 삶의 빛이 되어줄 것이다.

4
글쓰기가 처음입니다

　　글쓰기는 모두에게 처음이었다. 처음 시작하는 일은 두려운 동시에 설렌다. 도전이기 때문이다. 14명의 경찰 동료와 글쓰기를 처음 시작했을 때 우리는 따로 만나지 않아도 되었다. 각자 자신의 일상에서 쓴 글을 한 공간에 올려두면 되었다. 매일 백지에 그날 주제에 맞게 자신의 마음을 담는 것이 해야 할 일이었다. 글을 막상 쓰려니 머리로 생각하는 시간이 많아서 실제로 글로 잘 쓰지 못했다는 말을 많이 들었다. 생각하지 말고 손이 나가는 대로 써보라는 조언에 고민하지 않고 쓰는 모습이 글에 보였다. "어떤 글을 써야 할지 모르겠지만 그냥 손이 가는 대로 글을 쓰고 있다." 이런 글이 눈에 보였다. 첫 번째 글쓰기 주제는 '당신의 초심은 무엇입니까'였다. 경찰을 시작한 시기도 모두 다르고 마음가짐도 다르다. 다른 동료의 초심을 알아가는 재미가 있었다.

로니의 초심

나에게는 '초심'에 관련된 아주 재미있는 에피소드가 하나 있다. 몹시 추운 겨울, 그렇지만 마음만은 너무나도 따뜻했던 2013년 12월에 2천여 명의 동기와 함께 중앙경찰학교에 입학했다. 모든 것이 꿈만 같고 설레었던 중앙경찰학교. 얼굴, 이름, 어디에서 왔는지도 전혀 모르는 내 동기들과 8개월을 함께 보내기 위해 희망 2관 308호에 첫발을 내디뎠던 순간이 아직도 너무 생생하다. 중앙경찰학교 생활을 야무지게 해보려고 마음먹었기에 낯을 많이 가리는 성격인데도 먼저 동기들에게 다가가 친근하게 하려고 쭈뼛쭈뼛 폰 번호도 물어보고, 갖고 간 과자도 나눠줬다. 경찰에 입직한 지 햇수로 5년, 오늘의 경찰북 미션 덕분에 다시금 그때 나의 초심이 어땠는지, 지금은 어떤 마음인지 생각해본다. 그때는 내 꿈이 이루어졌다는 행복감에 그 어떤 것도 어려울 것이 없었다. 경찰이라는 단어 하나만으로도 가슴이 벅차오르고, 경찰 관련 영상만 봐도 눈시울을 붉어지고 도움의 손길이 필요한 이들(직장동료, 시민) 모두에게 언제나 따뜻하고 진심 어린 마음을 전해 줄 수 있는 경찰이 되고 싶었다. 지금도 나 자신은 그때와 같은 마음이라고 믿고 있지만 순간순간 부끄러워질 때가 많은 걸 보면 다시금 초심을 돌이켜봐야 할 때인 것 같다.

글쓰기는 내 마음을 표현하는 방법이요 나를 세상에 보이는 것이다. 자신을 반복해서 표현하면서 내 모습을 있는 그대로 사랑하게 된다. 특별히 뭔가를 하지 않아도 나다운 모습을 받아들인다. 나를 사랑할 줄 알면 다른 사람에게 사랑을 나눌 줄도 알게 된다. 글쓰기의 힘이다. 처음이지만, 글쓰기는 조금씩 동료를 변화시키고 있다.

《나는 오늘도 제복을 입는다》책을 출간하고 우연히 인터넷에서 경찰 관련 책을 검색하다가 내 책을 알게 된 선배님과 소통하게 되었다. 지구대 이야기를 에피소드별로 서술한 책인 줄 알았다고 하셨다. 그래도 한번 읽어보자는 생각이 들어 책을 사셨다고 한다. 저자가 던지는 메시지를 읽으셨다고 한다. 손수 편지를 써주셔서 알게 된 인연이다. 글쓰기 프로젝트 8일 차에 합류하셨다. 시작하시는 날 각오 한마디를 적으셨다. '단 한 줄을 적더라도 혼을 담아서.' 부산과 서울. 글쓰기가 아니었으면 전혀 몰랐을 인연이다. 매일 서로의 글을 읽으며 소통하고 있다. 글을 쓰면서 두려움보다는 설렘으로 바뀌는 글을 쓰고 있다. 자신이 글을 남기지 않는 날에도 동료들이 쓴 글을 꼭 읽어본다는 무소유 선배는 글을 쓰면서 변화를 찾았다. 필사와 법 공부를 시작하셨다.

무소유의 40일 차 미션 보고 - 나를 위한 힐링 타임

야간 근무를 마치고 아침에 퇴근 후 한숨 자고 일어난 시간이 오후 1시경이었다. 아이와 아내는 외출하고 없으니 나만 간단히 요기하고 형법을 공부했다. 3시간 정도 지나니 아내는 돌아왔고 난 자연스레 휴식을 취했다. 휴식하면 제일 먼저 핸드폰을 만지작거리다 이 카페의 게시물을 먼저 보게 된다. 이 시간이 나에겐 힐링 타임인 것 같다. 편하게 소파에 앉아 글을 읽다 보면 부럽게 느껴지는 글도 있고 웃음이 나는 글도 있다. 예전 나에 대한 선물이라는 글 중에서 어느 분이 열심히 야간 근무하고 퇴근이라는 선물을 받았다는 내용은 나도 근무하면서 써먹을 정도로 재미있게 느껴졌다. 같은 일을 하는 분들이 하나의 주제로 다양하게 쓴 글을 읽으니 재미있는 힐링 타임이다.

오늘 할 일(휴무)

1. 형법 공부 2. 탈무드 필사 3. 청소

글을 쓰고 나서 그날 할 일을 꼭 적는다. 할 일을 미리 정해두면 복잡하게 생각할 필요 없다. 또 동료들이 무엇을 하는지 보면서 내 삶에 필요한 팁을 얻을 수 있어 좋다. 꾸준히 필사하고 있는지 볼 수 있는 것도 좋다. 매일 내가 해야 하는 일을 쓰는 항목 중에서 절대 빠지지 않는 것들이 있다. 글쓰기, 독서, 운동. 이 3가지만큼은 출근 전에 하려고 애를 쓴다. 급하지 않지만 중요한 일을 할 때 나는 성장한다. 매일 성장하려면 할 일은 해야 한다.

예비경찰 열매가 공부하는 곳에 다녀온 적이 있었다. 독서실 책상에 빼곡히 꽂혀 있는 책들 사이에 내 책이 있었다. 공부가 되지 않으면 꺼내서 몇 장 읽는다고 했다. 독서실 칸막이 책상을 보는 순간 오래전 내가 공부하던 때가 생각이 났다. 나도 독서실 내 자리에 합격생여경 두 명이 근무복을 입고 있는 사진을 붙여두었다. 예비경찰인 열매는 일종의 자극제로 내 책을 두었다. 기필코 합격하리라는 다짐도 하게 된다. 언니처럼 나도 합격하겠다며! 솜뽈의 취미는 무에타이다.

성격도 털털하고 뭐든 적극적이다.

솜뿔의 글에서 나를 본 적이 있다. 실습 중에 운전미숙으로 비번날이면 운전 연습을 하고 다녔는데 솜뿔도 연습을 한다고 했다. 솜뿔이 그리는 경찰 퇴임식 글이 인상적이었다.

솜뿔의 경찰 퇴임식

아직 일을 시작 한 지 한 달도 되지 않았지만, 감히 내가 퇴임하는 그 기분을 상상해보자면, 일단은 서운함이 가장 클 것 같다. 황부장님의 글에서도 부산청장님이 해양경찰청장으로 영전하셔서 기쁨도 있을 텐데 얼굴에서 서운함이 느껴진다고 하셨다. 아마 나도 그런 서운함이 크지 않을까? 근 40년 정도 경찰 조직에 몸담고 열심히 일했는데 이제 그곳을 떠나야 한다니. 제2의 삶을 시작한다는 기쁨보다는 서운함이 가장 클 거라고 생각한다. 나와 매일 함께 일했던 동료들을 볼 수 없고, 늘 입었던 근무복을 입을 수 없고, 내가 늘 들락날락했던 건물을 쉽사리 드나들 수 없게 됐으니 말이다. 무거웠던 근무복과 견장에 달린 책임을 벗고 이제는 전 경찰직이라는 명패를 달고 일반 시민이 되니까 뭔지 모를 시원함도 있을 거 같다. 이 무게를 내가 내려놨다는 느낌?

오늘 할 일
1. 스페인어 공부 2. 스트레칭 3. 야간 근무 전 여행 갈 준비 해놓기

처음 하는 일을 습관으로 들이면 내 것이 된다. 처음 하는 글쓰기

이지만 50일을 하고 나면 글 쓰는 근육이 생긴다. 매일 하는 힘이 생긴다. 습관으로 정착시키기 위해서는 보통 같은 장소에서, 같은 시간에, 같은 행위를 하라고들 말한다. 나는 한 가지 더 추가하고 싶다. 함께하는 사람이 필요하다. 함께하면 멀리 간다는 말처럼 동료와 함께 쓰는 글쓰기는 솜뽈의 글에서 언급한 것처럼 퇴직하는 날 느껴질 서운함과 시원함의 강약 조절을 도와준다.

지금, 이 순간, 이곳에서 글 쓰는 경찰이 30년 후에도 여기서 글을 쓰고 있다고 생각해보자. 자연스럽게 후배들은 글 쓰는 경찰 선배와 소통하는 공간이 생길 것이고 글 쓰는 경찰 선배는 후배들을 위해 경험한 글쓰기를 선물해줄 수 있다. 후배들에게 필요한 것은 선배의 경험이다. 아직 해보지 않았기 때문에 두려운 것이다. 선배들의 흔적을 미리 글로 접해볼 수 있다면 두려움은 훨씬 덜 하게 될 것이다. 두려움을 용기로 바꾸는 공간이 바로 글 쓰는 공간이다. 자신이 마음껏 쓴 글은 동료에게 위로와 용기를 준다. 그냥 썼을 뿐인데 에너지는 전해진다. 바로 글쓰기의 힘이다. 글쓰기는 나를 향한 고백이다. 세상을 향해 외치는 다짐이다. 매일 밥을 먹고 화장실을 가듯이 글로써 비우고 채워야 한다. 삶의 찌꺼기들을 비우고 희망찬 일들로 채워 넣어야 한다. 그래야 숨 쉴 수 있고 행복해질 수 있다.

내 인생에서 처음 시도한 것들이 참 많다. 중앙경찰학교에서 산을 처음 올랐다. 오르는 것도 처음인데 산에서 뛰고 훈련까지 받았다. 생활실 막내의 손에 이끌려 도움을 받아 훈련을 마칠 수 있었다. 아이를 출산할 때 그 두려움은 말로 할 수 없다. 지구대 첫 근무를 시작한 날도 설레지만 두렵다. 글쓰기도 그랬다. 국어도 잘 모르는 내가 무슨 글을 쓰겠냐 싶었다. 그럴수록 백지에 더 힘차게 나를 던졌다. 맞춤법 이나 기술은 뒤처질지 모르지만 백지에 나를 담는 글쓰기만큼은 누구 보다 잘할 자신이 있었다. 글쓰기는 진정성이 필요하다. 두려움을 행 복으로 바꾸기 위한 열쇠는 바로 용기다. 3년째 비우고 채우기를 반 복하며 백지 위에 나를 담고 있다. 글쓰기는 매일 반복하는 것으로 글 쓰는 습관으로 이어갈 수 있고 자신이 원하는 것을 이룰 수 있다. 글 쓰기가 처음인 당신에게 저자와 함께 글을 써온 경찰관들의 삶을 책 곳곳에 담았다. 지금은 처음이지만 어느 순간 매일 글을 쓰고 있는 당 신과 함께할 것이다. 오늘 펜을 들어 글을 써보자.

5
동료의 글에서 답을 찾다

　　내가 사는 아파트 단지에 경비 아저씨가 새로 오셨다. 퇴근하고 아파트에 들어서니 노란색 종이가 우편함에 걸려 있다. 택배를 찾아가라는 표시다. 그것을 들고 경비 아저씨가 계신 곳으로 걸어갔다. 때마침 내 앞에도 택배를 찾으러 오신 분이 계셨다. 내 순서를 기다리고 있는데 안에서 택배를 찾으시며 혼잣말을 하신다. "택배 일이 내 일도 아닌데, 지금 휴게 시간에 뭐하고 있는 건지"라며 반복해서 말하는 거다. 경비실 앞에 서 있는 우리 둘을 향해서 하는 말 같았다. 휴게 시간인 걸 알았지만 경비실 안에 아저씨가 계셔서 들렀던 것인데 혼잣말을 듣고 나니 마음이 편치 않았다. 택배를 찾아서 집으로 돌아왔다. 세 시간 후에 인터폰이 울렸다. 택배가 두 개인데 하나만 찾아갔다며 나머지 하나를 찾아가라는 내용이었다. 경비 아저씨가 새로 오셔서 하나만 전해주셨나 보다 하고 넘기려고 했는데 저녁 9시가 넘은 시간 아이를 재우고 있는데 무작정 택배를 찾아가라는 퉁명스러운 말에 기분이 좋지는 않았다. 다음 날 다른 택배를 찾으러 다른 동에 있는 경비실에 들렀다. 어제와 같은 시간대였다. 아저씨는 경비실 안에서 주무시고 계셨다. 경비실 밖에 종이를 적어 둔 게 보였다. "사인하고 택배 직접 찾아가세요"라는 문구가 적혀있었다. 직접 찾아갈 수 있도록 한 것이다. 안에서 주무시고 계시던 경비 아저씨는 자신이 밥을 먹다가도 택배를 찾으러 오면 웃으면서 택배물을 내주었다. 경비 아저씨는 돈 안 드는 미소로 호감을 쌓아갔다. 같은 일을 하는데도 태도는 전혀 다르다.

그니의 경찰북 25일 차 - 나의 태도가 인생을 바꾼다

경찰시험에 합격한 후에 친구들이 나에게 가장 많이 한 말이 여유가 생겼단다. 시험을 준비하는 동안에는 굉장히 예민하고 과묵해서 말 붙이기도 조심스러웠다는 거다. 그 말에 충격을 받았다. 물론 시험을 준비하는 동안에는 친구들과 만남을 줄이기는 했지만, 막상 만나면 언제나처럼 친구들과 잘 어울렸다고 생각했기 때문이다. 힘들고 어려운 상황이 되면 나도 모르게 움츠러들고 부정적인 태도를 보인다는 사실을 그때 처음 알았다.

지구대에서 일을 배우기 시작한 지 이제 한 달. 힘들고 어렵다고 움츠러들기보다는 좀 더 적극적인 태도로 생활하려고 노력하고 있다. 게다가 항상 잘 챙겨주시는 팀원들 덕분에 생소한 장소, 익숙하지 않은 업무에 잘 적응해가고 있다. 내가 힘들다고 주저앉지 않고 항상 긍정적인 태도를 갖는다면 좀 더 나은 미래가 있을 것이다.

세상을 살아갈 때 무엇보다 중요한 것은 태도다. 똑똑한 사람보다 긍정적인 마인드를 가진 사람의 태도가 인생을 바꾼다. 글쓰기 50일 프로젝트를 시도하겠다고 한 사람들은 글쓰기가 어렵다는 생각보다 한번 해보겠다는 태도에서 차이가 났다. 아이 둘을 키우는 직장인 엄마의 삶은 정말 바쁘게 돌아간다. 아이 하나를 키우는 나도 아직 버거울 때가 많은데 둘이라고 하면 상상이 가지 않는다. 아이 둘을 키우면서 동기인 온리원과 유학 프로젝트를 진행했다. 토익시험을 같은 달에 신청했다. 언니는 체력훈련으로 몸이 아파서 못 가고, 또 한 번은 일이 있어서 못 갔다고 했다. 하고 싶은 일과 해야 하는 일 사이에서 힘들지만, 균형을 잃지 않으려고 하는 거다. '작심삼일 괜찮아'라는 주제에서 이런 글을 남겼다.

온리원 28일 차 - 작심삼일 괜찮아

번번이 작심삼일이었지만 이제는 매일 하는 나의 소중한 습관 두 가지가 있다. 책 읽기와 영어 공부하기. 이 두 가지는 무슨 일이 있어도 끊김 없이 하고 있다. 더 나은 사람이 되기 위해서 나 자신한테 보내는 예의라고 생각한다. 이 두 가지가 습관으로 붙기 전보다 자신감이 높아졌고 내 삶의 방향이 분명해졌다. 이제 작심삼일이 된 다른 일도 다시 시작해 나와 함께하는 습관으로 만들 것이다.

온리원은 육아와 직장을 함께하느라 포기하고 싶은 순간이 찾아왔지만 유학 장기훈련과정 수요조사 서류 접수까지 마쳤다. 머릿속으로만 하고 싶다고 마음을 먹었을 때와는 달랐다. 수십 번 포기하고 싶은 과정이 있었지만, 내 꿈을 향해 한 발짝 나아갔다. 경찰이 되어 결혼하고 나서 잊고 살았던 꿈을 위해 다시 일어난 것이다.

14년차 형사. 딸아이 둘과 부인과 함께 행복한 가정의 가장이었다. 늘 바쁘게 살았다. 최근에 대학에 입학해 스무 살 친구들과 함께 수업을 들으며 학교생활과 직장 생활을 병행하고 있다. 퇴근하면 집으로 가거나 동료들과 술한잔 하고 싶을 텐데 조금 힘든 생활이지만 부인의 동의에 배움의 길을 걷고 있다. 대한민국 형사가 말하는 초심이란 무엇일까.

고운빛나 파파의 경찰복 1일 차 - 당신의 초심은 무엇입니까?

나의 올해 초심은 공부다. 대학을 중퇴하고 경찰관이 되어 제대로 된 학문을 배워 본 적이 없다. 그래서 배움에 대한 갈증이 항상 있었다. 그리고 경찰관이 되어도, 일해야지 무슨 승진 공부야 하는 생각에 시험공부도 한 적이 없다. 그렇게 약 14년이라는 세월이 흐르니 나의 머리는 반복되는 업무 말고는 다른 생각이 없는 정지된 상태였다. 그래서 다시 공부하고 싶었다. 그리고 좋은 기회에 18학번 대학생으로 다시 입학하게 되었고, 무엇이든지 열심히 공부하겠다는 열정으로 올 한 해를 시작했다. 그런데 올해 절반이 지나가고 있는 이 시점에서 돌아보니 그 열정이 어디로 갔을까? 사실 오랫동안 정지되었던 머리라 인터넷에 들어가 복사하고 붙여넣기는 잘하는데 글로 적는 리포트, 비평문 하나 쓰기도 너무 힘들다. 심지어 서술형. 아이고 머리야. 그러니 처음 시작한 대학 생활이 쉽지만은 않다. 이 글을 쓰는 것도 너무 너무 힘들다. 나의 초심을 잃어가고 있는 이 시점에 초심이라는 글을 쓰게 되었다. 이 글을 쓰면서 내가 무엇을 하고자 했는지 생각하고 다시 마음을 잡는다. 까짓것 시작했는데 한번 해보자!

물 위에 떠 있는 백조는 화려하게 보인다. 하지만 겉으로 보이는 것과 달리 물밑에서는 발길질을 끊임없이 하고 있다. 바쁜 삶에서 자신이 어떤 길을 가고자 하는지 새롭게 짚어주는 것이 글쓰기다. 내가 올바른 방향으로가고 있는지, 가는 길에 놓친 것은 없는지, 내 마음은 잘 가꾸어 가고 있는지 말이다.

3년 동안 시간 관리 재능기부를 하면서 늘 시작하는 우물 이야기가 있다. 아프리카 어느 마을에 아이들이 멀리 있는 우물까지 가서 물을 길어 오는 것을 보고 어떤 사람이 제안했다. 마을 가까이 우물을 파서 아이들이 멀리까지 물을 길러 가지 않게 하자고. 마을 회의를 열어 의논한 결과 우물을 팔 수 없다는 결과를 통보했다. 마을 주민들이 반대한 이유는 아이들이 물을 길러 다니느라 우물을 팔 아이들이 없다는 것이었다. 이 이야기를 우리들의 삶에 반영해보자. 매일 출근하고 사람들과 약속을 하며 바쁘게 살지만, 실질적으로 내 성장에 필요한 운동을 하고, 책을 읽고, 글을 쓰는 자기 성장을 위한 것들을 잘하고 있는지 점검이 필요하다. 중요하지만 급하지 않은 것을 하는 사람들의 공통점은 성공한 사람들이거나 성공을 향해 나아가고 있는 사람들이다. 그중에서 글쓰기는 단연 나를 표현하는 최고의 무기다.

오래전에 외사과에 가는 것이 목표였던 때가 있었다. 미국 담당이었던 선배님과 소통한 적이 있었다. 나의 꿈이 무엇인지 편지로 적어 표현했다. 그때 답장을 받았다. 편지 내용 중에는 미리미리 준비해두라는 말이 있었다. 어학 점수 같은 것은 미리 준비해두고 계속해서 관심을 가지라는 말이었다. 외사과에 가보기 전에는 외사과가 위대해 보였다. 글을 쓰면서 깨달았다. 부서와 계급에 대한 집착보다 경찰 조직에 남길 수 있는 중요한 한 가지one distinctive impact를 남기는 것이 더 중요하다는 사실을 말이다. 부산 경찰은 지음이라는 음악동아리가 있다. 글 쓰는 경찰 동아리를 만들어 현직에서 근무하며 글 쓰는 경찰들과 소통하며 사는 것을 내 목표로 정했다.

세상은 더불어 사는 곳이다. J지구대에는 나와 함께 근무하는 40명의 동료가 있다. 출근하면 교대 시간에 야간 근무자에게 특별한 일은 없었는지 묻고, 휴가는 어디로 누구와 다녀왔는지 물으며 관심을 보인다. 출근 전이나 퇴근 시간 이후에는 글쓰기로 동료를 만난다. 매일 보는 동료도 글에서 만나면 달리 느껴진다. 삶의 이야기는 평소에 하지 못한 말 가운데서 나온다. 말보다는 글이 편한 이유다. 속에 있는 말을 할 때 진정성이 나온다. 속에 있는 말은 다름 아닌 글쓰기로 하면 된다.

글 쓰는 게 두려운가? 동료의 글에서 답을 찾아보라. 이제는 당신이 글을 쓸 차례이다. 두려움이 있다면 모두 글로 비워버리고, 당신이 채우고 싶은 것들로 담아보자. 그러면 왜 경찰이 글을 써야 하는지 알게 될 것이다. 모든 것은 당신의 손끝에서 만들어진다.

6
두 개의 경찰

　　3년째 매일 새벽에 글을 쓴다. 가족들이 자는 시간에 벌떡 일어난다. 글 쓰는 공간이 따로 마련되어 있는 것도 아니지만 문제 될 것은 없다. 겨울에는 안방에서 잠을 자기 때문에 방문을 닫으면 부엌에서 뭘 해도 방해가 되지 않기 때문이다. 하지만 여름에는 가족이 거실에서 잠을 잔다. 에어컨이 거실에만 있기 때문이다. 그래도 식탁 위의 불을 켜면 글쓰기에 너무 훤하지도 않고 적당해서 좋다. 새벽 시간에 타자기 두드리는 소리와 잔잔하게 울려 퍼지는 음악 소리에 익숙해진 걸까. 아무도 깨질 않는다. 중간에 한 번씩 열은 나진 않는지 자는 딸을 확인한다. 곤히 자는 모습은 글 쓰는 데 더욱 큰 힘을 준다. 의자에 앉아 노트북을 켜서 앉기만 하면 나도 모르게 한 시간은 집중해서 글을 쓰게 된다. 한 시간에 두세 장은 거뜬하게 쓴다. 잘 쓰고 못 쓰고를 떠나서 내 마음을 담는 거다. 며칠 전에는 회식이 있어 저녁에 글을 쓰지 못했다는 동료의 말을 듣고 글 주제도 '직장 회식 자리'라고 썼더니 다양한 관점에서 여러 가지 글을 읽을 수 있었다. 그중에서 찰스의 글이 눈에 들어왔다.

찰스의 경찰북 46일 차 - 직장 회식 자리

요즘 들어 술 약속을 자주 하게 된다. 거절하고 싶어도 참 거절하기가 힘들다. 그런데 선배님이 쓴 글을 보면 회식을 거절하라는 것이 아니라 가더라도 다음 날 지장이 안 갈 정도로 적당히 마시라는 말인 거 같다. 나는 술자리보다 아침에 늘 일찍 일어나서 하는 일이 더 중요하고 훨씬 큰 즐거움을 준다. 그것을 잃고 싶지 않으니 다음 날 지장이 없도록 적당히 마시고 놀아야겠다.

혼자서 하는 고민거리도 글로 적으면 내 마음을 정확히 알 수 있고 동료의 글에서 힌트도 얻을 수도 있다. 직장생활을 하다 보면 고민거리가 생기기 마련이다. 그때마다 혼자서 끙끙 앓는다면 언젠가 곪아 터져버릴 것이다. 그 불똥이 소중한 가족에게 날아가지 않으려면 때에 맞게 풀어줘야 한다. 쓰레기통을 열어 놓고 쓰레기를 명중하듯이 내 마음속에든 찌꺼기를 글로 풀 수 있다면 무거운 마음도 매일 내려놓을 수 있다.

글쓰기는 열정이다. 내 별명은 열정 글로벌 캅이다. 고 이영권 박사님이 지어주셨다. 서울 송파구 문정동에 있던 세계화 전략연구소에서 성공습관에 대해서 배울 때 자기소개 시간이 있었다. 나는 세계적인 경찰관이 되겠다고 했다. 촌스럽다며 세계를 향해 나아가라면 글로벌 캅^{Global Cop}이라고 앞으로 소개하고 다니라고 하셨다. 이십 대 후반부터 내 소개를 글로벌 캅이라고 하며 다녔다. 일 년 동안 온라인 카페에서 작가로 활동한 적이 있었다. 52주 동안 한 번도 빠짐없이 매주 글을 썼다. 2016년 5월에 시작해서 다음 해 5월에 끝났다. 52주 동안 글을 쓰면서 내 안에 열정이 있다는 것을 함께 글을 써온 사람들을 통해 알게 되었다. 52주 글쓰기가 끝나고 《어땡 다이어리》라는 공저가 세상에 나왔다. 나는 '열정 글로벌 캅 황미옥'이라고 나를 소개했다.

열정 에너지

열정이 넘치는 사람들에게는 에너지가 있다. 그 에너지는 열정이 없는 사람도 용기를 갖게 해준다. 내 안에 열정이 부족하다고 생각되면 열정이 넘치는 사람들을 곁에 두자. 불타는 열정은 절대 지치지 않는다. 치타처럼 끝까지 달리게 한다.

글 쓰는 경찰에게 필요한 건 지치지 않는 열정이다. 포기하지 않고 매일 글을 쓰는 사람이 작가이기 때문이다.

글 쓰는 사람에게는 관찰력이 필요하다. 딸아이는 올해부터 발레 수업에 다닌다. 어린이집에서 매일 보는 우찬이와 같이 다니다 지금은 혼자 다닌다. 우찬이가 나오지 않아서 놀 친구가 없어진 딸아이는 다인이와 미성이와 친해졌다. 딸아이는 발레 수업 시간에 "못하겠어"라는 말을 자주 했다. 선생님이 새로운 동작을 가르쳐주면 해보지도 않고 털썩 앉아서는 포기해버렸다. "예빈아, 할 수 있어! 엄마랑 같이 해보자"라며 설득하면서 같이 다시 해본다. 아이가 빨리 포기하려는 태도가 눈에 들어왔던 것도 글을 썼기 때문이었다. 예전 같으면 아마 그냥 넘겼을 것이다. 글 쓰는 나에게는 아이가 하는 말 한 마디도 지켜보게 해주었다. 아이가 빨리 포기해버리는 태도에 글로 나를 보았다. 내가 얼마 전에 포기해버린 《자기 경영 노트》 필사가 떠올랐다. 삶에서 대단한 것을 찾기보다 일상을 관찰하다 보면 새로운 깨달음이 든다.

또 한번은 식당에서 가족들과 음식을 시켜 먹는데 옆쪽에 혼자 식사하러 온 할아버지가 계셨다. 우리 식탁처럼 마주보는 자리는 아니었다. 혼자 온 손님을 위해 마련한 3개의 자리에 앉아 계셨다. 오랫동안 음식이 나오지 않자 할아버지가 식당 주인에게 물었다. 아주머니가 주문받은 것을 깜박하고 주방에 알리지 않은 것이었다. 주인은 할아버지에게 사과하고 서둘러 음식을 가져다주었다. 식당에서 있었던 일을 글로 썼다. 식당 주인을 통해 나도 깜빡한 것은 없는지 생각해봤다. 있다! 남편이 은행에 가서 보안카드 재발급 받아달라고 했는데 아직도 받지 않고 있었던 거다. 일상의 이야기는 자기 성찰하는데 더없이 좋다.

무더운 여름 오후 합창단 공연에 참석했다. 합창을 감상하는 건 처음이라서 기대가 컸다. 어린아이부터 82세 할머니까지 참가한 연령대가 다양했다. 무엇보다 인상적이었던 장면은 마지막 단체 공연이었다. 앞줄에는 초등학생부터 20대, 30대, 40대 이어서 마지막 줄에 백발인 할머니와 염색하신 할머니까지 서 계셨다. 마치 전체 인생을 보는 듯했다. 어릴 때부터 순서대로 파도처럼 이어지는 모습이었다. 나이를 떠나 그곳에 서 있는 합창단원 40명의 공통점은 음악 하나였다. 지휘자의 지휘에 따라 입 모양이며 눈빛이 변했다. 맑고 청량하게 부르는 아이들에서 어딘지 구슬프게 부르는 할머니의 목소리까지 청중의 마음을 움직였다. 나는 공연을 지켜보면서도 글 쓰는 경찰관으로서 오늘의 글감을 찾았다. 내 손에는 종이와 펜이 들려 있었고 눈은 면접을 보는 사람처럼 초롱초롱 했다. 음악은 모든 걱정거리를 내려놓게 해주는 쉼표의 역할을 해주었다. 힘들어도 괜찮다며 다독여주는 메시지를 주었다.

매일 꾸준히 3년 넘게 실천해온 결과물이 바로 글쓰기다. 글을 쓰기 전에는 하고 싶은 일을 찾는다는 명목으로 수없이 많은 것을 시도했다. 기타를 사서 동호회에 갔지만 어려워서 포기하기도 하고 메이크업 수업을 듣고는 한 번만 복습하고는 접어버리기도 했다. 중국어는 배우겠다며 기초수업 7~8개월 듣고는 여태껏 손도 안 대고 있다. 캘리그라프, 정리정돈, 배드민턴, 요리, 포토샵, 동영상 편집 등도 마찬가지다. 남편에게 물어보면 더 많은 항목이 나올 것이다.

여러 가지를 시도하면서 깨달은 장점 몇 가지가 있다. 첫째, 내가 좋아하는 것과 좋아하지 않는 것을 확실하게 알게 되었다. 둘째, 한 번에 여러 가지를 시도하면 실패한다는 사실이다. 배드민턴을 배우기로 했으면 동시에 다른 것을 시작하면 둘 다 못하게 될 확률이 높다. 셋째, 일단 시작한 것은 3년은 해보는 것이다. 하고 싶은 것을 여러 개 정하기보다 글을 쓰면서 정말 하고 싶은 것이 틀림없는지 오래 숙고해 결정하는 것이다. 그래야 실패할 확률이 낮다. 의사결정 하는 시간만으로 50시간 넘게 걸릴 때도 있었다. 결정을 내리면 앞만 보고 가면 된다. 글을 쓰기 전에는 도중에 포기한 것들이 많았다. 글을 쓰면서 무엇이든 3년은 해보고 결정을 내려야겠다는 결론을 지었다. 너무 쉽게 결정하는 건 안 되지만 시작하면 3년은 하는 것이 글쓰기로 찾은 나만의 실천방법이다.

글 쓰는 열정은 동료에게도 옮겨진다. 글 쓰는 경찰의 열정이 15만 대한민국 경찰에게 퍼지길 바란다. 만약 삶에 결핍을 가지고 있다면 글쓰기로 풀어보라. 건강이든, 일이든, 사람이든 결핍을 글쓰기로 풀어서 새롭게 가꾸어보라. 글 쓰는 경찰, 이제는 당신 차례다.

7
글쓰기를 부탁해

　　하루에 나에게 주어진 24시간에 나에게 주어진 역할이 있다. 엄마, 경찰 그리고 나 자신, 반드시 해야만 하는 일들이다. 나는 한 아이의 엄마로 이 세상에 태어난 아이가 성인이 될 때까지 건강하게 돌봐줘야 할 의무와 책임이 있다. 아이를 공부시켜 좋은 대학에 보내기 위해 키우기보다 건강하게 잘 자라게 하는 것이다. 그런데도 어쩔 때는 아이를 욕심껏 여러 학원에 보내려고 하거나 너무 간섭하려드는 나를 깨닫는다. 발레 수업에 잘 가고 있는데도 태권도나 수영도 보내고 싶은 욕심이 스멀스멀 올라오는 거다. 그런 나를 억제하는 방법은 단연 글쓰기다. 아이 육아를 고민하는 글을 쓰면서 내가 하는 모습을 바라보게 된다. 다른 엄마들과 비교는 하지 않아도 잘못된 걸 저절로 알게 된다. 아이가 어린이집에서 소풍을 가는 날이면 엄마들이 도시락을 챙기고 해주지만 우리 집은 할머니가 챙긴다. 아직도 아이 소풍 갈 때 도시락 한 번 싸 준 적이 없다. 그렇다고 엄마자질이 없다고 생각하지는 않는다. 아이가 일어날 시간에 시댁에 데려다주기 바쁘지만 나는 여전히 엄마다. 글을 쓰면 마음이 다독여져 불필요한 상처가 생기지 않는다.

출근하면 집에서 어떤 일이 있었건 나는 대한민국 경찰이다. 올해 나에게 주어진 일자리는 지구대 관리반이다. 한마디로 지구대 살림을 산다. 올해 가장 중요한 일은 지구대 이사이다. 한 달쯤 후에 새로운 곳에 정착하기 위해 이사도 해야 하고 할 일이 많다. 짐을 풀면 서류 정리며 신경 써야 할 일이 많다. 무엇을 어떻게 하면 좋을지 머릿속이 복잡할 때는 그냥 백지에 손을 올려 내 마음을 담아보면 길이 보인다. 예전부터 지구대 이전을 하면 직원들을 위해 선물하고 싶은 게 있었다. 작은 책장이다. 대한민국 성인의 한 달 평균 독서량은 0.8권이다. 출퇴근길에 눈에 보이는 책 한 권 잡아서 일주일에 한 권, 아니 한 달에 한 권이라도 독서를 했으면 하는 바람이다. 독서와 함께 글쓰기를 시작할 수 있도록 내가 출간한 책 또한 잘 보이는 곳에 둘 것이다. 글을 쓰다 보면 생각지도 못한 아이디어를 얻게 된다.

엄마와 경찰관으로서 두 역할을 하느라 어깨가 무겁다는 생각 대신 글쓰기로 삶의 활력을 찾는다. 직장을 그만두는 것도 엄마인 것도 포기할 수는 없다. 나에게 주어진 상황에서 글쓰기로 색다른 마력을 찾아보자. 성인이 되어 시작한 글쓰기이지만 내 인생에 변화를 주기에는 충분했다. 매일 글을 쓰다 보면 경찰을 떠나는 날 두 어깨에 놓은 계급장을 내려놓는 마음처럼, 자식들 시집 장가 다 보냈을 때의 서운함이나 두려움, 그리고 감사함이 나를 찾아올 것이다.

24시간 중에서 두 가지 역할을 위해 하루의 절반 이상을 보낸다. 매일 쳇바퀴 도는 삶이 아닌 나 자신을 돌아보는 두어 시간만으로도 나는 행복하다.

20대부터 만들어온 버킷리스트가 있다. 죽기 전까지 모두 해보고 싶다. 20대에는 혼자서 하고 싶은 것들이 많았다면 삼십 대가 되면서부터는 가족과 함께하고 싶은 것들이 대부분이다. 내 생각이 변하듯이 하고 싶은 것들도 진화했다. 버킷리스트는 유언장과 같이 매년 업데이트가 필요하다. 어쩌면 내 인생은 버킷리스트와 함께 나란히 걸어가고 있는지도 모르겠다. 운전할 때 목적지 없이 가면 방황하듯이 내 인생의 버킷리스트는 내 인생의 좌표가 되어준다.

글을 쓰면서 진정 내가 무엇을 원하는지 묻고 또 묻는다. 같은 생각에 이를 때도 있지만 의식이 성장하듯이 하고 싶은 것들도 변하기 마련이다. 최근에 추가한 것은 호스피스 봉사활동이다. 최근 들어 죽음에 대한 글을 많이 쓰면서 봉사활동에도 생각이 이르게 되었다. 삶의 마지막을 보내는 사람들과 함께하며 글을 써보고 싶다. 매년 나이를 먹듯이 매일 글을 쓰면서 의식이 성장한다. 나를 돌아보는 시간은 불가피한 시간이다. 내게 이 시간이 주어지지 않았다면 내 모습도 다를 것이다. 내 잘난 맛에 살 것이고 사랑과 용서보다는 이기심과 나태함으로 가득 찰 것이다. 마음만 바쁘지 방향을 잃은 한 인간이 될 것이다. 글을 쓰기 전의 내 모습으로 돌아갈 것이다. 무대 위에서 노래하는 사람을 떠올려보라. 혼을 담아 자신의 인생을 목소리에 담는다.

내 영혼과 내 삶을 글쓰기에 담아보라. 내 삶을 돌아볼 때 발전할 수 있는 법이다. 중요한 것은 넘어져도 다시 일어서야 한다는 것이다.

글 쓰는 사람은 자신을 컨트롤 할 줄 아는 사람이라서 더 빨리 일어설 수 있다. 동료들과 함께 죽음에 관련된 글을 쓴 적이 있었다. 동료 한 명이 직장교육을 들었는데 오늘 글쓰기 주제와 딱 어울리는 문장을 찾았다고 했다. 이렇게 적혀 있었다.

"참 사람 냄새나는 그분, 안 계시니 너무 보고 싶다."

그날의 글쓰기 제목은 '나는 죽어서 어떤 사람으로 기억되길 바라는가' 였다.

내가 어릴 때다. 어느 날 친정어머니가 내 친고모에게 나, 미옥이를 잘 돌봐달라고 부탁하시더란다. 마치 당신이 죽게 될 걸 알기라도 하셨던 듯 그랬다고 한다.

내 자신에게 물어본 적이 있다. 만약 100만 달러가 있으면 나는 무엇을 할 것인가, 예전에는 좋은 집에 좋은 차, 맛있는 것도 마음껏 먹는 것이었다. 가고 싶은 곳도 어디든 여행하며 원하는 대로 다하고 사는 삶이라고 생각했다. 어떤 차를 타고 몇 평 집에서 살고 싶고, 어느 나라로 여행을 가고 싶은지는 생각하지 않았다. 막연하게 좋은 것들만으로 두루뭉술하게 이미지를 떠올렸던 거다. 그 그림은 머릿속으로 그릴 때마다 똑같았고 거기서 더 발전하지 못했다. 글을 쓰는 지금이라면 나는 이렇게 말하고 싶다.

"대한민국 경찰이 글 쓰고 성장할 수 있는 공간을 원한다. 지역마다 글 쓰는 경찰 리더가 동료들이 글을 쓰고 성장하는 삶이 되도록 돕는 삶을 꿈꾼다. 사람들과 책 읽고 글을 쓰며 저자도 초대해 삶을 재미나게 살기를 바란다. 나에게 100만 달러가 있다면, 출판사를 차려 경찰관이 다양한 분야에서 책을 펴낼 수 있게 돕고 싶다. 후배들에게 경험을 선물하고 책 수입으로는 공상 경찰관과 사망한 동료들을 돕고 싶다. 예비 경찰관들이 공부하면서 읽어볼 수 있는 책도 출간하기를 바란다. 현직 경찰관인 후배들도 어느 부서를 가야 할지 막연하게 고민하는 대신 선배들의 책으로 일찌감치 잘 판단할 수 있도록 하고 싶다. 주민들에게 글을 써보라며 주민센터에 글쓰기 강연을 열어 일반 주민들도 글쓰기로 평온한 삶을 살 수 있도록 돕고 싶다. 주민들과 경찰이 함께 글 쓰는 세상 생각만 해도 설렌다. 글 쓰는 국경일을 만들어 이날만큼은 대한민국 15만 경찰이 글을 썼으면 좋겠다."

매일 쓰는 글쓰기에 나는 여러 가지 교훈을 얻었다. 지금, 이 순간에 집중할 수 있도록 방향을 이끌어 주었다. 그저 생각만으로 그치는 것이 아니라 글을 쓰는 것으로 답이 있는 결론을 내리게 되었다. 글로 쓴 것을 삶에 실천할 수 있도록 열정적인 끈기를 심어주었다. 글을 쓰는 것으로 거듭 살폈기에 실천에 옮겨도 실패할 확률이 적었다. 포기하고 싶은 순간이면 글을 써서 마음을 다잡아 마음의 평온을 얻었다. 불필요한 감정들은 글로 쓰는 쓰레기통에 던져 버리니 다시 주워 담을 필요도 없다. 삶의 가치 중에서 사랑을 알게 되었고 사람의 소중함을 말로만 아닌 행동으로 옮길 수 있게 해주었다.

사랑이라는 가치를 몰랐다면 동료들을 위해 50일 동안 하루도 빠짐없이 새벽에 일어나 글을 쓸 수는 없었을 것이다. 가족이 내 삶에 첫째라는 생각. 내 곁에 있는 가족의 소중함을 알고는 있지만 일이 생기면 나도 모르게 소홀해지는 습관을 깨닫게 해준 것도 다름 아닌 글쓰기다. 매번 남편의 잔소리에도 변함이 없었지만 내 모습을 글로 써서 객관적으로 다시 읽어내어 이기적인 자신을 인정했기에 변화할 수 있었다.

나와 같은 글 쓰는 경찰을 원한다. 돈이 드는 것도 아니니 시간을 내면 된다. 할 수 있다는 의지 하나면 충분하다. 불필요한 것은 글을 쓰고 버리면서 과연 나에게 진정 필요한 것이 무엇인지 찾는 과정이 바로 글쓰기다. 내 삶의 구경꾼이 되어 지켜보자. 지구대 관리반은 누군가를 체포하는 일은 하지 않는다. 현장에서 현행범을 체포해 지구대로 동행해 오면 나는 옆에서 사건을 진행하는 상황을 지켜본다. 피해자와 가해자의 태도나 표정, 몸짓을 옆에서 비켜난 입장인 나로서는 사건을 담당하는 당사자는 느끼지 못하는 것들을 볼 수 있다. 글을 쓰는 것도 이런 이치와 다를 게 없다. 평소 못 읽는 내 모습을 글로 찾을 수 있다. 나의 다른 모습을 볼까 걱정하지 않고 있는 그대로의 나를 인정할 때 진정한 내가 존재한다. 그렇게 인정하는 순간 앞으로 나아갈 수 있고 그렇지 못할수록 나의 존재는 사라지고 마는 법이다.

올해 겨울에 울산에서 열린 꽃자리 토크쇼라는 곳에 초대를 받았다. 강연 형식은 아니고 편안하게 묻고 답하는 자리였다. 글쓰기와 관련된 책을 소개해 주셨는데 그중에 내 책이 있었다. 토크쇼를 마치고 참석해주신 분들이 메모지에 소감을 남겨주셨다.

"황미옥 작가님의 열정을 담아 가겠습니다."

글을 쓴 순간부터 지금까지 사람들이 나에게 한결같이 짚은 키워드는 열정이다. 곰곰이 생각해보니 내가 직장생활을 갓 시작했을 때는 여기저기 흘리고 다녔다. 꼼꼼하게 한답시고 필기를 했지만 이번에는 필기한 것을 어디에 둔지 몰라 찾고 또 찾았다. 그런데 지금 사람들은 나에게 열정이 넘친다고 말한다. 예전과 지금 사이에 무엇이 달라진 걸까. 특별한 일이 있었던 것도 아니다. 그저 매일 쓰는 힘 덕분이다. 쓰면서 끄집어낸 내 안의 열정이 내 일상을 풀어냈을 뿐이다. 글쓰기는 어쩌면 이미 갖고 있는 것을 자신도 의식하지 않는 가운데 소개하는 역할을 해주는 도구인지도 모르겠다. 나에게 왜 쓰냐고 묻는다면 이렇게 말하고 싶다. 글 쓰는 열정이 나를 살게 해주었고 세상에 나를 표현하면서 숨 쉬고 있는 것이라고 말해주고 싶다.

50세 넘은 선배님이 나에게 말했다. 새로운 사람을 사귀기보다 이미 아는 사람들과 소통하며 지낸다고 했다. 그러면서 퇴직하면 얼마나 행복하게 사는지 보러 오라고 하셨다. 나도 경찰을 퇴직해서도 글 쓰는 사람으로 있고 싶고 언젠가는 퇴직한 선배들의 이야기를 전해주는 사람이 되어보고도 싶다. 글쓰기에 나를 맡긴다.

Chapter 4

이렇게

시작합시다

1
잘 쓰려고 하지 말고,
매일 쓰자

책을 내기 전부터 내 머릿속에 나는 이미 작가였다. 글쓰기 강의를 듣는데 책을 출간한 사람뿐 아니라 매일 글을 쓰는 사람도 작가라는 말에 공감이 갔다. 매일 나에게 물었던 질문은 바로 하나였다.

"매일 쓰고 있는가?"

힘들고, 지치는 상황에서도 끊임없이 되물었다. 나에게 작가라는 수식어를 붙이고 싶다면 나 스스로 매일 글을 써야 한다고 답했다. 매일 눈을 뜨면 글부터 쓴다. 불변의 법칙이다. 가족들과 주말에 서울여행을 다녀왔을 때도, 양산에 지인 집에서 1박을 했을 때도 어김없이 노트북을 챙겨갔다. 여행으로 피곤해도 새벽 4시에 일어나 글을 썼다. 같은 방에서 자는 가족들에게 방해를 안 주려고 화장실에서 쓰기도 하고 그마저도 불가능할 때는 휴대폰 조명을 켜두고 어김없이 글을 썼다. 《토지》를 쓴 박경리 작가와 같은 문장을 쓸 수는 없겠지만 박경리 선생도 처음부터 글을 잘 쓰진 못했을 것이다. 매일 쓰면서 글이 늘었을 것이다. 처음 글 쓸 때를 되돌아보면, 내가 봐도 지금 쓰는 글이 더 낫다. 10년 후에 지금 내가 쓴 글을 읽어본다면 똑같은 생각이 들 것이다. 짐 콜린스가 경영학의 아버지인 피터 드러커에게 물었다. 자신이 출간한 책 중에서 어느 것이 제일 낫냐는 말에 "The Next one"이라고 했다. 항상 다음 책이 나은 법이니 잊지 말아야 할 것은 매일 쓰는 것뿐이다.

글 쓰는 삶을 살면서 하루가 단순해졌다. 출근하기 전과 퇴근 후의 삶이 즐겁다. 매일 일어나면 백지에 내 마음을 담는 글을 쓰며 하루를 시작한다. 글을 쓰다 보면 어두컴컴했던 베란다 밖의 풍경에 어느새 해가 떠 있다. 새벽에 글을 쓰면 퇴근하고 나서 글을 써야 하는 부담감이 없어 좋다. 저녁 시간은 가족과 보내고 아이가 잘 때 같이 자는 단순한 삶에 만족한다. 매일 반복해도 나도 모르게 웃음 짓게 되는 내 감정을 숨길 수가 없다. 눈을 감으며 하루를 돌아보고 내 생애 감사했던 순간들을 떠올리며 잠든다. 글 쓰는 감사한 순간을 가슴에 담고 잠든다.

글이란 잘 써지는 날도 있지만 쓰기 싫은 날도 있기 마련이다. 신기한 건 글이 쓰기 싫어서 미루면 다시 쓰기가 힘들다. 글쓰기 프로젝트 1기에 함께한 동료 경찰 중에서 솜뽈은 글을 잘 쓰다가 중간에 멈

춘 적이 있다. 솜뿔의 글을 읽을 때면 사람 냄새가 난다. 자신의 진심을 담은 것이 눈에 보이고 글쓰기를 대하는 태도가 엿보인다. 그랬던 그녀가 갑자기 글쓰기를 멈췄다. 한참이 지나서야 이유가 궁금해 물어봤다. 며칠 안 쓴 거면 다시 일어설 수 있겠는데, 일주일이 넘어버리니 다시 쓰는 게 생각만큼 안 되더라는 거다. 한동안 글쓰기를 못했던 그녀는 지금 다시 쓰고 있다. 매일 쓰는 힘보다 더 어려운 게 글쓰기를 다시 시작하는 거였다.

이렇게 글을 시작했다.

솜뿔의 경찰북 46일 차 - 직장 회식 자리

상당히 오랜만에 카페에 들어와 글을 쓰려니 막상 또 무엇을 어떻게 써야 하나 고민이 많이 들었다. 하지만 주제가 마침 직장 회식 자리라고 하니 뭔가 적을 수 있을 것 같았다.

글쓰기를 중간에 그만두었다가 다시 시작하기는 쉽지 않은 일이다. 다시 일어난 사람은 의지가 대단한 사람이다.

3년째 매일 글을 쓴다. '눈이 녹으면 물이 됩니다'와 같은 단순한 문장을 여전히 쓰고 있다. 세월이 지나 '눈이 녹으면 강이 됩니다.' '눈이 녹으면 눈물이 됩니다'처럼 화려한 문장을 쓰는 날도 오겠지. 내 삶을 있는 그대로 쓰는 것도 나쁘지 않다. 그 안에서 얻는 깨달음은 항상 있기 때문이다. 돈을 많이 벌려고 작가가 되려는 것은 아니다. one distinctive impact. 나만이 할 수 있는 일을 하고 가고 싶을 뿐이다. 경찰 조직에서 나와 연결된 동료들이 글 쓰는 경찰이 되어 매일 글 쓰는 삶을 산다면 제복을 입을 남은 25년 동안 늘 행복하지 않을까.

20대에는 직장에서 칭찬받고 싶은 욕구가 강했다. 상사에게 칭찬받고 싶었다는 사실은 글을 쓰면서 알게 되었다. 상사에게 칭찬받고 싶은 사람이 되면 자신의 주관이 없어진다. 그것이 옳든 그르든 상사가 시키는 대로 사는 삶을 살게 된다. 30대에 들어서는 그 욕구를 나에게서 지웠다. 나는 설정한 목표를 향해 노력한다. 행복하기 위해서, 성과를 내기 위해서 일한다. 조직의 성과를 위해 공통으로 추진해야 하는 목표는 분명히 따로 있다. 올바른 일을 하는 사람이 되어야 한다. 다른 사람과 경쟁이 아닌, 나 자신이 설정한 목표를 위해 투쟁한다. 질투할 필요도 없다. 서운하게 있으면 글로 푸는 것이었다. 서운한 게 있다면 한참 시간이 지나 농담처럼 당사자에게 웃으면서 이야기할 줄 아는 여유 있는 사람이 바로 내가 되고 싶은 모습이다.

출근하면 무엇을 가장 먼저 하는가? 10시가 되기 전에 오늘 할 일 중에서 가장 중요한 일을 먼저 한다. 퇴근하면 가족을 살피는 일을 가장 먼저 해야 한다. 가족을 위해 좀 더 헌신할 수 있도록 애를 쓰려고 하고 있다. 나 자신을 불량 엄마라고 부르는 이유는 가족을 챙기는 것보다 운동을 먼저 할 때도 있기 때문이다. 시어머니가 딸을 봐주시고 있으니 나도 모르게 방심하게 된 거다.

글을 쓰면서 퇴근 후에 균형이 흐트러진 내 모습을 인정하게 되어 조금씩 변하는 중이다. 매일 글 쓰는 힘은 크다. 그래도 엄마는 엄마인가 보다. 잠이 들면 누가 깨워도 모르는 나인데도 벌떡 일어나는 경우가 있으니 말이다. 깊이 잠들었다 싶은데도 아이가 '엄마, 쉬 마려워!'라고 하는 말은 신기하게도 들려 벌떡 일어나 쉬 통에 앉힌다. 엄마들이라면 이불빨래를 하는 일이 얼마나 고된 일인지 안다. 그러니 멀쩡한 이불을 빨게 되지 않으려면 거의 본능적으로 깨어야나야만 하는 거다. 자다가도 혹시 아이한테 열이라도 있을까 싶어 자주 확인하는 게 엄마다. 손바닥에 열기가 느껴지면 벌떡 일어나 체온계부터 찾게 된다.

글을 처음 쓸 때는 글 쓰는 사람이 하지 말아야 할 것들을 하고 있었다. '나는'으로 거의 모든 문장을 시작했다. '~것이다'라는 어투로 문장을 끝냈다. 접속사도 남발하고 있었다. 모든 문장을 바로 잡아야 해서 작업이 쉽지 않았다. 글을 애초 정한 분량을 채운 것 말고는 손을 안 댈 곳이 없기 때문에 지치기도 했다. 수정하는데 1년이나 걸린 데는 이유가 있었다. 지금도 여전히 이 세 가지 습관을 완전히 버렸다고는 말하지 못하지만 그래도 잘하고 못하고를 의식하지 않고 매일 쓰고 있다.

매일 쓰면서 성장한 게 있다면 필력이다. 매일 많이 쓰면 힘이 된다는 말에 이제는 한 시간에 A4 세 장은 쉽게 쓸 수 있다. 어떤 주제든 혼자서 글을 써 내려가는 것을 두려워하지 않게 되었다. 쓰다 보면 무아지경으로 진짜 하고 싶은 이야기에 이른다. 시간 가는 줄도 모른 채 내 손만 움직이다 보면 어느덧 내 귀는 음악 소리에 가 있고 내 시선은 모니터를 보고 있다. 글에만 집중하다 보면 내 손이 움직이는 것으로 나를 느끼게 된다. 러닝머신 위에서 걸을 때 속도에 맞추지 않으면 뒤로 밀려 내려오게 되는 것처럼 글쓰기도 박자가 있다. 그 박자는 매일 써야 생긴다. 타자기를 두드리고 손으로 펜을 잡아 써 내려갈 때 나만의 리듬감이 나온다. 매일 쓰는 사람만이 그 박자를 안다.

매일 밥을 먹고 잠을 자듯이 글쓰기도 매일 해야 한다. 법 공부를 할 때 '할 수 있다'와 '해야만 한다' 중에서 항상 고민이 된다. 헷갈리지만 반드시 두 차이를 알고 있어야 시험에 합격할 확률이 높다. 글쓰기도 반드시 해야만 한다. 매일 쓰지 않는 글은 언젠가 지칠 수 있다. 매일 단 한 줄이라도 쓴 글은 다음 날도 이어서 글쓰기를 해줄 에너지를 선물해준다. 무소유라는 경찰 동료는 처음 글쓰기를 시작하면서 자신의 각오를 이렇게 썼다.

"단 한 줄을 쓰더라도 영혼을 담아"

딸은 한동안 뽀로로에 나오는 루피를 좋아했다. 아침에 눈을 뜨면 루피부터 찾았고, 잠을 잘 때도 루피가 없으면 울었다. 딸에게는 루피가 삶의 행복이자 기쁨이었다. 딸아이의 루피 인형처럼 당신의 삶에 매일 글 쓰는 삶과 함께해보면 어떨까. 자신을 알아가는 것은 물론이고 삶의 변화를 이어가리라 확신한다. 경찰 동료 무소유는 글을 쓰면서 법 공부를 시작했다. 진짜 하고 싶은 일을 다름 아닌 자신의 글에서 찾아야 한다. 다른 사람의 인생을 따라서 사는 것은 나다운 모습이 아니라 시간 낭비일 뿐이다. 대한민국 경찰 15만 명이 모두 승진에 몰입할 필요는 없다. 공부도 할 때는 해야 한다. 시기를 잘 정해 내 삶을 찾는 글쓰기와 적절하게 병행해야만 한다. 퇴직하고 나서 더 멋지게 살려면 지금부터 준비해 나가야 한다. 글을 쓴 3년 동안 내 삶은 내가 쓴 대로 만들어갔다. 나는 자신 있게 말한다. 글 쓰는 경찰, 이제는 당신 차례다.

2
거창한 스토리 말고
작은 일상을 쓰자

초고만 쓰는 것도 힘들었을 텐데 글쓰기 프로젝트 1기를 진행하며 썼다. 매일 새벽같이 일어나 출근하기 전 두 시간씩 글을 썼다. 내 글을 누가 보면 어쩌지 하는 불안한 마음보다는 일상을 담담하게 써 내려갔다. 지구대에서 근무하며 있었던 일이나, 동료와 글을 쓰며 느꼈던 감정들, 아이와 생활하며 알게 된 깨달음을 있는 그대로 일상을 적었다. 누가 봐도 특별함보다는 평범하고 따뜻한 일상들이다. 때로는 지치고 힘들었던 날이라도 그 힘든 상태 그대로를 글로 썼다. 글쓰기로 시작한 날은 새롭게 행복함을 찾을 수 있다. 나답게 시작하는 아침이자 나만이 할 수 있는 나다운 글쓰기다. 백지에 내 마음을 담을 뿐인데 많은 것들이 새로웠다. 매일 하루도 빠지지 않고 글을 썼기에 내 일상을 더 소중하게 여기는 사람이 되어갔다. 작은 것에도 감사할 줄 알고 나눌 줄 아는 사람이 되어갔다.

지구대 4개 팀에는 다른 직원들과 달리 신형조끼를 입고 근무하는 실습생이 한 명씩 있다. 실습생한테서 낯선 환경에서도 한 가지라도 더 배우려는 적극적인 태도가 느껴진다. 출근하자마자 근무일지도 빼고 무기고 대장도 정리하느라 바쁘다. 조회가 있는 날이면 의자를 준비하는 것도 돕고 지구대의 민원전화가 울리면 누가 먼저라고 할 거 없이 응대에 나선다. '감사합니다. J지구대 최○○순경입니다. 무엇을 도와드릴까요?' 어느 날 최 반장과 상황 근무를 서고 있었다. 최 반장이 전화를 한참 동안 받더니 전화기의 밑부분을 가리더니 '황 부장님' 하면서 부른다. 이중주차와 관련해서 민원인이 화가 많이 난 모양인데 답변이 어려웠던지 도움을 청했다. 민원인 중에서도 화를 참지 못해 경찰관에게 다짜고짜 퍼붓는 사람들도 있다. 전화를 받으니 민원인은 화가 잔뜩 난 상태였다. 15분 남짓 어린아이 달래듯이 천천히 설득하니 나중에는 '경찰이 이런 일에도 제대로 신경써주셔서 고맙습니다.' 하면서 기분 좋게 끊었다. 최 반장은 답변이 잘 안 되는 건 옆 동료에게 묻는다. 늘 업무에 적극적인 최 반장을 보며 나의 업무 태도는 얼마나 적극적이지 살펴보게 된다.

지구대에서 근무하는 젊은 직원들은 아이 육아 때문에 경찰서보다 지구대를 선호한다. 특히 아이가 채 돌도 지나지 않은 가정이라면 4교대를 하는 지구대를 더 선호한다. 내가 첫 아이를 가졌을 때도 내 남편은 경찰서 지능팀에 있다가 지구대로 자진해서 부서를 옮겼다. 야간근무를 마치고 와서도 바로 자지 않고 아이를 봐주던 모습이 눈에 선하다. 제복을 입고 지구대에서 주, 야간근무를 해보기 전까지는 어려움을 전혀 몰랐다. 밤새 교통사고 예방 거점 근무를 위해 4시간 이상 서 있기도 했다. 신고를 받고 출동 가서 술 취한 사람을 상대하느라 밤을 꼬박 새우게 되면서 그간 몰랐던 남편의 고마움도 새삼 알게 되었다. 눈을 뜨고 있는 것만으로 힘든 것이 야간근무다. 사람들은 자고 있는 시간에 해야 할 일들은 참 많다. 그런데도 동료들이 지구대에서 근무하기를 바라는 건 4일 중에 3일은 낮에 집에 있는 시간이 있어 육아를 맡을 수 있기 때문이다. 우리 지구대 김 반장도 비번 휴무 날 갓난아기를 보느라 퇴근하고 나서도 잠이 부족하다고 한다. 맞벌이 부부라서 부인도 일을 하니 어쩔 수 없이 겪는 일이다. 이처럼 피곤한 일상인 줄 알지만 동료들에게 글을 써보라고 권했다. 경찰도 감정노동자라는 생각에 더 글을 쓸 필요가 있다고 얘기를 덧붙이도 했다.

영화 〈행복을 찾아서〉를 보면 영화 주인공인 윌 스미스가 아들과 사는 곳에서 쫓겨나 노숙자 쉼터로 전전하는 것을 볼 수 있다. 노숙자 쉼터에서 아들이 자는 시간에 불빛이 있는 계단에서 책을 읽고 공부를 한다. 왜 잠을 줄여가면서 공부를 하는 걸까. 자신이 집도 없는 거지 신세가 되었을 때 길거리에서 빨간색 스포츠카에서 내리는 남성을 목격한다. 그에게 다가가 말을 건다. 당신 직업은 무엇인가요? 주식 중개인이라는 말을 듣고 그 사람이 되기 위해 목표를 설정한다. 빨간색 스포츠카가 그에게는 불타는 욕망이 되어버린 것이다. 그는 마침 내 빨간색 스포츠카에서 내린 사람이 다니는 회사의 인턴이 되어 마지막 한 명으로 살아남는다. 삶이 무너지는 순간에도 행복을 찾아서 가는 여정을 그린 영화였다. 영화에서 보여주는 삶의 발자취처럼 인생에도 찾아보면 오래도록 간직하고 싶은 순간들이 있다.

내 작은 친절로 지구대에 찾아온 민원인에게 듣는 감사하다는 말 한마디는 온종일 기분 좋게 해준다. 나만의 행복을 찾아서 매일 글을 쓰며 하루를 살아간다. 하루를 보내면서 작은 일에도 관심을 두고 관찰한다. 내 일이 아니라도 돕는 건 타고난 경찰이라야 한다. 잘못 한 게 있으면 뉘우치고 두 번 다시 같은 실수를 하지 않으면 된다. 글로 쓰고 훌훌 털어버리면 그만이다.

딸아이와 함께 동화구연 수업을 함께하는 직장인 엄마들이 있다. 주원이 엄마는 둘째를 낳는 바람에 집에서 쉬고 있다. 우찬이 엄마는 글을 쓰려고 아침 일찍 일어나 하루를 시작하는 나를 보고 새벽 수영을 시작했다고 한다. 또 지인 한 분은 매일 카톡으로 짧게나마 글을 써준다. 체중도 감량할 몇 KG인가를 정해 건강하게 만들 목표를 정했다고 한다. 이렇듯 내 글쓰기가 다른 사람들에게 긍정적인 에너지를 주고 있다. 옮아붙은 힘에 자기도 모르게 글을 쓰고 있는 모습을 자주 지켜봤다. 감사 일기를 쓰든 어떤 방식으로든 글을 쓰고 있다. 인간이면 누구나 쓰고 싶어 하는 욕구가 있다는 사실을 깨달으면 글쓰기를 거의 본능처럼 만들 수 있다. 글을 쓰는 자와 쓰지 않는 자의 차이는 지금 당장 시작할 것인가 아닌가 하는 것뿐이다.

지구대 근무하는 경찰 경력 7년 후배와 순찰차에 같이 탈 기회가 있었다. 어릴 때부터 경찰 되는 게 꿈이었다는 후배는 경찰에 들어와서 크게 실망했다고 한다. 계급을 막론하고 소통문제가 심각한 직장문화가 있더라는 거다. 후배가 말하는 직장문화는 단연 경찰만의 문제가 아닐 것이다. 글을 쓰는 나로선 글 쓰는 문화를 만들어가고 싶었다. 우리 직장에 음악 동아리가 있는 것처럼 글 쓰는 경찰이 많아져 매일 글로 소통한다면 얼마나 행복할까 하는 생각에 젖었다. 낮은 계급과 높은 계급의 격차를 글쓰기로 풀 수 있다면 얼마나 좋을까하는 생각에 나는 매일 글 쓰는 것으로 실천한다. 한 사람이 세상을 바꾸지는 못하더라도 내 주변을 바꾸는 노력 정도야 못할 게 없다.

동료경찰과 50일간 글을 쓰면서 글쓰기 특강을 주최했다. 사람을 모으고 장소를 예약하고 참석 여부를 확인했다. 강연 당일에 취소한 사람도 있었다. 취소한 이유는 배탈이 나서, 팀에 휴가자가 많아서, 조퇴를 못해서, 집안에 일이 생겨서 등등이었다. 그런가 하면 아이 둘을 시어머니와 남편에게 맡기고 대구에서 열차로 온 동료도 있었다. 아이를 봐줄 사람이 없으니 데리고 오면 부산에서 봐줄 사람이 있느냐고까지 물으며 어떻게든 참석하려 애쓰는 이도 있었다. 온리원의 글 쓰는 모습을 보면서 많이 변화함을 느꼈다. 국비 유학 시험에 같이 도전하자며 어학공부를 했는데 근육통이 왔다는 핑계를 대며 시험장에 가지 않았던 동료인데 퇴근하고 대구에서 부산으로 온다는 것이다. 다들 조금씩 변화해가는 모습에 나도 덩달아 자극을 받아 글을 더 열심히 쓰지 않을 수 없었다. 나는 동료 경찰이 글쓰기와 친숙해지도

록 연결해주는 연결고리 역할을 하는 것이라서 어떻게 보면 중매쟁이
요, 여기에 좋은 글쓰기가 있으니 꼭 만나보라고 권하는 사람이었다.
글로 동료에게 보여준 것은 내 일상이다. 매일 같은 시간에 내 삶의
이야기를 써 내려갔다. 이제는 나뿐만이 아닌 동료의 삶도 변하고 있
다. 왠지 모르게 마음 편해지는 느낌이 들고 계속해서 써 내려가고 싶
은 욕구가 생겼다. 우리는 글 쓰는 경찰이다.

경찰관 중에서 불평 불만을 하는 사람이 많다. 직업이 고된 이유도
있다. 하지만 글 쓰는 경찰은 불평하지 않는다. 삶의 좋은 부분을 찾
으니 일부가 무너져도 다시 일어서는 거다. 글 쓰는 경찰은 경찰 중에
서 1%에 지나지 않는다. 서점에 가면 책을 내는 사람은 대한민국 1%
에 들어간다는 말을 한다. 글 쓰는 경찰이라면 대한민국 15만 경찰을
이끌어야 한다. 특별한 직책이라서, 특별한 일을 해서가 아니다. 있는
그대로의 모습, 작은 일상을 보여주기만 하면 된다. 경무계에 일하는
직원이면 경무계의 일상을, 외사과에 근무하는 직원은 외사과의 일상
을, 지구대 근무하는 순찰 요원은 주민과 만나면서 겪었던 에피소드
를 엮어가면 된다. 내 부서의 동료가 공감해준다. 내가 근무하고 있는
곳에서, 오래 같이 근무하고 싶은 동료가 관심을 갖고 내 이야기에 경
청한다. 나의 일을 따라서 하고 싶은 예비경찰이 내 이야기를 들으려
한다.

다시 한 번 말하지만, 사람의 마음은 꼭 거창한 이야기라고 해서
움직이는 건 아니다. 동네에서 할머니와 주고받은 이야기라도 내 삶

에 영향을 끼쳤다면 그건 바로 내 이야기로 탄생할 수 있다. 글 쓰는 경찰이 되어보고 작은 일상에서 나를 찾아내보면 분명히 그 안에 깨달음이 있다. 당신도 모르는 깨달음이 기다리고 있다. 지금 당장 글 쓰는 경찰이 되어 내 작은 일상을 그려나가자.

3
진심을 담자

　　올해 네 살인 된 딸 아이가 아프면 온 집이 비상
이다. 감기에 걸리기도 하고 어린이집에서 수족구가 돌기라도 하면
옮아오기도 했다. 아이가 4살이 되면서 예전보다 아픈 횟수는 줄어들
었지만 열이 나면 저녁이든 새벽이든 열을 내리게 하려고 몸을 닦아
준다. 때로는 한 시간 만에 열이 내려갈 때도 있지만 몇 시간씩 몸을
차가운 수건으로 닦아내려도 열이 안 잡힐 때도 있다. 그런 날은 몸이
피곤하다는 생각보다는 애간장이 녹는다. 아무리 애써도 온도가 내려
가지 않으면 걱정스러울 수밖에 없다. 특히 새벽 시간은 더 애가 탄
다. 대학병원에 데리고 가봐야 정작 수액을 맞혀주는 것 말고는 별로
해주는 것도 없다. 게다가 응급실에서도 한참을 기다려야 한다. 아이
를 업고 달려가본 경험이 있기에 병원만이 정답은 아니라는 걸 안다.
아이의 열과 밤새 씨름해 겨우 재우고 평소와 같이 4시에 일어나면
나도 사람인지라 피곤하다. 어깨도 뻐근하고 눈도 피로하다.

경찰 동료와 50일 글쓰기 프로젝트 1기를 진행하면서 단 한 번도 새벽에 쓰지 않은 날이 없다. 여행을 가든 어디에 있든 매일 새벽에 글을 썼다. 내 글을 기다리고 있을 독자가 있다는 사실만으로도 나를 멈추지 않게 했다. 책 쓰기도 똑같다. 내 책을 기다리고 있을 독자를 생각하면 글쓰기가 신났다. 글쓰기와 책 쓰기는 다를 것이 없다. 단지 마음을 다지는 태도만이 다를 뿐이다. 경찰 동료와 쓴 글 중에서 '오늘이 내 인생의 마지막 순간이라면'이라는 글을 쓸 때도 몸이 아주 피곤한 상태였지만 피곤을 마다않고 그대로 글을 썼다.

48일차 - 오늘이 내 인생의 마지막 순간이라면

한 주를 시작하는 월요일 아침이니 좀 깊이 있는 글을 쓸 수 있을까? 2주를 연속해서 주말마다 집을 떠나 있다 보니 피곤한 건 사실이다. 예빈이도 저녁부터 오르기 시작한 열에 새벽에 깨어 수건으로 닦아 열을 내리게 하느라 잠을 설쳤다. 그래도 다시 잘 잠들어 내가 이렇게 글을 쓸 수 있으니 새삼 이 아침이 감사하다. 글이란 참 신기한 게 자리에 앉기만 하면 나도 모르게 거침없이 써지는 거다. 이렇게 저렇게 써야지 하는 생각도 없는데 앉아서 노트북만 켜면 내 마음을 고백하기라고 하듯 써진다. 글을 기다리고 있을 동료를 생각하면 책임감이 느껴지는 것도 사실이다.

50일 글쓰기 프로젝트를 시작하기 전에 찰스는 승진시험 공부를 하고 있었다. 확실한 건 승진 공부를 기쁘게 하고 있지 않았다는 점이다. 통화를 해보면 목소리에서 느껴졌다. 삶이 힘들다는 목소리가 수화기를 넘어 내가 있는 곳까지 느껴지기 때문이다. 승진에 대한 생각은 누구나 가지고 있는 어려운 숙제다. 공부해서 원하는 자리를 찾아갈 것인지 공부하는 시간에 다른 일로 행복을 찾을 것인지를 선택해야 한다. 모두 사신의 선택이다. 칠스는 지금도 승진 공부를 하지만 글을 쓰기 50일 전에 비해 감정 기복이 줄었다. 바라보는 마음이 달라진 거다. 예전에는 집회현장에 가서 사람들과 실랑이를 하고 온 날이면 지쳐 있었다. 글을 쓰면서 불필요한 감정을 줄여가고 그 시간을 생산적인 일들로 채웠다. 아침 일찍 기상해서 글을 쓰고 운동을 하는 일로 채워갔다. 짧은 50일이지만 변화하기에는 충분한 시간이었다. 49번째 글 쓰는 날 찰스를 만났는데 얼굴은 평온했다. 완벽하진 않지만 글쓰기가 마음을 편안하게 해주고 자신의 마음을 단단하게 해주었음은 틀림없는 사실이었다.

나는 연결자다. 연애로 치면 중매쟁이다. 경찰관에게 글쓰기를 소개해 준다. 50일 동안 글쓰기와 미팅을 하게 돕는다. 누구는 새로운 인연을 매일 만난다. 누구는 일주일에 한 번, 두 번, 세 번 만났다. 매일 쓴 사람들은 50일 이후에도 에너지가 남달랐다. 자존감이 회복되었다. 이제는 습관이 들어 혼자서 글쓰기를 할 수 있다고 했다. 나는 소개팅 주선에 성공했다. 내가 없어도 연애에 이어 결혼까지 골인하게 되길 바랄 뿐이다.

경찰 12년 차인 내 남편에게 글을 써보라고 했다. 남편은 둘째 아이가 생기면 해보겠다고 한다. 첫째를 낳고 글 쓰는 삶을 지켜본 남편은 아이와 보낸 시간을 글로 남겨두는 것은 행복한 일이라고 했다. 만약 자기가 글을 쓴다면 아이가 이 세상에 태어나기 전부터 써보고 싶다고 했다. 아이가 태어나기 전부터 일기장에 글을 썼던 내 모습처럼 말이다. 아이를 위해서 글을 쓰는 건 아이한테 사랑을 표현하는 일이다. 사랑을 글로 남기면 오랫동안 간직할 수 있다.

2014. 10. 5. 1일 차
새벽 4시 테스트기 두 줄 임신 양성.

오늘 새벽 4시 화장실에 갔다가 어제 산 테스트기를 사용했다. 불빛에 보니 희미한 선이 있었다. 신랑에게 가서 '히히히' 하면서 어둠 속에서 웃으니 병원 가서 확실하게 알 때까지 설레발 되지 않게 조심하자고 한다. 06:30분에 테스트기 들고 어머니 집에 감! 어머니도 병원 갔다 오고 이제부터 더 조심해야 한다고 하신다. 기분이 참 묘하다. 생리를 안 하는 것도 신기하고 우리 푸니가 내 배 속에 있다고 생각하니 더 신기하다.

2015. 6. 19. 금
우리 푸니 금요일 15:05분에 낳고 정말 일주일이 후딱 갔다. 푸니 출산한 날은 사실 많이 긴장해서 처음 겪는 일이다 보니 당황하기도 했었다. 무통 주사 맞고 덜 아플 줄 알았는데 1시간 넘게 더 아파서 참느라고 정말 고생했다. 알고 보니 자궁문이 60% 이상 열렸는데도 몰랐다. 아랫배가 찢어질 것만 같은 고통은 정말 생각도 하기 싫다. 2분마다 오는 그 고통이 너무 힘들었다. 그 이후로 1시간 무통 천국을 맛보았다. 막상 푸니 낳을 때는 아픈 걸 전혀 몰라 기분이 참 묘했다. 덩달아 남편도 내가 웃고 있으니 감동의 눈물은커녕 웃고 있었다.

이제 우리 가족은 세 식구다. 앞으로 힘든 일도 많겠지만, 남편이랑 우리 아기랑 서로 의지하면서 오붓하게 지혜롭게 살아가야겠다. 현명한 엄마가 되어 이 고비를 이겨내고 싶다. 마냥 힘들다고 생각하기보단 긍정적으로 볼 수 있었으면 한다. 조리원에서 일주일, 남편의 무한사랑을 다시 한 번 느끼고 간다. 우리 신랑 없이는 못살 것 같다. 내일부터 힘내서 수유도 열심히 하고 조리도 잘해서 평소처럼 몸이 회복될 수 있도록 온 힘을 다할 거다. 우리 가족을 위해. 사랑해 여보. 사랑해 우리 딸 푸니야.

진심이란 내 마음에서 우러러 나오는 마음이다. 남의 눈을 의식하다 보면 눈치를 본다. 글을 쓸 때 창피한 마음은 무시해버렸다. 검열하기 시작하면 남아 있는 것만 내 인생이 되기 때문이다. 좋은 것, 남은 것은 나의 온전한 모습이 아니라 내 인생의 일부에 불과하다. 사람들은 자신의 좋은 모습만을 갖고 자신의 삶을 돌아보지 않는다. 때로는 나쁜 일이나 어려운 고비를 어떻게 극복해 나갔는지 돌아보면서 삶의 지혜를 얻는다.

나의 글쓰기 스승은 글쓰기를 통해 고통을 견디는 힘을 얻었다고 했다. 엄청나게 힘든 일이 닥쳐왔을 때 예전 같으면 삶을 포기하고 싶었다면 글 쓰는 작가가 되고 나서는 조금만 더 인생이 꼬이면 글감이 되겠다는 생각마저 든다고 했다. 그 말은 즉, 아무리 힘든 일도 내가 마음먹은 상태에 따라 달라진다는 말이었다. 글쓰기 강의를 300회 넘게 하면서 강연 시작 전에 자신을 파산자, 알코올 중독자, 전과자, 암환자라고 소개한다. 한마디, 한마디가 자신의 결핍에 해당하는 단어임에도 300번 이상 자신의 입으로 내뱉고 보니 말 그대로 결핍으로 느껴지지 않았다고 했다.

나도 그랬다. 글을 쓰면서 수십 번 토해냈다. 엄마의 죽음, 9·11 테러의 공포, 한해 늦은 고등학교 졸업, 청소년기에 방황했던 모습을 글쓰기로 담아냈다.

울 만큼 울어 나에겐 더는 흘릴 눈물이 없다. 살면서 불필요한 감정들은 백지에 글로 담아 모두 버렸다. 그런 노력이 넘치면 넘쳤지 부족하진 않다. 한 가지 주제에 대해 고민이 생기면 50시간씩 글을 써보면서 충분한 의사결정 시간을 갖다 보니 시도하는 것에 실패도 줄었다. 다시 일어나 앞을 향해 걷고 있었다. 내 진심은 빼고 더할 것 없이 내 글에 묻어 있다.

글을 쓰는 이유는 돈을 벌기 위해서가 아니다. 글을 쓰며 느끼는 그 행복을 동료 경찰에게 전해주는 글쓰기 전도사가 되고 싶을 뿐이다. 글쓰기를 해야 한다고 말하지만 글을 대신 써줄 수 있는 건 아니다. 어디까지나 자신의 의지로 글을 써야 한다. 단지 내가 할 수 있는 것이라고는 매일 함께 글쓰기에 동행해 줄뿐이다. 한 공간에서 글을 쓰면 동료의 진심을 들여다 볼 수 있다. 내 글만 읽다가 같은 길을 걸어가는 동료의 진심을 알면 삶의 활력소가 된다. 언젠가 동료와 함께 썼던 글처럼 힐링 타임이다. 동료의 글은 내 삶의 비타민으로 알고 매일 챙겨 먹어야 한다. 조금도 빠뜨리지 않고 말이다.

평생 동안 나중에, 나중에라고 말하고 살았다면 지금 이 순간에 시작하는 사람이 되자. 한 사람의 진심에 나중이란 없다. 지금 이 순간에 몰입할 줄 아는 사람만이 지금 이 순간이 감사한 줄 안다. 내 후배 한 사람은 초심을 잃었다고 했다. 경찰관으로서 근무해보니 자신이 생각했던 것과 다르고 서로 간의 소통이 되지 않아 힘들다고 했다. 불평 불만하는 사람보다 자신의 위치에서 조금이라도 바꿔보려고 노력하는 사람, 실천하는 사람이 되어야 한다. 경찰 조직에서 글쓰기 문화를 정착하기를 바란다. 매일 글을 쓰고 당신이 글을 써야 한다고 외친다. 매일 쓰는 힘은 진심에서 나오고 그 진심은 글에 녹아 있다.《내가 글을 쓰는 이유》의 저자인 이은대 작가는 경찰관을 대상으로 부산에서 특강을 했다. 특강을 마치고 기차를 잘 탔는지 전화를 했다. 내가 쓴 편지를 본 모양이다. '황 작가, 감사해요'라는 말로 전화를 끊었다. 그 말에 한동안 생각에 잠겼다. 이런 게 진심이 아닐까. 이 세상에서 들어본 말 중에 가장 와 닿는 말이었다.

4
평가하고 분석하지 말자

　　개인적으로 카톡 단톡방을 선호하지 않지만, 활동하는 카톡방 몇 개가 있다. 모임을 함께 하는 사람들이라서 어쩔 수 없이 유지하고 있다. 한번은 단톡방에서 모두 탈퇴한 적이 있었다. 30명, 50명, 80명이 함께하는 단톡방에서는 진정한 소통을 기대할 수 없다는 이유에서다. 순전히 내 결단이었다. 단톡방의 장점은 적극적인 활동을 하지 않아도 때로는 생각지도 못한 정보를 얻을 때가 있다. 때로는 어떤 정보 하나가 직접 만난 지인에게 들은 것보다도 도움이 되는 값진 것이기도 하다. 단톡방에서 누군가 영상 한 편을 올렸다. 서산대사의 해탈시를 스님이 낭독해주는 영상이었다. 지구대 관리팀장이 여름휴가를 간 관계로 삼 일째 경찰서 등서를 가게 되었다. 내 오른손에는 등서 가방을, 왼손에는 휴대폰을 들고 지하철을 기다리고 있었다. 귀에는 이어폰으로 스님이 읽어주는 해탈시 한마디 한마디에 귀 기울이고 있었다.

'근심 걱정 없는 사람 없다. 출세하기 싫은 사람 없다. 시기 질투 없는 사람 없다.'

'세상에 영원한 것 없다. 삶은 잠시 잠깐 다녀온 세상이다. 다 바람 같은 것이다. 뭐 그리 고민하오. 만남과 이별도 한순간이요.'

시를 들으며 경찰서로 향하고 있었다. 마음이 편안해졌다. 영상을 보내준 선배 경찰은 매일 하루를 시작할 때 이 시를 듣는다고 했다. 타인의 삶을 평가하고 분석하기보다 일상에서 접한 것을 내 삶에 적용할 것이 무엇인지 찾아보는 것이 훨씬 더 좋은 방법이다. 해탈시를 주위 깊게 들으며 근심 걱정이 찾아오면 이 시 한 편으로 마음을 정리해볼 수도 있겠지 생각하며 저장해두었다.

2013년 배트맨 아저씨와 관련된 이야기가 기사에 실렸다. 올해로 33년째 부산에 있는 산복도로에서 어린이 통학지도를 해주시는 분이다. 그분의 삶은 단순하다. 20킬로미터 마라톤을 10년째 하고 있다. 책을 읽고 글을 쓰며 서예도 25년째 하고 계신다. 통학지도를 하게 된 계기는 1985년 봄 아이들이 위태롭게 학교를 오고 가는 모습을 목격하고 나서다. 자신이 직접 도움을 주겠다는 마음 하나로 지금까지 눈이 오나 비가 오나 아이들과 함께하신다. 직장을 다니는 우리가 일주일에 3만5천 원을 벌어서 생활해야 한다면 과연 가능할까. 그는 오미자를 끓여서 필요한 사람에게 파는 일을 한다. 자전거로 배달하며 일주일을 먹고 살 수 있을 만큼만 번다. 배트맨 아저씨께 '당신은 어떤 사람이세요?' 라는 질문에 자기는 아이들이 건너는 횡단보도에 있어야 하는 배트맨 아저씨라고 했다. 사람은 이 세상에 태어난 이유가 없는 사람이 없다. 그렇다고 해서 그 사람들이 모두 같은 길을 걸어가야만 하는 것은 아니다. 나와 다른 삶을 글로 만나면 색다른 면을 찾게 되고 아이디어를 얻을 수 있다. 한 사람의 삶을 깊이 있게 알아갈수록 글감은 무궁무진해진다. 배트맨 아저씨의 삶을 그 누구도 따라하기 어려운 것은 자기만의 가치와 방향성을 가지고 있기 때문이다. 고귀한 일은 자신의 선택에서 나오고 그 일을 꾸준히 하는 사람은 언젠가는 세상이 알아주지 않겠는가.

나와 함께 매일 글을 쓰는 예비경찰 다송이에게 입버릇처럼 하는 이야기가 있다. 다송이가 중앙경찰학교에서 책 쓰기를 했으면 하는 바람이다. 한 번씩 하는 이야기라 특강을 마친 이은대 작가와 이야기 나누는 자리에서도 나도 모르게 불쑥 이야기를 꺼내버렸다. 마치 엄마가 자녀가 어느 특정 대학에 갔으면 하는 바람과 다름없는 발언이라는 사실을 깨달았다. 중앙경찰학교 과정에서 글을 썼으면 하는 것은 내 바람이었다. 나는 게다가 미래에 초점을 맞추고 있으니 지금 이 순간에 글을 써야만 한다는 사실을 나도 잊고 있던 게 아닌가. 다른 사람이 이렇게 저렇게 했으면 좋겠다는 내 생각은 하지 않는 것이 맞다. 글을 쓰는 것도 내 선택이 아니라 상대방의 선택이니 내가 대신 결정하지 말아야 한다. 습관처럼 다른 사람의 선택을 마치 내 일인 것처럼 말했으면서도 이은대 작가가 지적해주기 전까지는 잘못된 점을 알지 못했다. 일상의 일을 글로 써보면서 차츰 깨닫는 것도 늘어갔다. 글쓰기는 지금 써야 하지 미래의 어느 시점에 글쓰기란 그야말로 추측에 불과하다. 미래에 대해 걱정부터 하지 말자. 지금 글을 쓰고 있다면 그것으로 만족스러운 거고 지금 이 순간을 즐기는 방법을 알면 더 걱정할 게 없다.

나눔에 집중하는 사람은 큰 사람이다. 사회공헌에 집중하는 사람은 그릇도 큰 사람이다. 나눔을 실천해보기 위해 한 사업가는 어느 마트에 가서 계산하는 점원을 대상으로 실험을 해봤다고 한다. 먹을 것도 갖다주고, 커피도 사다줬다고 했다. 점원이 교대해도 변함없이 호의를 베풀었다. 새로운 현상이 일어나기 시작했다. 자신이 마트에 가면 점원은 먼저 표정이 바뀌더니 인사를 하기 시작하고 나중에는 헤어스타일 바뀐 것까지 칭찬했다고 한다. 내가 가진 재능을 다른 사람에게 나눠주는 것도 큰 장점이다.

세미나에 참석해서 나를 소개하며 내 장점을 알렸다. 내 장점은 시간 관리 재능기부를 하는 것인데 이 장점을 키울 생각으로 시간 관리 말고도 글쓰기 강연을 추가해 연 100회씩 강연을 해보겠다고 했다. 전략은 구체적이야 한다. 평가해야 한다면 그 화살은 상대방이 아닌 바로 나다. 나를 레벨업하기 위해서 어떤 전략을 사용할 것인지 나를 분석하고 살펴야 한다. 3년 동안 재능기부를 진행하면서 강연보다는 코칭에 가까운 역할을 했다. 글을 쓰며 나 자신을 분석한 결과 강연과 코칭의 결합이 필요하다는 것을 깨달았다. 관련 주제에 대해 강연을 하고, 남는 시간 토론을 하는 워크숍 형태가 적합했다. 그것도 나 자신에 대해 글을 쓰고 분석해가면서 알게 된 사실이다. 꼭 해야만 한다면 나를 분석하고 평가하자. 그것만이 현재의 내 모습을 원하는대로 레벨업 시킬 수 있다.

글 쓰는 경찰에게는 기회가 많다. 남들이 하지 않는 일일수록 성공할 기회도 높다. 대한민국에서 글 쓰는 사람들은 많지만 아직 글 쓰는 경찰은 많지 않다. 왜 글을 쓰지 않는 걸까. 막연히 어렵고 성공해서 해야 하는 일이라고 생각해서다. 게다가 일찌감치 나오는 거리가 먼 일이라고 먼저 선을 긋기 때문이다. 글 쓰는 삶을 살아보기 전까지는 알 수 없다. 사람들은 글 쓰는 중독이 뭔지 알 길이 없다. 직접 써봐야 비로소 왜 매일 쓰려고 하는지 알게 된다. 강연가도 틈새시장을 찾아서 활동하지 누구나 다 똑같은 주제로 움직이지 않는다. 강연을 많이 하는 사람일수록 책을 많이 펴낸다. 책을 펴낸 사람에게는 영향력이 큰 사람이라는 수식이 붙는다. 세미나에 참석할 때면 작가라는 소개를 받기도 한다. 그것도 책을 세 권을 출간한 작가이자 글 쓰는 경찰이라면 사람들은 나에게 호기심을 갖는다. 대한민국 경찰이 하는 일을 백날 설명해봐야 별로 효과적이지 않다. 경찰의 글쓰기는 누구나 할 수 있는데도 정작 아무나 도전하지는 않는다. 그럴수록 경찰관에게 꼭 필요한 것이 글쓰기라고 믿는다. 글 쓰는 경찰이 늘어갈수록 내가 제복을 벗는 날도 가까워지지 않을까. 나처럼 글 쓰는 경찰이 대한민국 치안을 아름답게 만들어가는 모습을 가슴에 담고 싶다.

글을 쓰면서 남을 평가하는 대신 내 사명을 찾게 됐다. 내가 해야 할 일이 무엇인지, 왜 아직 제복을 벗지 못하는지 끊임없이 나에게 묻고 답했다. 높은 계급이 되려고 승진시험만을 준비하며 사는 경찰이 되고 싶지는 않았다. 글을 쓰면서 자유로운 글 쓰는 경찰이 되고 싶었다. 나와 같은 글 쓰는 경찰이 10명, 100명, 1,000명이 생긴다면 어떨까. 글을 쓰면서 풍부해진 내 상상력으로 미래를 그리려고 지금부터 내가 할 수 있는 일부터 실천한다. 50일 프로젝트를 이어서 내가 할 일이 무엇인지 글로 써가며 풀어간다. 정답은 없지만 내가 만들어가는 해답은 있다.

글쓰기는 나에게 한 걸음이라도 제대로 뗄 수 있게 해준다. 다른 사람이 아닌 나에게서 출발하는 것이요 내 생각, 내 목표, 내 이야기에서 출발한다. 나 자신을 극복하면 내 주변 사람이 보이기 시작한다. 글로서 내가 남기 때문에 자신을 올바르게 경영할 수밖에 없다. 나를 만나지 않아도 글로써 내 생활과 태도가 보이고, 내 미래가 보인다. 한 달에 강의를 23번 한 적이 있는 어느 강연가는 강연 횟수를 두고 신나고 미치겠다는 표현을 했다. 글쓰기도 신나고 미치는 일이다. 쉽진 않지만, 막상 쓰면 쓰고 말게 되는 신이 나는 일이다. 글쓰기에 중독되어 매일 새벽에 하루를 시작하게 된 이유도 바로 신나기 때문이다. 즐겁지 않으면 매일 할 수 없다. 내 삶을 따지려고 들지 말고 일상에 나를 던지자. 있는 그대로 글을 쓰며 나를 챙겨보자. 행복하면 웃어주고, 아프면 다독여주고 쉬어주자. 삶의 모든 순간에 글쓰기로 채워보자. 흔한 일상이 아닌 색다른 일상으로 나를 만들어가자.

5
머리가 아닌 손으로 쓰자

글쓰기를 처음 하는 사람이라면 어떤 내용을 써야 할지 막막할 수 있다. 무엇을 쓸까에 초점을 맞추다 보면 글을 쓰는 시간보다 생각하는 시간을 더 많이 투자하게 된다. 동료와 글을 쓰면서 내가 썼던 주제들은 대부분 그날 관심인 사항이었다. 지인을 만난 날이라면 나눈 이야기 중에서 계속 생각나는 일이다. 그것도 아니면 강연장에 참석하면 저자가 한 말 중에서 뇌리에 박힌 말을 주제를 삼아 글을 썼다. 주제가 무엇이든지 쓰다 보면 내가 진짜로 어떤 말을 하고 싶은 순간이 찾아든다. 주제와 별 연관이 없어도 열심히 쓴 글이 바로 내가 하고 싶은 말이다. 삼천포로 빠졌구나 싶을 때 쓴 글말이다. 동료가 글을 쓸 때도 가장 힘들어하는 부분이다. 한 시간 중에서 글쓰기는 10분도 못하고 생각하는 시간만 50분을 투자하는 사람도 있다. 글이 써지지 않으면 써지지 않는다고 쓰라고 했다.

'황 부장은 나에게 힐링 타임에 대해서 글을 써보라고 한다. 나는 무엇을 글에 담으면 좋을까 싶지만 딱히 생각나지 않는다. 나는 무엇을 할 때 이런 감정을 느낄까. 운동? 영화? 음악? 아니면 걸을 때나 친구 만날 때?'

이런 식으로 계속 써보라고 권했더니 생각하는 시간보다 직접 손으로 글 쓰는 시간이 많아졌다고 한다. 머리로 하는 생각은 보통 고민에서 끝난다. 하지만 손으로 쓰는 글은 시원한 느낌이 있는 건 자기 나름대로 결론을 내기 때문이다.

모든 글감은 일상에서 시작한다. 내가 겪는 모든 일상이 소재거리고 평소 소홀히 여겼던 작은 일일수록 좋은 글감이다. 심지어는 내 글쓰기 스승인 이은대 작가는 힘들고 지치는 일마저도 글감으로 느껴지기까지 한다고 했다. 악재가 겹쳐 힘든 상황 속에서도 '이야~ 조금만 더 안 좋으면 이거 글감으로 딱 맞겠는데~' 하면서 말이다. 고수가 아닐 수 없다.

부산에서 울산까지 처음으로 혼자서 운전대를 잡고 고속도로를 달린 적이 있다. 밤에 운전하면 특히 고속도로에서는 빠르게 스쳐 지나가는 불빛 때문에 착시현상으로 운전하는 게 두렵다. 여태까지는 가족들과 장거리 여행을 갈 때도 운전은 늘 남편 몫이었다. 그날은 날씨가 유난히도 더웠다. 기차를 타고 버스를 두 번이나 갈아타고 가기에는 너무 힘든 여정이라서 어쩔 수 없이 운전대를 잡고 나섰다. 훤한 대낮이었는 데도 불구하고 고속도로 갈림길에서 큰 사고가 날 뻔했다. 내비게이션을 보는 게 익숙하지 않았던 나는 직진을 하면 되는 것을 마치 오른쪽으로 가라는 표시처럼 보여 중간에서 망설였다. 그러다 우측 표지판을 봤는데 부산이라 적힌 게 아닌가. 우회전 하면 다시 부산으로 돌아가는 길이었다. 깜짝 놀란 나머지 왼쪽으로 진입했는데 뒤에서 큰 화물차가 오는 것을 미처 보지 못한 것이다. 살고 싶었던지 나도 모르게 본능적으로 핸들을 꺾고 말았다. 글을 쓸 때도 머리가 아닌 손으로 꺾어야 한다. 그래야 자신도 모르는 하고 싶었던 저 밑바닥 속 이야기가 툭 튀어나오게 된다.

들어 있는 단체 카톡방 몇 개가 있다. 이 방들의 특징은 새벽부터 바쁘게 울리기 시작하고 낮에는 가끔 울린다. 아침형 사람들이 많아서다. 출근하기 전에 무엇을 했는지 스스로 낱낱이 공개한다. 일어난 시간부터, 자기암시를 한 흔적들, 책을 읽고 글을 쓴 모습들, 어떻게 운동하고 뭘 먹었는지를 알린다. 누가 먼저라고 할 것 없이 자유롭게 신나게 행동한다. 셀키도 늘어갈수록 점점 밝은 표정들이다. 출근 전에 이걸 올릴까 말까 고민하지 않고 우리만의 의식을 실천한다. 누가 내 몸무게 사진 보면 어떡하지 이런 생각은 머릿속에 없고 그저 나의 행복을 위해서 한다.

글쓰기는 습관이다. 매일 운동을 하고 아침 일찍 일어나는 행동처럼 글쓰기도 하다 보면 나도 모르게 습관이 몸에 붙게 된다. 글쓰기를 먹고 자는 행위처럼 취급하게 되면 삶에서 활력이 돌고 에너지가 넘친다. 현대인은 바쁘다는 말을 입에 달고 살지만 진정 바쁘기나 한 것일까. 가슴에 손을 얹고 하루에 가족들과 보내는 시간이 얼마인지 자신에게 물어보자. 아이를 위해 시간을 내고, 부모님께 전화로 안부를 묻고 찾아뵙는 일이 얼마나 있는지 헤아려보면 그다지 대단할 게 없다. 글쓰기는 우리들의 삶에 중요하지만 잊고 사는 것들을 깨닫게 해준다. 포장하지 말고 그냥 쓰면 자신의 삶을 돌아보는 것 자체에서 만족감이 있다. 쓰는 사람만이 그 행복을 안다.

머릿속에서 하는 생각은 뜬구름 잡는 것일 때가 많다. 길을 걸으며 둥둥 떠다니는 생각처럼 그냥 잡념으로 끝날 때가 많다. 스쳐 지나가는 생각을 움켜잡아 종이에 쓰면 눈으로도 확인하게 되어 실천 가능한 목표로 탈바꿈한다. 나도 그와 똑같은 때가 있었다. 온라인 카페에서 마이북이라는 글쓰기를 하며 내면의 나와 만나고 있었다. 스쳐 지나가는 생각을 종이에 담았다. My Police Book. 다른 사람이 아닌 나의 경찰 이야기를 스스로 글로 쓰며 만들어가는 인생. 종이에 적고 보니 몸을 움직여 실천해보고 싶었다. 실습생에게 글을 써보지 않겠냐고 물었고 동료 경찰에게 같이 해보자고 권했다. 말하자면 손으로 잡아채서 쓴 것뿐인데 일이 일사천리로 진행되었다.

첫 번째 50일 프로젝트가 끝나고 사비를 털어 상장 용지를 사고 케이스를 구매했다. 글 쓰는 경찰 1호부터 14호까지 내 손으로 만들어 동료에게 전달했다. 머리가 아닌 손으로 쓴 덕에 나온 성과였다. 글쓰기 프로젝트의 리더로서 책임감을 가지고 50일이 지난 후에도 매일 글을 한 편 쓰고 출근한다. 내 삶은 동료와 함께 하는 글쓰기로 행복을 찾아가고 있다. 이제는 글 쓰는 동아리도 만들어 더 많은 부산 경찰, 나아가 전국에 있는 경찰이 행복해졌으면 하는 바람이다. 쓰는 행복을 느끼는 공간, 바로 글 쓰는 현직 경찰관들의 사랑이 담겨 있는 곳이다.

흰곰탱이의 1일 차 글쓰기

운동장을 뛰기 시작한 지 3일째다. 첫날은 다섯 바퀴 뛰었다. 하지만
뭐랄까, 조금 부족한 느낌도 들고 스트레스 받는 일도 있어서 운동 강
도를 높여야겠다는 생각을 했다. 2일째는 열 바퀴를 뛰었다. 조금 피곤
하긴 했다. 다리는 뭉치고 몸도 좀 피곤했지만, 정신만큼은 참 맑았다.
뛰면서 스트레스도 해소되고 아주 건실한 방법으로 건강과 스트레스
관리를 하는 것 같아서 참 기분이 좋았다. 오늘도 열 바퀴를 뛰었다. 이
제 4일만 더 달리면 나에게 뭔가 선물을 주겠다. 이렇게 운동장을 뛰면
분명히 체력이 좋아질 거라 자신한다. 단단해진 체력을 바탕으로 무엇
이든 해야지. 다 해내고 이뤄내야지. 체력이 바탕이 되면 공부도 더 할
수 있고, 예민한 것도 덜해지고 긍정적인 생각도 더 커질 수 있다고 믿
는다. 남은 4일을 지금처럼 열심히 하자.

50일 프로젝트가 끝나고 홀로서기 글쓰기를 시작한 후배의 글이
다. 50일이 지난 뒤 더는 머리가 아닌 손으로 자신을 표현한다. 힘든
날은 글에 힘들다고 적는다. 그래도 마지막 마무리는 다시 일어선다
고 말하며 글을 마무리했다. 글쓰기를 시작하기 전의 모습들이 스쳐
지나갔다. '선배님, 일이 너무 힘들어요. 제가 이 일을 계속할 수 있을
까요'라며 힘들어 했는데 지금은 무엇이든 할 수 있다고 말한다. 체력
을 키우기 위해 두 사람은 같은 시간대에 운동장을 돈다. 달리는 시간

은 같지만 각자 다른 곳에서 운동하고 있는 자기 모습을 사진으로 찍어 알려준다. 나 잘 뛰었노라고 말이다. 그리고는 자신의 흔적을 글쓰기에 담는다. 글쓰기는 최고가 아닌 유일한 내가 되는 길을 열어준다. 대한민국 최고의 경찰이 되기보다 나답게 사는 길을 안내해준다. 글쓰기를 시작하고 내 인생은 생각지도 못한 방향으로 흘러가고 있다. 사람들 앞에서 강연하고, 유튜브 촬영도 해보고, 책을 내고 독자와 소통하는 삶을 살고 있다. 거기다 소통하는 독자와 함께 글까지 쓰고 있다. 글쓰기는 세상에 좋은 영향력을 남기게 해준다. 평범한 사람이 특별해지는 방법은 글에 나를 담으면 된다. 쓰면서 만들어가는 행복한 인생, 목적지가 아닌 여정이 즐거운 이유다.

나는 글쓰기를 처음에는 머리로 생각하는 글쓰기로 출발했다. 어떻게 글을 써야 하는지 배운 적이 없으니 내 마음대로 했다. 인터넷 서점에서 책을 뒤져가며 내 마음에 들게 목차를 짰다. 목차를 만들어 그곳에 무엇을 담을지 한참 생각했다. 이 내용은 사람들한테 알려지면 창피하니까 빼야하고, 저건 있으면 이상하겠지 하면서 자기검열을 했다. 그러다 방법을 바꿔 주제를 하나 정하고는 매일 A4 한 장씩 글을 써 내려갔다. 생각이 나오는 대로 적게 쓰기도 하고 많이 쓰기도 했다. 그러다 글쓰기 스승을 만나 그분이 책에 쓴 것처럼 그야말로 닥치는 대로 백지 위에 타자를 두드려댔다. 누가 보든 말든 내 마음을 힘차게 두들겼다. 힘겨운 주제라 감당하기 어려울 때면 눈물 콧물 다 쏟아 티슈를 번갈아 뽑아댔다. 특히 엄마의 이야기를 할 때면 유난히도 눈물이 분수처럼 흘렀다. 울고 나면 눈시울이 빨개졌고 다음 날이 되어도 눈두덩이 부어있었다. 난생처음 글을 쓴 게 아니라 뱉어냈다. 그러니 머리가 아니라 손으로 쓴 글쓰기였다. 뭔지 모를 시원함에 가슴이 뻥 뚫리는 듯한 느낌은 처음이었다. 지금은 한 시간만 안겨주면 내 손에서 A4 2~3장은 거뜬하게 써나온다. 손이 아닌 머리로 써봤기 때문에 손으로 쓰는 맛은 어떻게 다른지 알게 되었다. 뭐든 양면성이 있는 법 아닌가. 이걸 해봐야 저것도 아는 거다.

사람들에게 선물할 때도 손으로 써주는 걸 좋아한다. 딸아이를 출산하고 나서 지인들에게 너무나 많은 선물을 받았다. 일일이 누구에게 무엇을 받았는지 적어두었다. 나중에 고마움을 표현하고 싶어서. 50명의 넘는 사람들에게 일일이 손으로 연하장을 썼다. 12월이면 우체국에서 미리 살 수 있다. 하루에 세 통씩 쓰면 한 달 안에 끝낼 수 있다. 한 해를 시작하는 첫 번째 날 일제히 발송했다. 작년에는 20명에게만 보냈다. 다가오는 12월에 감사한 50명에게 다시 한 번 손으로 정성스레 쓴 글과 함께 딸이 이만큼 성장했다며 가족사진을 넣어 보내드릴 계획이다. 글에는 상대방의 마음이 담겨있다. 자신이 이루고자 하는 꿈, 삶의 가치 나아가서는 그 사람의 에너지도 보인다. 글의 장점은 지울 수 있는 것이다. 한 번 뱉은 말은 주워담을 수 없지만, 글은 고쳐 쓰면 된다. 그러니 머리가 아닌 손으로 온 마음을 담아보자.

글 쓰는 작가는 생각하는 사람이 아니다. 쓰면서 생각을 정리한다. 손으로 정리한 생각을 실천으로 옮기는 작가가 진정한 승리자다. 말로만 되풀이하는 인생은 신뢰가 안 간다. 손으로 글을 써서 몸으로 실천하자. 세상을 향해 소리치는 진심은 오직 손에서 나온다. 더하지도 빼지도 않은 그 진심 말이다. 손이 가는 대로 나를 담아보자. 그것만이 나를 아는 길이다. 나를 알아야 세상에 나를 정확하게 표현할 수 있다. 나를 알아야 내가 어디에 서 있는지 무엇을 향해 나아가는지 알수 있다. 세상은 당신 중심으로 돌아간다. 이 세상의 주인공인 당신의 이야기를 손으로 담아보자.

6
마음이 힘들수록 쓰자

　　오늘은 조금 특별한 날이다. 엄마가 살아 계셨으면 환갑이 되는 날이다. 삼십 대 후반에 세상을 떠난 엄마는 벌써 내 기억 속에 존재한 지 벌써 20년이 훌쩍 넘었다. 살아계셨으면 좋았을 텐데 같이하지 못하는 게 못내 아쉽고 마음이 무겁다. 어제 퇴근하고 집에서 운수사 스님으로부터 받은 책을 읽을 작정이었다. 범일 스님의 강연을 들었을 때 선물로 받은 책이었다. 그 책을 자기 전에 엎드려 펼쳤다. 책을 본격적으로 읽기 전에 두 장의 사진이 눈에 들어왔다. 양쪽 페이지에 나뭇가지에 잎사귀가 가득했다. 녹색이 눈을 편안하게 해주었다. 잎사귀 사이 사이로 비치는 불빛에 시선이 갔다. 다음 장으로 넘어가지 못했다. 한동안 나뭇잎 사진을 바라봤다.

　"살면서 나무 한 번 제대로 쳐다본 일이 있는가. 뭘 그렇게 바쁘게 사는 거지? 바쁘지 말자."

나뭇잎은 그렇게 속삭였다. 빛 사이에서 친정엄마의 얼굴에 행복했던 추억들이 떠올라왔다. 사진 두 장을 보며 오래 추억에 잠기다 잠들어버렸다.

글쓰기 특강에서 이은대 작가는 나무와 호흡해보라고 했다. 나무에 기대서서 가만히 서 있어 보라고 했다. 나무와 호흡하며 글을 써보라는 말에 왜 그렇게 해야 하는지 알지 못하다가 나중에야 이해가 되었다. 글 쓰는 사람은 자연과 호흡하며 열린 마음을 가지라는 말이었다. 가족들과 몇 년 전 제주도 여행을 갔을 때 자연 속에서 썼던 글들이 떠올랐다. 집으로 돌아와서 쓰는 글이 아니라, 여행지에서 나무를 보고 녹색 풍경의 자연 속에서 쓰는 글맛은 달랐다. 나무 향기 맡으면서 맑은 정신으로 쓴 글이었다. 집에서, 직장에서, 개인적으로 힘든 일은 생기기 마련이다. 자연 속에서 글을 써보면 본래의 긍정 마음으로 돌아올 수 있다. 자연과 함께 호흡하며 글쓰기 꼭 해봤으면 한다.

지구대에는 순찰차마다 휴대폰이 비치되어 있다. 신고현장에 출동하면 휴대폰을 챙겨간다. 조회도 할 수 있고 112신고 내용도 확인할 수 있다. 무엇보다 현장을 사진으로 담아야 할 때가 많다. 교통사고 현장에서는 사고 현장을, 싸우고 피가 난 현장에서는 폭행 현장을, 사람이 자살한 곳에서도 현장 사진을 촬영해야 한다. 경찰관도 사람인지라 자살 현장에 최초로 출동하면 평생 그 기억을 안고 간다. 참혹한 현장을 뇌리에 자신도 모르게 새기게 된다. 심리 상담할 수 있는 프로그램이 있지만, 직원들이 적극적으로 이용하지는 않는 것 같다. 지구대에서 사용 중인 휴대폰에는 일정기간 지구대에서 있었던 사진들이 들어 있다. 술에 취한 사람들이 바닥에 누워 행패를 부리는 장면부터 아주 다양하다. 경찰이 되기 전에는 술 취한 사람들이 그렇게 많은 줄 몰랐다. 술 취한 사람들을 상대하고, 현장에서 잔혹한 장면을 계속해서 보다 보면 자신도 모르게 스트레스가 쌓여간다. 그냥 두면 병이 된다. 적극적으로 전문기관을 찾아가 상담을 해야 한다. 마음에 짐이 되는 기억들은 쓰레기통에 내던지듯이 글쓰기로 버려야 한다. 글로 풀면 잊어버리고 평온해질 수 있다. 내뱉을 때 그 시원함이란 그렇게 해보지 않은 사람은 알 수 없다.

북한학을 공부하는 지인이 있다. 나와는 스무 살 넘게 차이가 난다. 사업체를 운영하면서도 매주 토요일 아침이면 독서모임에 참석하신다. 박사학위 논문을 위해 공부도 하고 있다. 일하고, 강연을 다니며 늘 배우는 삶을 사는 지인을 보며 20년 후의 내 미래를 많이 생각해본다. 막연히 그렇게 따라서 한다는 생각보다 글을 쓰며 지인으로부터 무엇을 배우고 싶은지 어떤 모습을 닮고 싶은지 적어본다. 석사, 박사학위를 가졌다고 다 부럽진 않다. 그것에 걸맞은 성품과 인격을 갖추었기에 닮고 싶은 것이다. 약속장소에 무조건 한 시간 전에 도착하는 그녀의 모습과 바쁜 생활을 하면서도 책을 손에서 놓지 않는 모습을 본받고 싶다. 글쓰기는 힘든 내 마음에 정리의 손길을 내던져주었다. 힘든 마음일수록 더 빨리 내던져야 한다.

감옥에서 형을 살아야 한다면 무엇을 하면 좋을까. 생각하기도 싫은 환경이다. 그곳에서 희망을 찾을 수 있을까. 1년 6개월 동안 세상의 뒤편으로 보내졌을 때 그분이 선택한 것은 글쓰기였다. 하루 24시간 중에서 15시간 이상 글을 썼다고 한다. 무엇을 먹었는지, 무엇을 했는지 손이 가는 대로 모두 적었다고 했다. 나중에는 소설까지 썼다고 한다. 교도소에서 주는 누런 종이에 쓰고 또 썼는데 노트를 쌓으면 천정까지 닿을 거라고 했다. 교도소에서 쓴 글을 버리지 않고 모두 보관하고 있다고 말하는 이은대 작가. 글은 한 전과자의 삶을 변화시켜 주었다. 밖에서 있는 가족을 생각하며 마음이 힘들수록 펜을 잡고 글을 썼다.

찰스의 자유 글쓰기 1일 차

사람과 인간관계를 맺을수록 어려운 점이 많이 생긴다. 내가 유난스럽거나 예민할 수도 있지만 나는 다른 사람이 나를 어떻게 생각하는지 많이 신경 쓰는 사람이다. 그게 참 피곤한 일이라 안 그래야지 하는데도 잘 안 된다. 그래서 매번 내가 하는 행동과 말 때문에 드러난 나를 주워 담을 수 없으니 조심해야지 생각한다. 출근하면 동기들이랑 같이 일하니까 좋기는 하지만 무더운 날씨에 여러 가지 이유로 다들 불평불만이 한가득 찼다. 글쓰기로 마음을 가다듬고 출근하지만 다시 불평불만에 휩쓸려 어느새 나도 똑같이 하고 있는 거다. 안 그래야지 하는데도 좀처럼 안 되는 게 아쉽다. 요즘 날씨가 무덥다 보니 할머니도 짜증이 늘어나시니 나도 짜증을 내게 된다. 무더운 날씨가 탓인지 제어를 못하는 내 탓인지는 모르겠다. 그래도 내 얘기를 풀어낼 수 있고 적을 수 있는 이 순간이 행복하고 이렇게 담아낼 수 있는 카페가 있어서 행복하다.

자신의 20대를 떠올려 보면 문제가 많았던 게 당연하다. 20대에는 마음이 크리스털처럼 투명한 탓에 힘든 때가 많았다. 서운하면 서운한 얼굴이 그대로 드러났다. 겉과 속이 100% 일치하는 내 마음과 얼굴을 숨기지 못했다. 뜻대로 제어가 안 되어 사회 생활하기 힘들 정도였으니 찰스처럼 20대에 글쓰기를 만났더라면 훨씬 덜 방황 했을 것이다. 나는 동료의 중매쟁이다. 감정노동자인 경찰관의 삶에 글쓰기를 소개해주는 중매쟁이인 거다. 3년 동안 글을 쓰며 그 어느 때보다 성장했다. 게임에만 레벨업이 있을 게 아니라 삶에도 레벨업이 필요하다. 글쓰기로 나를 알아가야 하고 나를 알면 지금보다 새로운 일을 할 수 있다. 내 강점을 알게 되면 세상에 이로운 영향력을 줄 수 있다. 사람은 태어나서 빈손으로 가지만 세상에 남은 사람들을 위해서 한 가지라도 선한 흔적을 남겨두고 가고 싶다.

좋은 일은 사람들에게 널리 알려 소문이 나게 해야 한다. 좋지 않은 일은 사람을 통해서 글로 풀어내는 것이 낫다. 말은 내가 원치 않는 상대방에게 순식간에 간다. 사람들이 경찰을 찾아올 때면 마음이 힘들 때가 많을 것이다. 자기 경영을 잘하는 사람이 조직도 잘 경영할 수 있는 법이다. 마음도 역시 내 마음을 잘 알아주고 만져주는 사람만이 상대방의 마음도 이해해 줄 수 있다. 경찰관의 마음은 일주일에 한 번씩 챙겨야 하는 것이 아니다. 매일 매 순간 챙겨야 한다. 내 마음이 평온해질 수 있는 글을 써라. 어딘가를 일부러 찾아갈 필요도 없다. 그냥 자리에 앉아 글을 쓰는 것이 마음의 평화를 찾는 길이다. 3년째 글을 쓰면서 내가 만나는 주민에게 그 어느 때보다 평온하게 마음을 달래줄 수 있었다. 내 마음이 힘든 것은 글로 풀고, 나와 만나는 주민의 마음은 경찰인 당신이 풀어주자. 마음에 문제가 생겼다면 글을 써야만 한다. 죽은 삶을 살지 말고 하루를 살아도 에너지가 넘쳐 행복하자.

7
동료 한 명에게
이야기하듯이 쓰자

여자들은 커피숍에서 사람을 만나면 커피 한 잔 앞에 두고도 몇 시간 동안 대화가 가능하다. 심지어 만나지 않아도 멀리서 전화 수화기만을 붙잡고도 장시간 대화하는 걸 보면 남자들은 아마 이해하기 어려울 것이다. 남자들은 할 말만 하고 끊지만 여자는 단답형이 아닌 서술형이다. 언제, 어디서, 누구와 어떻게, 왜 했는지를 모두 알아야 궁금증이 풀린다. 일반적인 대화보다 책을 읽고 토론하는 것을 즐긴다. 10년 만에 나와 독서 취향이 비슷한 동료를 만났다. 아침 일찍 만나서 토론하다 보니 1시간 반 정도의 시간이 어떻게 흘렀는지도 모른 채 토론 주제에 점점 빠져들었다. 이야기를 나누면서 필기를 해두었기에 토론이 끝나면 혼자서 나눈 이야기를 글로 정리한다. 《글 쓰는 경찰》을 출간하고 스승인 고3 담임선생을 찾아갔다. 앞으로 어떤 공부를 해야 할 것이며 책은 계속 써야 하는지 고민을 상담한 것이 계기가 되어 동료와 독서모임을 시작하게 되었다.

2017. 10. 11. 수요일 13:01 고3 때 담임이신 이홍복 선생님

〈관상〉이라는 영화 마지막 부분에 송강호가 수평선을 바라보며 '세상
을 보려면 세상 밖에서 봐야 한다'는 대사가 생각나네. '나는 어떤 경찰
인가? 어떤 삶을 살아야 하나?'에 대한 답은 결국 자신이 내리든가 아
니면 각자의 종교에서 자신이 신봉하는 신의 명령을 따르는 방법이 있
지. 내가 그런 문제로 고민하면서 읽었던 책은 달라이 라마의 책과 헨
리 데이빗 소로우의 책과《논어》를 포함한 동양고전과 철학자의 책 중
에서 이것저것이 있다. 지금도 답이 없다. 살다 보니 이전의 확신이 부
끄러워지는 경우도 생기더라. 많이 읽고 많이 생각하다 보면 어렴풋이
그림자라도 잡히겠지. 하여튼 응원한다. 용감한 경찰 아줌마.

독서모임을 진행하면서 내 생각이 담긴 글을 매주 이홍복 선생님
께 보내드렸다. 독서모임도 좋았다. 매번 스승이 써준 짧은 피드백 글
을 수십 차례 곱씹는 것으로 성장할 수 있었다. 2017년 6월 21일 독
서모임을 갖고《오디세우스》에 관해 내 생각을 전달했다. 선생님은
이렇게 답해주셨다.

멋지네. 내면의 질서 중요하지. 아이들을 운동장에 줄을 세울 때 제일
먼저 할 일이 방향을 정해주는 것이다. 그리고 몇 줄로 설 것인지 방법
을 제시해줘야 한다. 마음의 줄도 그렇게 세워나가면 되지 않을까 한다.
가족 한 사람 한 사람마다 각자의 삶이 있으니 그 삶을 존중하는 질서!
그게 쉽지는 않겠지 계속 분발해라. 멋지게 사는 모습에 박수 짝짝짝.

서양 고전 책을 읽다가 글을 쓸 때면 어렵다는 말을 반복했다. 단테의 이야기는 더욱 그랬다. 천국과 지옥 연옥의 이야기는 어려웠다. 단테는 잘 모르겠다며 글을 써서 스승에게 보냈다. 이렇게 답변이 왔다.

서양 고전을 이해하려면 《성경》에 대한 배경지식이 필요하다. 작가 한 사람을 이해하기 위해서도 그의 환경과 그것을 바라보는 세계관에 대한 이해가 필요하듯이. 조바심내지 말고 지금처럼 천천히 진행하거라. 모든 환경 속에서도 평온을 유지하는 하루를 멋지게 만들어내어라.

무더운 여름 밖에 서 있기만 해도 땀이 흘렀다. 그날은 마음도 무거웠다. 친정엄마의 환갑생신이었다. 돌아가신 분의 환갑을 챙기면 좋다고 해서 절에 부탁을 해두었다. 경찰서에 들러 서류를 전달하고 건물 밖으로 나와 벤치에 앉았다. 그러고 보니 경찰서를 수십 번 오가는 동안 벤치에 앉은 건 처음이었다. 등줄기에 땀이 쫙 흐르는 느낌이 들었다. 내 눈앞에는 산들산들 흔들리는 나무 잎사귀들이 눈에 들어왔다. 흔들리는 모습이 마치 나에게 속삭이는 듯한 느낌이 들었다. '너희도 나한테 덥다고 이야기하는구나' 하고 입 밖으로 말했다. 풀잎을 멍하게 바라보며 앉아 있었다. 그곳에 앉은 이유도 지인의 일정을 본 이후로 넋을 놓았기 때문이다. 지인은 자신의 SNS에 빡빡한 8월 일정을 올렸다. 강의며 공연이며 수두룩했다. 좌우로 흔들거리는 풀잎을 보며 문득 내게 물었다. '일정을 올린 그분은 행복할까?' 하는 생각이 들었다. 나는 그렇게는 바쁘게 지내고 싶지 않다.

지구대 관리반에서 근무하며 알게 된 계명이 있다. 제목은 '관리반으로 살아남기 위한 11계명'이다. 하나하나 와 닿는 게 누군지 몰라도 정말 글을 잘 썼다. 종합하자면, 어느 부서에 가든지 크게 인사하고 웃는 얼굴을 항상 하고 다녀야 한다는 거다. 오늘 웃으며 하루를 보내지 못했다면 글을 쓰면서 내 마음을 돌아보고 다음 날 다시 웃을 수 있으면 된다. 글을 쓰면 나쁜 것은 모두 벗어버리고 내 자신에게 고백하듯이 정화할 수 있다.

글을 쓰고 마침표를 찍는 순간, 글 속에 담긴 내 모든 행위를 책임지지 않을 수 없게 된다. 그래도 다음 날 분노라는 것이 찾아오게 되면 하얀 백지 위에 글을 쓰며 다시 한 번 내 마음을 두드린다. 왜 분노가 생겼는지 이유를 알면 정리하기도 쉬워진다. 분노가 일어날 때마다 나를 돌아보는 글을 쓰면 자연스럽게 그 분노가 일어나는 횟수도 줄어들게 된다. 내 안에는 분노와 짜증이 많았지만 분노를 비워내려고 하기보다는 내 안에 묶어 두려고 했었다. 가끔 분노가 스멀스멀 피어오를 때도 있지만 그럴 때마다 글을 쓰는 것으로 분노가 더는 나를 찾지 못하게 하고 있다.

사진을 보면 그 사람들과 함께 보낸 추억들이 떠오른다. 좋았던 장면을 하나하나 떠올리며 추억에 잠기는 시간은 누구나 행복하다. 아무리 오래된 추억이라도 사진 한 장으로 떠올릴 수 있는 걸 보면 신기하다. '엄마 잘 지내? 나 안 보고 싶었어? 나는 엄마 정말 많이 보고 싶어' 하면서 속삭이는 것처럼 글을 쓴다. 때로는 애틋하게, 때로는 귀엽게 내 마음을 표현하다. 돌아가신 분은 만나지 못해도 글로 내 마음을 표현하고 나면 속이 편해진다. 뭔가 뻥 뚫는 느낌보다는 감사함이 짙게 묻어난다. 마치 내 마음속에 품고 있는 것 같은 마음이 생긴다. 사랑하는 사람에게 쓰는 것처럼 정성스럽게 글을 쓰면 읽는 상대방도 못 느낄 리 없다. 글에는 글 쓴 사람의 기운이 남아 있다. 그 사람의 환경, 정서를 안다면 더 공감할 수 있다.

자신이 평온하게 느끼는 곳에 가서 앉아보라. 아무것도 하지 말고 과거, 현재, 미래를 떠올리며 글을 써보라. 친정엄마의 생신 제사상 앞에 앉아 한참 동안 머릿속에서 과거를 오갔다. 22년의 세월이 주마등처럼 뇌리에서 끝없이 지나갔다. 어떤 기억은 내 얼굴에 눈물 몇 방울이 흐르게 하고, 어떤 것은 웃게 했다. 마치 엄마가 옆에 있기라도 한 것처럼 오랫동안 멍하니 추억에 잠겼다가 글을 썼다. 내가 쓴 글이 하늘나라에 닿을 수 있을지는 모르지만 마음만은 틀림없이 전해질 거라고 믿는다.

가장 쉬우면서도 언제든지 써먹기 좋은 방법은 이야기하는 것처럼 쓰는 거다.

술이 없으면 못 살 것 같은 사람은 알콜중독자다. 작가도 매일 글을 쓰지 못하면 안 될 것 같은 사람이다. 세상에 남길 수 있는 일은 많지만 어느 모습으로 남고 싶은지는 자신이 선택해야 한다. 직업을 선택하는 것처럼 평생 자기가 키울 장점을 키워야 한다. 매일 글을 쓰는 작가는 자신뿐만이 아닌 세상에 이로운 글을 남길 수 있다. 자신이 부족하다는 생각이 드는 사람일수록 글을 써야 한다. 바다가 넓은 이유도 땅 위 어느 것보다 아래로 내려앉아 있기 때문이다. 부족한 사람일수록 자신의 삶을 세상에 꺼내려 애쓰기를 멈추지 않아야 한다.

경찰 동료와 글을 쓰면서 누군가는 내 삶에 영향을 받고 살아가고 있고 모든 삶은 소중하다는 것을 깨달았다. 오래된 고참은 신참의 패기에 자극을 받고 신참은 고참의 경험담에서 자신의 미래를 상상해 나간다. 쓰느냐 쓰지 않느냐의 차이가 있을 뿐 하찮은 글이란 없다. 내 삶을 담아야 하는 이유는 어디에나 있다. 편안하게 내 동료에게 이야기하듯이 글을 써보면 매일 같이 반복되는 내 삶이 새롭게 느껴지고 내일이 기다려지는 하루로 변하게 될 것이다. 글 한 자 한 자 쓸 때의 설렘을 당신도 느껴보길 바란다. 세상에는 글을 쓸 것으로 차고 넘쳐난다. 이제는 당신이 쓸 차례이다.

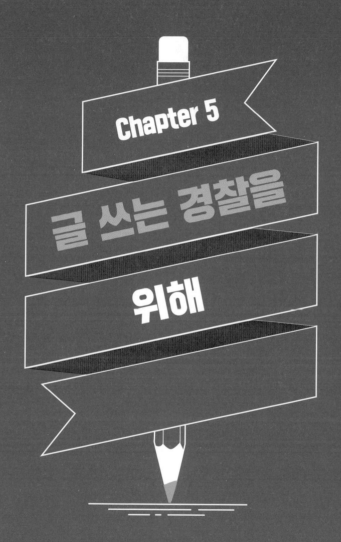

Chapter 5

글 쓰는 경찰을

위해

1
글쓰기의 효과

대한민국 경찰은 어디에서 근무하든 소통이 잘 안 되는 동료가 있기 마련이다. 그 사람을 피하려고 다른 부서를 가봤자 새로운 곳에도 내 마음에 들지 않는 상대가 반드시 있다. 사람 관계로 힘든 일이 있을 때면 그 상황을 피하지 말아야 한다. 마음은 눈에 보이지 않아도 표정과 말투로 읽을 수 있다. 출근해서 항의를 심하게 해대는 민원인의 전화를 받은 적이 있었다. 내 말은 듣지 않고 다짜고짜 자신이 얼마나 기분이 나쁜지를 말투로 드러내었다. 전화상이었지만 과연 어떤 상태인지 고스란히 느낄 수 있을 정도였다. 그야말로 '나 화났으니까 건들지 마' 하는 걸 오래 설득하고 나서야 통화를 마칠 수 있었다.

그럴 때면 지쳐 있는 내 자신을 어떻게 달래야 할까. 옆에 있는 동료한테라도 마음속에 있는 이야기를 다 해야 하는 걸까. 나를 속상하게 한 사람들을 한꺼번에 글쓰기 도마 위에 올렸다. 내 판결을 기다리기라도 하듯 모두 내 글감이 되었다. 도마 위에 올려두고선 그들의 행위를 낱낱이 공개했다. 왜 내 마음이 상했는지 실토하다 보면 더 쓸말이 없을 지점까지 간다. 그러다 보면 오랫동안 이 일 때문에 내 시간을 낭비해야 할 일이 아님을 알게 된다. 내가 겪은 일은 작고 사소한 일로 그냥 넘겨도 된다는 확신과 함께 내 글에 마지막 마침표를 찍고서는 잊어버린다. 사소한 일과 신경 써야 할 일이 따로 있고 던져버릴 생각과 갖고 가야 할 생각을 구별해야 한다. 이런 이유에서도 글쓰기를 통해 내공을 쌓아야 한다.

책을 출간하고 나서 경찰 공무원 시험을 준비하고 있는 사람들과 소통할 기회가 생겼다. 모녀는 경기도에서 나를 만나러 왔다. 경찰이 되고 싶은데 어떤 노력을 하면 좋은지 직접 만나서 이야기를 듣고 싶다고 했다. 오전밖에는 시간이 없어서 아침 8시쯤인가 만나서 식사를 하고 차를 마셨다. 이후로는 남자 초등학생 둘이 지구대로 찾아왔다. 지구대 안에 들어서서 힘차게 인사를 하더니 학교 숙제로 인터뷰를 해야 한다는 거다. 한 아이는 강력반 형사가 되는 게 꿈이라고 했다. 강력반 형사를 꿈꾸는 아이에게 꿈을 잘 키워가길 바라며 내가 쓴 책을 선물해주었다. 내가 쓰는 글로 다른 사람한테도 꿈을 포기하지 않도록 해준다. 내 책을 읽고 있는 어느 수험생은 자기가 공부하는 책꽂이에 두었다고 한다. 공부가 안될 때 꺼내서 몇 장을 읽어보는 것만으로도 힘이 된다고 했다. 글쓰기는 누구에게나 좋은 영향을 안겨준다.

감사한 마음을 살면서 곧잘 잊어버리게 된다. 작은 것에 감사할 줄 모르는 사람은 큰 기쁨도 잘 느끼지 못한다. 한 달에 천만 원 버는 사람은 더 많이 벌고 싶은 욕심이 생긴다. 또 더 벌면 벌수록 그보다 더 많이 욕심이 커진다. 사람의 욕심은 끝이 없어서 자신을 돌아보지 않는다면 그 욕심이 얼마나 커지고 있는지 알 길이 없다.

글을 쓰기 전까지는 내가 다니고 있는 직장에 얼마나 감사한지 잘 몰랐다. 하루 휴가를 쓰고는 다시 사무실로 출근하는 길에 불현듯 감사한 마음이 찾아들었다. 특히 출근길에 인력파견업체가 있는데 그곳을 지날 때면 나에게 주어진 삶 자체가 감사하게 느껴졌다. 삶의 행복이란 결국엔 사소한 것에 있는 것을 글쓰기로 알았다. 내 일상에는 하하하 웃고 행복할 시간이 녹아있는 데도 그 행복이 얼마나 큰 것인지 정작 모르고 살았을 뿐이다. 글을 쓰면서 퇴근 후에 가족과 함께 밥을 먹고 오순도순 이야기를 나누고 아이와 몸으로 놀아주는 것이 행복이라는 사실을 알게 되었다.

어느 날 화장실에서 손빨래하고 있는데 딸아이가 내가 있던 화장실 앞으로 와서는 이렇게 말했다. "아빠 없으니까 심심해." "엄마가 손빨래하고 나서 놀아주면 안 될까?"라고 말하니 아이는 "응 그렇게 할 게."했다. 알고 보니 아이는 엄마가 있을 때도 "엄마 없으니까 심심해."라고 하는 걸 보니 아이에게는 부모만 한 사랑이 없다. 아이가 커가는 모습을 내 마음에 담는 것은 더 없이 큰 행복이다. 놓친 게 없는지 부족하지만 나를 돌아보는 글쓰기를 통해 살피고 보완해간다. 자꾸만 잊게 되는 감사한 마음을 매일 글로 쓰면서 지금 잘하고 있다고 나를 다독인다.

글감을 찾는 일이 내 일상이 되어버렸다. 평범한 일상에서 영화를 한 편 본다든지, 음악회나 연극을 보고 오면 마치 사냥꾼이 사냥감을 찾은 것처럼 기쁘다. 일상에서 조금 벗어난 색다름은 글쓰기에 자극을 준다. 그런 식으로 나도 모르게 세상 속으로 들어가고 있고 문화생활도 즐기는 나로 변하고 있다. 아이와 함께 물놀이에도 가보고 자연이 담긴 공원에도 가보며 색다른 글감을 축적할 수 있었다. 그곳에서 보고, 듣고, 말하고, 먹고, 깨달은 것 모두가 글 소재다. 전화 통화를 하면서도 중요한 메시지는 종이에 적는다. TV를 보면서도 와 닿은 에피소드는 종이에 적고 길을 걸어가다가도 번뜩이는 내용은 종이에 적는다. 괜찮은 주제는 늘 이렇게 나왔고 진심을 담은 내 이야기는 일상 곳곳에 있다. 조금만 부지런하면 누구나 할 수 있는 일들이다. 글쓰기는 내가 세상살이에 적극적인 자세로 관심을 갖고 하루를 살게 해줬고 문화인이라는 타이틀도 안겨주었다.

글쓰기의 가장 강력한 효과는 내가 해야 하는 일에서 발휘된다. 글쓰는 경찰 1기 14명과 50일 동안 글을 쓸 때도 자신이 해야 할 일을 명확하게 하는 사람들이 글쓰기를 잘 활용했다. 매일 분량만 채우기 위해 글을 쓰는 사람과 변화를 위해 열과 성을 다해 쓰는 사람의 차이는 글에서 알 수 있었다. 글에도 마음의 눈이 있기 때문이다. 온 마음을 다해 글을 썼던 사람들이었는데 어떤 이유에서인지 글쓰기를 포기했다. 5일 만에 다시 글을 쓴 사람과 20일이 지나 다시 글을 쓴 사람의 차이는 상당했다. 그들의 공통점은 글쓰기를 다시 시작하면서 예전의 생기를 찾은 것이다. 포기했던 일을 다시 시작하는 건 처음 할 때보다 훨씬 어렵다. 그러니 다시 글쓰기를 시작한 사람들은 힘들었던 만큼 누구보다 더 오래 갈 것이다.

글쓰기는 일상에서 어렵지 않게 할 수 있는 장점이 있다. 헬스클럽까지 가야 하는 운동 같은 것도 아니니 언제 어디서든 종이와 펜만 있으면 된다. 그것에 하나 더 챙겨야 하는 건 내 마음뿐이다. 의지만 있다면 누구나 쓸 수 있지만 그 의지는 누구에게서 얻어 올 수 있는 게 아니다. 글쓰기는 내게 좋은 인연도 안겨주었다. 주변 사람들에게 글쓰기 중매쟁이가 되어 글을 써보라며 소개하는 것처럼 나도 많은 소개를 받았다. 글을 쓰는 사람들과 만나게 된 것도 책을 통해서다. 책 안에는 한 사람의 삶이 담겨 있다. 그 사람의 생각과 꿈이 담겨 있는 것이다. 내 마음을 글에 담았을 뿐인데 이제는 나를 경찰이라는 직업 말고도 작가라고 부른다.

경찰서 회의에 참석했을 때다. 음주와 관련해서 토론하는 자리인데 분위기가 아주 무거워서 선뜻 내가 나설 만한 자리가 아니었다. "작가님인데, 생각이 궁금합니다. 발언하시지요." 회의를 진행하는 과장님은 내게 발언권을 주셨다. 글 쓰는 사람이라는 이유로 부추기신 것이지만 이것도 글쓰기에 더 매진하게 만드는 작은 힘이다.

나는 내근과 외근 모두 거쳤지만 남편은 주로 수사부서에서 근무했다. 누군가를 체포해서 조사하고 처벌하는 일은 쉽지 않은 일이다. 법

률 검토를 해야 하고 새로운 판례가 없는지 살펴야 하니까 복잡하고 만만찮은 일이다. 남편이 수사부서에서 근무할 때도 스트레스가 많다 보니 퇴근하면 동료들과 술을 마시는 날이 많았다. 수사부서가 아닌 곳에서 근무할 때는 상대적으로 스트레스가 적어서 자연스럽게 술 마시는 횟수도 줄어들었다. 다른 부서에서 근무하고 있는 요즘은 동료와 술자리를 하기보다 집에서 가볍게 반주를 즐기는 정도가 되었다.

오랫동안 듣던 오디오 시디 중에《무엇이 당신을 만드는가》이재규 씨의 강연이 있다. 내용인즉, 대구에 살 때인데 친구들이 놀러와 술을 마시다 보면 1차, 2차, 3차까지 술집을 전전하고서야 새벽에 집에 들어간다고 했다. 다음 날이면 글도 못 쓰고 번역도 못하는 일이 잦게 되었다. 어느 날 강연준비도 제대로 못해 허덕이는 자신을 발견하고는 술을 택할 것인지, 글쓰기를 택할 것인지 결단을 내려야만 했다. 사람들한테 술 잘 마시는 사람으로 기억되고 싶은지, 글 쓰는 사람으로 기억되고 싶은지 되돌아보는 시간이 되었다고 한다.

차를 탈 때마다 그 말을 듣다 보니 점점 뇌리에 문구가 되어 박혀 들었다. 나는 맑은 정신에 글 쓰는 사람으로 기억되고 싶었다. 글쓰기에는 맑은 정신이 필요하다는 건 작가 자신이 더 잘 안다. 글쓰기 덕분에 술을 자제할 수 있게 되어 마셔도 와인 한 잔 정도에 그친다. 그간 술을 마셨던 이유는 사람들 관계 때문이었다. 글을 쓰면서 사람과 하던 소통은 술이 아니라 글쓰기로 더 잘 할 수 있다는 사실을 알게 되었다. 내가 술을 자주 마실 때는 내 주변사람들도 술꾼이 대부분이었지만 글을 쓰는 지금은 작가들이 포진해 있다. 글쓰기는 어느 날 내

가 없고 난 후 어떤 사람으로 기억되고 싶은지 명쾌한 답을 내릴 수
있게 해준다. 술꾼이 아닌 글 쓰는 경찰로 기억될 것이다. 내게는 이
세상에 글쓰기만큼 나를 성장하게 해주는 도구도 없다.

2
왜 경찰이 글을 써야 하는가

어느 직장이나 불만을 잘 늘어놓는 사람은 있기 마련이다. 경찰이라고 예외가 있을까. 출근하면 누가 어떠니, 어떤 시책은 마음에 드니 마니 하면서 불평을 늘어놓기 시작하는 선배가 있었다. 내뱉는 말마다 거의 불만투성이지만 그렇다고 해서 그 불만거리를 개선하려는 노력이라곤 아무것도 하지 않았다. 나도 물론 무심코 불만을 털어놓을 때가 있다. 나도 모르게 튀어나오는 것이긴 하지만 그때마다 놀라곤 한다. 글을 쓰기 전까지는 불만에 찬 사람들을 대수롭지 않게 생각했다. 불평 좀 한다고 무슨 문제가 될까 생각했다. 하지만 불평은 곧 습관으로 되기 십상이다. 올해 들어 생각해보면 내 머릿속에는 불만이랄 게 거의 없다. 그것 대신 채워져 있는 것은 책을 세 권 출간하는 것과 글 쓰는 경찰 100명을 만들고 싶은 생각이다. 나의 하루는 글 쓰는 경찰과 함께하는 데 쓰고 있으니 불평하는 데 쓸 에너지 같은 건 있을 리 없다.

남들이 승진하니까 나도 승진 공부해 볼까 하는 생각은 다른 사람과 똑같은 삶을 사는 것을 의미한다. 진짜 원하는 삶은 뭘까. 원래부터 경찰공무원을 원했든 아니든 지금 당신의 직업은 경찰공무원이다. 경찰이라는 테두리 안에서 당신이 원하는 삶을 사는 것이 바로 멋진 삶이다. 당신이 원하는 삶을 누가 대신 찾아주지 않는다. 스스로 내면과 대화하는 시간을 많이 가져야 한다. 내면의 힘을 길러주는 것이 바로 글쓰기다. 어렸을 때를 떠올려보면 누구나 이루고 싶은 꿈이 있었다. 정년이 되어 지금의 직을 물러날 때 또는 지구별을 떠나야 할 때 무엇이 후회로 남을까. 하고 싶었던 일을 못한 것 아니겠지. 무엇을 하고 싶은지, 나만이 할 수 있는 일은 또 무엇인지 글을 쓰며 내면과 대화로 찾아야 한다. 경찰관으로 직장에서 진급하는 것만이 할 일의 전부라고 하면 참 재미없는 삶일 거다. 승진은 그 일부에 지나지 않는다고 믿기에 동료가 하지 않는 것을 하고 싶었다. 내가 할 수 있는 글쓰기는 경찰은 나한테는 어쩌다 만나게 된 더없이 즐거운 분야다.

직장 안에서 내 말에 귀 기울여 진심으로 들어주는 동료는 그리 많지 않다. 아무리 친해도 어느 정도의 벽은 있기 마련 아니겠는가. 마음속에 있는 모든 것을 털어낼 정도로 친한 사람은 막상 쉽게 찾기 어렵다는 말이다. 게다가 누군가를 화제를 삼기라도 하면 좋은 뜻이건 아니 건 당사자한테 순식간에 전해질 수 있어 조심스럽다. 그런 점에서 글쓰기는 당신의 고민을 쏟아낼 수 있는 대나무 숲이다. 당신의 이야기를 아무런 잣대 없이 들어주는 공간이 있는 것만으로도 행복하지 않는가. 자신의 에너지를 조절할 줄 아는 사람이 가장 강한 사람이다.

불필요한 감정들은 동료에게 옮기지도 말고 글쓰기로 던져버려라. 온 갖 사람들을 만나는 경찰에게는 감정 찌꺼기들이 쌓이기 마련이다. 지난 주말에 냉장고 청소를 하니 버릴 게 참 많았다. 다 필요한 것인 줄만 알았는데 그게 아니었다. 모두 꺼내 새롭게 정리하고 나서야 비로소 얼마나 불필요한 것들이 냉장고를 차지하고 있었는지 알게 되었다. 알고 보면 강한 사람은 마음속에 저장해두었던 불필요한 찌꺼기들을 과감히 꺼낼 수 있는 자다.

유리 멘탈과 포커페이스. 직장에서 볼 수 있는 두 가지 유형의 사람이다. 직장 초년생일수록 유리 멘탈이 많다. 자신의 감정을 주체할 수 없어 표정에 모두 나타난다. 오히려 자신의 감정을 최대한 그대로 드러내기도 한다. 경력이 쌓일수록 좋은 의미에서 포커페이스가 많다. 아무리 기분이 상해도 크게 드러내지 않고 동료의 험담도 삼가한다. 어떤 점에서는 얼굴과 표정만으로는 무슨 생각을 하는지 모를 때도 있다. 글을 쓰면서 포커페이스의 장단점을 생각하게 되었다. 장점은 자신의 감정을 숨겼기에 적이 생기지 않지만 반면에 진심으로 소통할 동료도 생기기 어렵다는 것이다. 글을 쓰는 것으로 내면의 힘을 키우면 싫은 사람을 유리 멘탈과 포커페이스의 중간쯤에서 상대할 수 있다. 동료도 잃지 않고 내 자신을 조율할 줄 아는 힘으로 말이다.

마이클 조던은 농구 황제라 불린다. 조던은 농구가 아닌 야구를 2년 동안 했다. 야구를 하다가 농구로 다시 복귀했을 때 사람들은 환호했다. 사람들은 잘하는 농구를 두고 뭐 하러 야구를 하러 갔느냐고 난리였다. 하지만 마이클 조던의 생각은 달랐다. 그가 만약 야구를 2년 동안 하지 않았더라면 농구에 대한 사랑을 몰랐을 것이라고 했다.

최근에 직장에서 징계를 받은 경험이 있는 두 명의 동료와 소통하는 기회가 있었다. 두 명에게서 느꼈던 공통점은 다름 아닌 직장의 소중함이었다. 자신의 실수는 잘못한 것으로 인정했다. 징계를 받고 혼자만의 시간을 갖은 동료는 그 어느 때보다 경찰에 대한 사랑하는 마음이 커졌다. 그 누구보다 경찰관이라서 행복하고 매일 출근이 즐겁다고 했다. 또 한 명은 출근이 너무 기다려진다고까지 했다. 비록 징계라는 불명예를 갖게 되었지만, 그 계기로 더 단단해질 수 있었다고 했다. 두 명의 동료는 매일 글을 썼다. 자신이 잘못한 것이 무엇인지, 앞으로 어떻게 살 것인지. 경찰 인생 전체 중에서 그 실수는 그야말로 점 하나에 불과하다. 작지만 진한 그 점은 틀림없이 자신들을 훨씬 더 훌륭한 경찰로 이끌게 할 것이다.

고수는 내면의 긍정적 에너지를 계속해서 유지하는 사람이다. 평정심을 유지하는 사람이 고수다. 끊임없이 배우고 글을 쓰면서 자신을 돌아봐야 한다. 냉장고에 불필요한 물건을 버리듯이 자신에게 필요 없는 감정들, 걱정거리들을 던져버릴 줄 알아야 한다. 어떻게 살 것인지에 대한 고민도 붙잡고 글을 써봐야 한다. 내 글을 읽은 동료의 잔소리가 바로 최고의 조언이다. 동료가 건네는 피드백을 통해 진지하게 내 삶을 성찰해야만 한다. 경찰은 글쓰기를 통해 에너지를 얻고 그 에너지를 시민에게 줄 수 있어야 한다. 50일 동안 동료 경찰관과 함께 글을 쓸 수 있다는 공간이 있다는 것만으로도 넘치는 에너지를 확인했다. 50일 지나서는 스스로 알아서 글을 쓰게 될 것이다. 비우고 싶은 것이 생기면 글 쓰는 쓰레기통을 찾는다. 눈에 보이는 쓰레기통은 아니지만 힘껏 내던진다. 쓰고 나서 훌훌 털어버린다.

22년 전 뉴욕 존 에프 케네디 공항에서 친정 엄마의 유골을 모시고 한국으로 가던 친정 아빠의 뒷모습을 보면서 다짐했었다. '엄마 없이 컸다는 소리 안 듣고 훌륭하게 클게'라고. 경찰 공부를 악착같이 해내어 23살에 경찰에 합격했다. 지금은 의젓한 11년 차 경찰이다. 11년을 돌아보면 결혼, 승진, 출산, 자기계발을 해왔지만 글 쓰는 경찰로 사는 지금이 가장 행복하다. 올해 서른다섯 살의 대한민국 경찰인 나의 목표는 올해 3권의 책을 출간하고 글 쓰는 경찰 100명을 만드는 것이다. 영업하는 지인에게서 힌트를 얻었다. 자신의 성공과 성장을 돕는 지인 100명만 있으면 못할 비즈니스가 없다고 했다. 나에게 글 쓰는 경찰 100명이 생긴다면 못할 일이 없는 뜻이었다. 글 쓰는 경찰 100명은 주변 동료에게 좋은 에너지를 줄 것이고 주민도 더 많은 도움을 받을 수 있게 될 것이다.

경찰은 치안이 안정되게 돕는 사람이다. 거기에 나는 마음을 평온하게 하는 것 하나를 더하고 싶다. 경찰은 이제 시민의 마음까지도 살피는 사람이 되어야 한다. 시민에게도 내면의 힘을 길러주는 역할을 경찰이 해줄 수 있어야 한다. 시민은 자기를 지키는 데 약한 사람들이기 때문이다. 내가 글을 써야 하는 이유는 경찰 동료의 내면을 강화해 스스로 자기 삶의 결정권을 선택하는 능력을 키워주고 싶어서다. 경찰이 시민에게 봉사할 수 있는 새로운 영역을 개척했다고 자부한다. 글 쓰는 경찰. 일선 현장에서 순수하게 경찰 동료를 돕고, 경찰이 시민을 보호하는 방법이 무엇인지 고민이 필요하다. 경찰은 자기 자신을 보호하고 강화하도록 도와야 한다. 경찰도 누구나 글을 쓰면 마음이 평온해지고 내면이 강하게 된다. 글 쓰는 경찰은 스스로 자기 품격을 높이게 된다. 사람들에게도 행복한 기운이 전할 수 있게 된다. 희망찬 에너지도 전달된다. 그러다 보면 언젠가는 글 쓰는 경찰 자신에게도 고마움으로 돌아오지 않겠는가. 글 쓰는 경찰에게는 남다른 에너지가 생기면 좋은 곳에 쓰게 될 것이다. 경찰은 사람을 만나는 직업이지만 모든 관계에서는 권태기가 찾아 올 때가 있다. 그때 내 마음을 지키기 위한 무기를 만들어두어야 한다. 그때 나와 내 동료를 지키기 위한 그 무기를 나는 글쓰기라고 믿는다.

글 쓰는 경찰 이제는 당신 차례다. 21세기에는 대한민국 경찰이 이 땅의 주역이라면 글을 써야 한다. 당신과 당신의 동료를 위해서, 나아가 당신이 근무하는 곳의 주민을 위해서다. 동료인 당신과 함께하기 위해 나는 매일 글을 쓴다. 이제는 당신이 쓸 차례다.

3
자존감 극대화

자존감이란 자신을 존중하고 사랑하는 마음이다. 모친이 돌아가시고 나서는 나는 자신을 사랑하는 마음이 사라졌다. 모든 것에 무기력해지고 귀찮게만 느껴졌다. 내가 어떤 상태인지도 모른 채 하루하루 쳇바퀴 도는 삶을 보냈다. 그런 청소년기를 보내서 그런지 사람들에게 칭찬을 들으면 쉽게 으쓱한 기분이 들었다. 직장에서도 상사에게 칭찬받고 싶어 더 열심히 일했는지도 모르겠다. 칭찬이 나에겐 다른 사람보다 뛰어나다는 뜻으로 받아들였다.

그런데 관광경찰대에서 글을 쓰기 시작했다. 그때는 출산을 마친 뒤였고, 3단 접이용 블루투스 키보드를 들고 다니며 틈나는 대로 휴대폰을 이용해 내 마음을 담았다. 그냥 백지에 담는 글이지 누구를 위한 글도 아니었다. 어느 정도 시간이 지나자 서서히 목적이 있는 글쓰기를 하게 되었다. 온라인 카페에서 요일별 작가활동도 하기 시작했다. 1년 동안 매주 글을 쓰면서 깨달은 것으로 다짐한 게 있다면 나는 더는 다른 사람에게 칭찬을 듣기 위해 일하지 않겠다는 것이었다. 관광경찰대를 나온 이유도 그 때문이다. 칭찬받기 위해 일하는 나를 발견했기 때문이다. 지구대를 갈지언정 그런 생각을 바꾸고 싶었다. 생각한 것보다 힘든 12시간 야간근무를 4일에 한 번씩 하면서 타인이 아닌 나 자신과의 경쟁에서 살아남아야 한다는 사실을 절실히 깨달았다. 매일 녹음한 지가 43일째로 접어들었다. 아침이면 나에게 칭찬하는 것으로 시작한다.

'나는 열정적이다, 나는 적극적이다, 나는 긍정적이다. 나는 용기가 있다, 나는 자신감이 넘친다, 나는 행복하다. 나는 프로다, 나는 꿈이 있다. 나는 할 수 있다. 잘된다, 잘된다, 나는 잘된다. 대한민국 경찰 중에서 내가 최고다! J지구대에서 내가 최고다!'

나를 칭찬한다. 글 쓰는 경찰이 된 나는 나 자신과의 약속을 지키기 위해 주어진 하루를 온 힘을 다해 보낸다. 지구는 나를 중심으로 돌아간다는 사실을 글을 쓰며 배웠다.

3년 넘게 경감 승진 공부를 하는 지인이 있다. 시험이 끝나면 술로 오랜 시간을 보냈다. 내키지 않아서 더 공부 못하겠다며 투덜거렸다. 그러다 어느 순간 다시 보면 공부를 하고 있었다. 경감 준비하는 선배를 보며 승진 공부란 무엇인지 생각하게 되었다. 조직사회에서 계급이 있는 건 당연하다. 하지만 계급에도 맞는 순서가 있으니 내가 세운 원칙에 벗어나지 않는다면 공부를 해도 되겠다는 결론을 내렸다. 임신하거나 출산했을 때를 제외하고 아이가 3살이 되면 공부해도 되겠다고 말이다. 아이의 모든 습관형성이나 발달은 3살까지 이루어진다.

그때는 엄마가 옆에 있어줘야 하는 시기다. 마지막으로 남편의 동의도 빼놓을 수 없다. 이 3가지 원칙에서 벗어나지 않는다면 공부해도 된다고 나만의 원칙을 만들었다. 지인이 승진하면 내 일처럼 기뻐하게 되었다. 글을 쓰면서 마음의 여유도 생겨 서둘러 쫓아가야 한다는 막연한 마음도 사라졌다. 나만의 속도로 할 일을 하면서 갈 수 있게 된 것이다. 매년 누군가 승진을 해도 귀도 솔깃하지 않고 마음에 동요도 없어졌다. 내 나름대로 승진하기 위한 공부에 대해 재정의하면서 나를 더 찾게 되었다.

자신을 존중할 줄 아는 사람은 다른 사람도 존중할 줄 안다. 한 번은 동료와 말다툼한 적이 있었다. 예전 같았으면 내가 옳다고 생각하는 것으로는 허리를 굽히지 않았을지도 모른다. 상대방의 입장이 되어 글을 써보니 이해가 되었다. 어느 사람이든 말투 때문에 마음이 상했다고 해서 그것으로만 그 사람을 판단해서는 안 된다. 사랑이라는 마음을 담고 있으면 누군가를 용서하고 배려하는 마음이 먼저다. 그러다 보면 화가 나는 순간에도 얼른 다시 정상으로 되돌릴 수 있다. 세상은 나를 중심으로 돌아간다. 사랑이라는 마음도 결국 내 안에서 나와야 한다.

내가 쓴 글이 세상에 필요한 이유다. 쉰 살이 되어서도 나를 사랑할 줄 모르는 사람이 되어서는 안 된다. 그런 말도 있지 않은가. 나이 쉰이 되면 자신의 얼굴에 책임을 져야 한다고. 내 얼굴은 내 마음의 거울과도 같다. 마음이 평온한 사람은 인상을 쓰지 않는다. 내 얼굴도, 내 마음도 지금부터 잘 다듬어가야 한다.

이제는 죽음까지도 관리해야 하는 세상이니 웰빙을 넘어 웰다잉의 시대다. 글을 쓰면 낮은 자세에서 내 자신 본연의 모습을 발견할 수 있다. 글을 쓸수록 자신이 부족한 게 더 많이 보여 겸손한 마음도 갖게 된다. 겸손한 마음은 다른 사람에게 영향력을 줄 수 있다. 괜찮아! 할 수 있어! 작심삼일이면 어때? 아예 해보지도 않아서 작심삼일도 경험하지 못한 사람도 많잖아.

직장생활을 하다 보면 다른 사람이 하는 말이 내 귀에도 들려올 때가 있다. 그럴 때마다 흔들린다면 마음공부가 필요한 사람이다. 내가 그 경우였다. 다른 사람이 하는 말에 신경을 쓰다 보니 험담한 사람은 벌써 까맣게 잊고 있는 일을, 시간이 지나도 나만 그 상황을 곱씹고 있는 거다. 그럴 때마다 슬럼프에 빠져 매일 하는 독서나 운동에도 영향이 미쳤다. 글을 쓰면서 흔들리는 마음이 한순간에 잡혔다고는 말할 순 없다. 최소한 간격을 줄여주었다. 내가 어떤 말을 들었는지, 왜 기분이 나쁜지 낱낱이 적어본다. 필요하면 욕도 써댄다. 나만 보는 글인데 뭐 어떤가. 그러다 내가 쓴 글을 다시 읽어보면 깨닫는 순간이 찾아온다. 정말 별것 아닌 일이 대부분이라서 누군가에게 말하기도 부끄러운 이야기였다. 시간이 지나면 제삼자의 마음으로 글을 읽을 수 있게 된다. 그때 글은 흔들렸던 내 마음을 볼 수 있게 해준다. 어느 쪽으로도 흔들리지 않는 마음을 갖고 싶다. 글쓰기로 끊임없이 나를 돌아보면 언젠가 갖게 되겠지.

경찰과 글쓰기의 공통점이 있다. 바로 나눔이다. 경찰은 도움이 필요한 시민에게 도와주는 일을 한다. 112신고로 현장에 가든, 민원인이 경찰서나 지구대로 방문하든 불편한 일이 있어 찾아온다. 자신이 갖고 있는 법률 지식이나 경찰권으로 문제를 해결해준다. 글쓰기도 똑같다. 어떤 결핍이나 문제가 있으면 글을 쓰면 생각을 할 수 있고 또 해결책을 스스로 찾아 나선다. 머리로만 생각하면 고민으로 끝날 법한 문제도 손으로 글을 쓰다 보면 생각지도 못한 방법을 만나곤 한다. 글쓰기로 편안해진 마음으로 다른 사람도 도울 수 있다. 내가 쓴 글은 다른 동료에게 도움이 된다. 경찰 동료와 글쓰기 프로젝트를 진행했을 때도 3~4명이 책을 내 보고 싶다고 했다. 매일 글을 쓰다 보니 새로운 꿈이 생겨 승진 공부도 시작했다는 동료도 있었다. 후배 한 명은 물에 공포증이 있는데 공포증을 이겨내기 위해 수영을 시작하겠다고 글을 썼다. 동료가 쓴 글을 보고 누군가는 또 자극을 받아 운동을 더 하는 사람도 있을 것이고 새로운 시작을 하는 동료도 있을 것이다. 자신이 쓴 글로 인해 의도치 않게 나눔이 이어진다. 글에는 진심이 묻어 있기 때문이다.

자존감이 높은 사람을 보면 기분이 좋아진다. 호감이 가는 사람이다. 표정도 밝고 웃는 얼굴이다. 부정적인 사람과 긍정적인 사람의 차이는 사물을 보는 관점에서 다르다. 긍정적인 사람은 극한 상황에서도 삶의 의미와 긍정을 찾는다. 삶의 가치라는 주제를 떠올리면 유명한 세 사람이 있다. 빅터 프랭클, 피터 드러커, 슘페터. 세 사람 모두 공통으로 한 말은 자신이 죽은 후에 어떻게 기억되기를 바라는지를 항상 생각해야 한다고 했다. 삶을 살아가다 보면 방향을 잃을 때 있다. 지쳐 쓰러졌다가 다시 일어나는 순간에도 내가 살아가는 이유를 잊지 말아야 한다. 아무리 힘든 상황에서도 긍정을 택하라. 그 어떤 상황에서도 자신을 사랑하는 마음을 잃지 마라. 까먹을 것 같으면 잊지 않기 위해 그 마음을 담아 글을 써두어라. 당신의 행복한 삶을 위해 행동하라. 생각만으로 시간을 보내진 마라. 모든 집착을 내려놓고 당신답게 행동하라. 글쓰기는 분명 사랑하는 마음을 평생토록 갖게 해줄 것이다. 또 나중이 아니라 지금 쓰기 시작하라.

4
대한민국 모든 경찰이
글을 쓰는 그날까지

　　운동을 함께 하는 팀이 있다. 나보다 나이가 많은 언니들이지만 열정만큼은 나이와 상관없이 최고다. 그 중 한 언니가 갑자기 바디 라인이 선명해지고 있는 것이다. 하루에 적게는 한 차례, 많게는 두 차례씩 아파트 계단을 오른다고 한다. 왕복 5회 또는 10회라니 효과가 분명했다. 몸의 윤곽이 보기 좋게 잡혀지는 데다 체력도 좋아졌다. 무엇보다 미소에서 자신감이 묻어 있었다. 몸이 단단하게 보이고 체력도 좋아지면 자신도 모르게 밝아진다. 경찰관에게 필요한 것도 체력이다. 112신고 출동을 갈 때 뛰어야 할 때도 많다. 문제는 언제 뛰어야 할 일이 닥칠지 모르니 체력을 비축해두어야 한다.

　　선명한 바디 라인과 체력이라는 두 마리 토끼를 잡기 위해서 3개월 전부터 운동과 식단조절에 들어갔다. 내가 선택한 것은 하루 1시간 이내 운동과 채소 위주의 식단이었다. 목표도 정했다. 6킬로 감소와 23% 체지방량 만들기. 몸무게는 달성했지만 체지방량이 남았다. 원하는 목표에 도달하기 위해서 바람직하지 않은 습관을 버렸다. 평소에는 아침에 먹던 과일 위주로 먹던 것을 낫토와 채소로 바꾸었고 저녁에 폭식하던 습관을 버렸다. 저녁에도 먹고 나서 바로 잠자리에 들었던 것을 복근 운동을 하든 스트레칭을 하든 운동을 하고 나서 자려고 애썼다. 나쁜 습관들을 던져버리고 그곳에 좋은 습관들로 채워 넣으니 몸무게 감소와 함께 자신감을 얻었다.

글쓰기도 마찬가지다. 글을 쓰면서 의식적으로 내 마음에 불필요한 감정을 처분해야 한다. 스스로 노력하지 않는 이상 무거운 마음들은 내 안에 갇혀 있다. 내 안에 무엇이 들었는지 모른다면 제거하기도 힘들다. 어떤 마음을 품고 있는지 매일 글을 적어봐야 한다. 몸도 가꾸면 예뻐지는 것처럼 마음도 가꿔야 편안해진다. 눈에 보이지 않는다고 내버려두면 마음도 상한다. 다 상하고 나서 살펴보면 때는 이미 늦었다. 내 마음도 평소에 미리미리 보살펴야 한다. 건강도 잃고 나서 챙기면 안 되듯이 원리는 같다. 건강과 마음 관리는 한 세트라서 뗄 수가 없다.

경찰관 대부분은 경찰이 되고 나서 비슷한 경험을 한다. 보통 결혼을 하고 아이를 키운다. 싱글을 제외하고는 비슷한 길을 걷는다. 결혼과 육아를 통해서 진정한 어른이 된다. 특히 맞벌이는 아이를 돌봐줄 사람이 없으면 자기 볼일도 보기 힘들 때가 많다. 겪어본 사람은 남의 일이 아니라는 걸 안다.

최근에 직장에서도 하루에 2시간씩 육아시간을 쓸 수 있는 제도가 생겼다. 아이를 키워야 하는 맞벌이 입장에서는 아이가 아플 때나 맡길 데가 마땅찮을 때 유용하게 쓸 수 있는 장점이 있다. 자녀를 키우며 부모는 어른이 되지만 동시에 잃기 쉬운 게 초심이다. 경찰의 첫 걸음을 걸을 때 자신에게 다짐했던 그 마음은 서서히 퇴색해간다. 어떤 경찰관이 되겠다는 그 마음가짐은 잊은 지 오래다. 10년 차가 넘은 경찰관에게 물으면 초심이 뭔지도 생각나지 않는다는 동료도 많았다. 초심이 중요한 이유는 가정 이외에 직장에서 내가 살아 있음을 느끼게 해주기 때문이다.

공무원은 나태해지기 쉽다. 영업을 뛰는 사람들과 공무원의 차이는 여유다. 영업하는 사람은 실적을 올려야 월급을 받기 때문에 치열하게 배우고 사람들을 만난다. 공무원은 발품을 팔지 않아도 웬만큼(?) 할 일만 하면 월급을 받는다. 따로 무언가를 배우려고하지 않아도 뭐라 할 사람은 없다. 하지만 둘 중에 어느 쪽이 더 생생하게 살아 있는 직업일까. 공무원도 언젠가는 제복을 벗고 일반사회의 초년생이 된다. 거대한 공무원 조직의 울타리를 떠나면 곧장 홀로서기가 된다. 내가 무엇을 잘하는지 미리 알고 있어야 한다.

글쓰기로 제2의 인생을 읽어내야 한다는 말이다. 어느 책에선가 프롤로그부터 공무원을 대놓고 비난하는 것을 읽고 엄청나게 충격을 받았다. 초심을 찾고 자신이 하고 싶은 일이 무엇인지 묻기 위한 도구 중에서 가장 강력한 것은 글쓰기다. 내면을 돌아보고 자신의 앞길을 만들어가야 한다. 공무원이라면 더 치열하게 써야 한다.

첫 번째 50일 글쓰기 프로젝트가 끝나고 프로젝트에 참여한 동료는 홀로서기 글쓰기를 실천하고 있다. 하루 중에서 자신이 겪은 일 중에서 마음이 무겁거나 내려놓고 싶은 주제를 정해 글을 쓴다. 주말 경쟁력과 관련해 글을 쓴 로니의 글을 살펴보자.

2018. 7. 29. 로니의 자유 글쓰기 3일 차 - 주말 경쟁력

나는 교대 근무자다. 다른 부서와 달리 만근, 조근, 비번 근무로 돌아간다. 이틀만 일하고 나면 하루를 쉬는 꼴인데, 그 이틀도 두 번째 날은 18시에 퇴근해서 그때부터 다음 날인 비번까지는 온전히 나만의 시간을 가질 수 있는 장점이 있다. 하지만 너무 자주 쉬다 보니, 나에게는 주말이 자주 돌아오는 듯한 느낌이라 막상 주말 시간이 얼마나 소중한지 느끼지 못하고 있다. 사실 그 시간을 이용해 얼마든지 내가 하고 싶은 일을 할 수 있는 데도 말이다.

지금 근무하고 있는 곳에서 2016년부터 오늘인 2018년 7월까지 나에게는 수없이 많은 비번날이 있었다. 꼭 그 비번날에 무언가를 하겠다고 계획을 세웠으면 분명 이뤄냈을지도 모른다. 하지만 비번날이 되면 친구들, 동기들과 약속 잡기 바빴고, 약속이 없더라도 대구로 가서 흥청망청 시간을 흘려보냈다. 또 대구에 가지 않은 날은 집에 퍼져서 잠만 자거나 온종일 SNS 나 유튜브 등 전혀 내 삶에 가치 없는 곳에 시간을 투자한 적이 많았다. 주말을 잘 활용하는 사람들은 아마도 쉬는 날마다 생산적으로 본인이 할 수 있는 것들을 계획해서 알차게 주말을 활용했을 것이다.

앞으로 나에게 남은 2018년 8월에서 12월까지 5개월이라는 시간이 있다. 매달 비번은 10일 정도가 있고, 한 해 독서 50권을 목표로 했었는데 남은 비번에 책을 1권씩 읽어서 35권을 채울 수 있다면 올해 목표를 달성할 수 있다. 구체적인 목표와 계획을 세웠으면 내가 활용할 수 있는 시간을 분배하고 그렇게 분배한 시간을 활용하기만 하면 된다. 자주 나의 목표와 계획을 삶에 가치 있는 곳에 내 소중한 시간을 투자하도록 해야겠다. 헛되이 시간을 흘려보내지 않고, 2018년 말 한 해를 돌아봤을 때 후회 없는, 또 스스로 뿌듯하게 보냈다고 여길 수 있도록 매 순간 노력해야지.

글을 쓰면 자신이 진짜 하고 싶은 일이 무엇인지 정리가 된다. 내모든 고민은 글 속에 녹아 있다. 때로는 동료의 글을 보고 힌트를 얻을 때도 있다. 독서가 잘되지 않고 있다면 동료가 실천하는 글을 보고 배울 수도 있다. 후배들이 쓴 글에서 오랫동안 묻어두었던 내 초심을 다시 살펴볼 수 있었다. 뉴욕 주재관이라는 목표 말이다. 단 한 번도 내 마음속에서 버리지 않았어야 할 목표를 바쁘다는 이유로 가끔 나는 잊고 지냈다. 매일 후배들의 글 속에서 나를 본다. 내가 쓴 글은 아직 경험해보지 않은 불확실한 세계에 대해 후배들에게 도움을 주고, 후배들이 쓴 글은 잊고 지내진 않는지 내 마음을 보살피는 데 자극이 된다. 글쓰기의 주도권은 바로 나다. 글을 쓰면서 정리하는 것도 나고, 실천하는 것도 내 삶이다.

나에게는 업데이트하고 있는 비전 보드가 있다. 황미옥이라는 인생에서 무엇을 하고 싶은지 사진과 함께 담았다. 이루고 싶은 연도와 나이도 적어두었다. 삶의 방향을 설정해주는 비전보드를 갖고 있으면 글 쓰는 데도 한층 재미가 있다. 비전 보드의 항목을 살펴보면 매년 바디 프로필 촬영이 기록되어 있다. '매일 운동하자'라는 목표보다 매년 11월 전 바디 프로필 촬영을 위해 사전 결재를 해버리면 운동과 식습관 조절에 도움이 된다. 올해 8월에 첫 바디 프로필 촬영을 했다. 매년 어떤 운동과 식습관으로 해나갈 것인지는 글을 쓰면서 구체화하면 된다. 목표설정 또한 글쓰기로 시도하면 된다. 정말 하고 싶은 일인지 나에게 충분히 묻는다. 때로는 50시간 정도 내 마음을 살펴보기도 한다. 주제와 벗어나도 나에게 중요한 정보를 발견할 때도 있었다.

여경은 경찰이 되어 업무에 익숙해질 때면 육아에 적응해야 하는 시기가 닥친다. 아이를 갖고 출산을 마친 후에 기르기까지 나에게는 혼란의 시기였다. 가족의 도움으로 시기를 잘 보냈지만, 내면의 자아는 흔들리고 있었다. 일도 육아도 자기계발도 다 잘하고 싶었다. 슈퍼맨이 아닌 나는 조금씩 균형을 맞춰가는 일에 만족해야 했다. 내 삶에서 32층에 도달했을 때 육아가 시작되었다. 3시간 연속으로 잠을 자고 싶은 소망뿐이었다. 아침에 일어나 아이를 먹이고 입히고 씻겨도 돌아서면 밥 먹을 시간이었다. 빨래하고 집 청소하고 매일 같은 일의 반복이었다. 글쓰기를 만났다. 일상을 글쓰기에 담았다. 어쩌다 시작한 글쓰기가 이제는 직업이 되었다. 글 쓰는 경찰, 이제는 대한민국 경찰 모두가 글을 쓰는 그날까지 하루도 빠짐없이 매일 글을 쓰고 있다. 내 동료도 나처럼 글쓰기를 통해 변화된 삶을 누릴 자격이 있다.

　마음이 다쳤을 때는 마음으로 풀어야 한다. 악성 민원인을 만나면 사실 그 마음을 딱히 풀 때가 없다. 그냥 말 그대로 삭힌다. 참는 것부터가 훈련이지만 쉽게 되지 않는다. 말로 그 불평을 드러내는 것보다 글로 푸는 것이 훨씬 낫다. 생각해보라. 이제 1년차 신임순경이 '아이 짜증 나, 이 직을 20년을 어떻게 더 하지 답답하다.' 하면서 온갖 짜증을 부린다면 어떻겠는가. 말보다 글이 먼저라면 잃는 게 적다. 나의 불평을 사람들이 알 수 없어서 좋고 반면에 내 마음은 편안해져서 좋다. 내 마음을 중간에 두는 연습을 하다 보면 화를 내는 상황도 줄어들 것이다.

　재빠르게 달리기를 하고 나면 숨이 턱까지 막힌다. 숨을 고르고 나면 갈증에 물이 마시고 싶어진다. 살다 보면 갈증 나는 순간들이 찾아온다. 그 순간마다 이 직장 그만두고 싶다는 생각보다 그 갈증을 풀면서 살아가야 한다. 힘이 들면 힘들다고 글에 적어라. 왜 힘이 드는지, 언제부터 힘들었는지 자신의 마음을 알아가라. 글쓰기 쓰레기통에 힘껏 던져버리고 나면 갈증이 점점 덜해질 것이다. 대수롭지 않은 일이라고 여기면 앞으로 나아가는 힘이 생긴다. 산에 내려갈 때는 올라갈 때와 다르게 홀가분함이 있다. 그 홀가분함을 산을 오를 때부터 갖고 가자. 내 인생의 산을 오를 때부터 비울 것은 비우면서 가자. 인생 끝자락에 모든 것을 버리려는 욕심은 버리자. 경찰의 삶은 누군가를 돕는 직업이라서 고귀하고 가치 있는 삶이다. 모든 것을 수용하면서 살

수는 없다. 퇴직하는 순간까지 몇 명을 만날지도 알 수 없다. 욕심과 집착을 버리고 자신이 해야만 하는 일에 집중하자. 나머지 시간은 가족들과 행복한 시간을 보내자. 당신 곁에는 이미 글 쓰는 경찰 동료가 있지 않은가. 나를 포함한 글 쓰는 경찰 동료가 당신과 동행해줄 것이다. 지금 바로 이 순간이 당신이 글을 써야 할 때다. 당신이 글을 써서 행복한 대한민국 경찰의 삶을 만들어 가기를 진심으로 바란다. 대한민국 경찰 15만 명이 글 쓰는 그날까지 나는 하루도 빠짐없이 글을 쓸 것이다.

5
글 쓰는 경찰이 살아 남는다

　　동료와 전화 통화를 했다. 동기이자 여경인 동료였다. 50일 글쓰기를 마치고 자유 글쓰기로 돌입하고 나서 글 쓰고 싶은 욕구가 더 강해졌다고 했다. 강한 의지를 전화상으로도 느낄 수 있었다. 자기 전에 글을 쓰던 동기는 아버님의 이사를 돕는다고 정신이 없어 지금 잠시 글을 쓰지 못하고 있다고 했다. 하나에서 열까지 이삿짐을 싸고 정리하고 몸살이 날 정도라고 했다. 동기지만 글쓰기 프로젝트를 시작하기 전에 가끔 연락하는 사이였다. 지금은 더 자주 소통하는 사이가 되었다. 꿈이 무엇인지, 어떤 목표를 위해 무엇을 준비하고 있는지도 속속들이 다 알고 있다. 글쓰기 덕분이다. 글을 쓰기 전에는 평생 친구 세 명만 있으면 좋겠다는 생각을 했었다. 실제로 꿈 리스트에 적었다. '평생 친구 셋' 이제는 그 목표치를 변경해야 할 듯하다. 숫자를 더 높여야 할 듯하다.

　　첫 번째 50일 프로젝트가 끝이 나고 글 쓰는 경찰 2기를 시작했다.

내 동기는 50일 동안 글을 처음 쓰는 초보자는 힘들 수 있다며 1주에서 4주까지 4번을 나누어 글을 써주면 좋겠다고 했다. 글쓰기를 잘해냈다는 성취감도 맛볼 수 있도록 특별한 장치도 마련하면 좋겠다는 의견도 있었다. 맞는 말이다. 글쓰기는 재밌어야 한다. 쓰는 것 자체가 힘이 들면 누구도 하지 않으려 할 것이다. 좀 더 재미있게 진행할 수 있도록 장치를 마련해야 한다. 글쓰기는 호흡이라고 말하는 동기와 함께 경찰의 길을 글쓰기로 호흡하며 나아간다면 분명 재미있는 동시에 설레는 목표들과 함께 할 것이 분명하다. 매 순간 도전하는 목표와 함께 글쓰기는 나를 북돋아 줄 것이다.

　무더운 여름 8월. 당신은 어떤 계획을 하는가. 휴가철이다. 장마도 끝나고 밖에서 근무하기에는 찜통이 다름없다. 글 쓰는 경찰인 나는 다른 글 쓰는 경찰 동료와의 만남으로 바쁘게 일정을 보냈다. 일주일에 3명의 글 쓰는 경찰을 만나 소통하기로 목표를 설정했다. 나의 하루를 그들과 함께 시작하고, 일 할 때는 일하고, 퇴근하고 나서도 그들과 소통하는 삶 말이다. 그들의 꿈이 무엇인지, 가치는 무엇인지 알아가면서 소통하는 삶을 실천한다. 글쓰기 프로젝트 50일이 끝난 후에도 글 쓰는 삶이 잘 정착되도록 돕기 위한 나만의 장기 계획이었다. 예전에 나폴레옹 힐의 책에서 '마스터 마인드'라는 용어를 접한 적이 있다. 마스터 마인드 그룹이란 명확한 목표의 달성을 향해 완벽한 조화와 협력의 정신으로 뭉쳐진 둘 또는 그 이상의 마음의 연합을 의미한다. 마스터 마인드 원리는 모든 성공의 토대이며 개인이든 집단이든 인간의 모든 진보에서 가장 중요한 주춧돌 역할을 해왔다. 나에게 글 쓰는 경찰 동료는 마스터 마인드 그룹이다. 매일 글쓰기 프로젝트 리더로서 그들을 끌어주는 것이 나의 역할이다. 그 길을 가면서 함께 방황도 하고 다시 일어서면서 말이다. 내년 8월까지 글 쓰는 경찰 100명을 만드는 것이 내 명확한 목표다. 그들과 소통하면서 넘치는 에너지로 함께 더불어 사는 것. 우리는 마음이 따뜻한 글 쓰는 경찰이다.

글은 평범한 경찰관이 써야 한다. 평범하지만 에피소드가 많은 경찰관의 이야기는 인상적이다. 영화만 봐도 그렇지 않은가. 항상 경찰과 관련된 영화는 인기를 끈다. 범인을 추적하고 범인을 검거하는 이야기는 안방을 놓치지 않는다. 그런 경찰의 삶을 이제는 국민이 알 필요가 있다. 내 동료가 어떤 근무를 하는지 글로서 접하고 나의 이야기를 세상에 알릴 필요가 있다. 나의 이야기는 다른 국민에게, 다른 도시에 근무하는 동료에게 에너지를 주기 때문이다. 평범한 사람이 행복해지는 길은 특별한 길이 아니다. 내 삶을 있는 그대로 받아들이고 보여주는 것만큼 행복한 삶도 없다. 행복은 멀리 있지 않다. 나와 함께 한다. 내 동료가 행복하면 나도 행복하다. 경찰 공무원을 준비하는 한 수험생은 평범하지만 조금 특별한 수험생활을 한다. 글쓰기로 하루를 시작한다. 열매의 7월 말 글쓰기를 살펴보자.

2018. 7. 30. 8:26 열매의 자유 글쓰기 - 무더운 8월

벌써 8월이 다가오고 있다. 작년 같았으면 이번에 휴가는 어디로 가나, 물놀이할 때 무슨 옷을 입을까 하는 생각으로 8월을 맞이했는데 올해는 시험을 앞두고 있으니 그런 생각은 다 제쳐놓고 8월은 어떻게 공부해야 하나 하는 생각이 든다. 이번 2018년 8월은 내 인생에서 가장 알차고 열심히 공부했다고 말할 수 있게 만들어야겠다.

얼마 전에 경찰시험 공고가 떴다. 나는 이번에 새로 생긴 법학특채 전형을 준비하고 있는데 시험날짜가 9월 1일인 줄 알았던 것이 9월 15일로 공고가 떴다. 1일은 공채, 경행특채 시험이다. 이때까지 1일을 생각하고 공부했는데 갑자기 15일이 되니까 공부할 수 있는 날짜가 더 생겼다. 이때 시간이 많아졌다고 여유롭게 공부하면 망하는 길이겠지. 진짜 기회로 삼고 더 열심히 해서 부족한 공부량을 채워나가야겠다.

경찰 수험생인 열매는 매일 아침 글을 쓰며 자신을 바로 세운다. 글 쓰는 시간을 아까워하지 않는다. 백지에 자신의 이야기를 담으면서 점점 강해지는 자신을 발견했기 때문이다. 열매가 경찰이 되면 앞으로 펼쳐질 경찰 생활에 두려움은 적을 것이다. 열매는 수험기간 동안 글을 쓰면서 이미 경찰 선배들의 삶을 글로 접했기 때문이다. 열매는 알고 있다. 어떤 인생이 자신을 기다리고 있는지 글 쓰는 경찰 선배로부터 다양하게 그들의 삶을 접하고 있기 때문이다. 매일 쓰는 글은 자신을 대변한다. 글 속에 자신이 담겨 있다. 경찰 공부보다 더 중요한 인생 공부를 열매는 경찰이 되기 전부터 병행하고 있었다. 글쓰기는 예비경찰을 더 단단하게 해준다. 불합격에 대한 두려움보다 앞으로 펼쳐질 자신의 미래를 더 견고하게 만들어가는 중이다.

나와 내 동기 송 부장은 여경이다. 같은 날 중앙경찰학교를 졸업했다. 경찰관으로서 포부도 크다. 큰 꿈은 세월이 지날수록 육아와 업무를 병행할수록 잊혀가고 있었다. 3년 전에 글쓰기를 시작한 나는 글쓰기의 좋은 점을 말해주며 직접 써보게까지 하는 데 성공했다. 50일동안 글을 써오면서 우리는 초심을 잃었다는 것을 인정하게 되었다. 그리고 이제 우리는 다시 일어설 준비가 되어 있다. 글쓰기는 저 깊숙이 박혀 있던 끈기와 도전 의식을 꺼내주었다. 경찰경력 11년이지만 우리는 또 다른 꿈을 꾼다. 송 부장은 장기국비 유학을 접수해둔 상태다. 나는 올해 3권의 책 출간 꿈을 꾼다. 가까운 미래에 출간기념회 무대 위에서 동료경찰관과 함께 설 날을 그린다.

글쓰기는 우물을 파는 일이다. 성장과 행복을 위한 우물을 파는 일이다. 글쓰기는 대신 써줄 수 없기 때문에 마음에서 우러나와야 한다. 동료와 함께하는 글쓰기는 지루하지 않다. 글 쓰는 경찰의 미래는 만들어갈 뿐이다. 나만의 퍼즐로 만들어가자. 지칠 때는 동료가 쓴 퍼즐로 내 퍼즐에 맞춰보기도 하면서 말이다. 불필요한 것은 글로 비우고 행복과 성장을 글에 채워 담아라.

내 가족도 글 쓰는 시간만큼은 배려해준다. 오늘도 아이가 곤히 자는 새벽에 일어나 식탁에 앉아 노란 불빛 아래서 글을 썼다. 남편은 당직이라 집에 없다. 글을 한 편 쓰고 나서 아이가 열이라도 나는지 확인하러 침대로 간다. 아이와 잠시 곁에 누워있는 그 순간이 이루 말할 수 없이 행복하다. 아이와 무엇을 하고 싶은지 글을 써본다. 내가 부족한 게 없는지 살펴본다. 직장에서 이루고 싶은 목표가 무엇인지 글로써 써본다. 머릿속에 생각만 할 때는 고민으로 끝나지만 글쓰기는 결론을 내려준다. 내 행복을 위해서 글을 쓴다. 자기 성찰은 성장의 기본이다. 자신을 돌아보는 경찰이 필요하다. 나를 글로써 세상에 남기자. 이제는 당신이 나설 차례다. 나와 글 쓰는 동료 경찰이 그 길을 걸어왔다. 글 쓰는 경찰의 삶은 다르다는 걸 알아가라. 글 쓰는 경찰이 되어 자신만의 색깔로 세상의 빛이 되어라.

6
지금 글 쓰지 않는 자 모두 유죄

　　출퇴근길에 늘 보게 되는 식당이 있다. 출근하기 위해서는 육교를 건너야 하는데 그 식당은 2층에 있다. 육교를 건너려면 정면으로 보이고 퇴근길에도 딱 눈높이에 있어 보지 않을 수 없게 된다. 식당은 에어컨을 켜는 여름이 아니면 창문을 열어두는데 고기 냄새가 솔솔 나서 먹고 싶어지기도 한다. 그 식당의 이름은 '대패생각'이다. 식당 이름을 외우려고 외운 게 아니라 매일 출퇴근길에 지나다 보니 내 눈에 보였고 뇌리에도 각인되었다. 이 시각화의 중요성의 한 예다. 고기 먹을 생각을 하면 대패가 생각나고 그 집에도 가게 된다.

　　글쓰기도 마찬가지다. 내 인생에서 하고 싶은 일들을 시각화해 두어야 한다. 머릿속에 든 생각을 종이에 옮기는 것만으로도 엄청 큰 효과를 낼 수 있다. 글쓰기는 내가 가진 생각을 글로 담는 행위다. 나도 볼 수 있고 글을 읽는 사람 모두 다 글로 읽을 수 있다. 종이에 쓴 글을 읽다보면 '대패 생각'에서 고기를 연상하듯 힘을 얻게 된다. 실천하기에 따라서 삶도 바뀐다.

예전에 기업가 특강을 들은 적이 있었다. 강사는 강연장에 있는 사람 중에서 한 명은 강연장 문을 열고 나갈 때 인생이 꼭 변할 거라는 말을 했다. 나는 그 말의 뜻을 행동으로 옮긴 사람을 의미한다고 생각했다. 삶을 변화하기 위해 가장 필요한 것은 글쓰기다. 변화경영이라는 말이 있다. 한 사람이 현재의 상태에서 발전하기 위해서는 변화가 필요하다. 글쓰기는 한 분야의 전문가로 만들어준다. 서점에 가보면 무수히 많은 책이 있다. 다양한 분야에서 자신이 하는 일을 풀어놓은 글쓰기다. 한 권의 책을 쓰기 위해 수십 권의 책을 참고하고 쌓은 경력이다. 변화를 원한다면 글쓰기로 시각화하라.

내 모든 하고 싶은 일은 머릿속에서 나온 생각이다. 하고 싶은 욕구는 책을 통해서, 드라마를 통해서, 사람을 통해서 아이디어를 얻는다. 머릿속으로는 '나 저거 하고 싶어' 생각하지만 시간이 지나면 잊고 사는 게 사람이다. 종이에 적어서 벽에 붙여두고 매일 보면 그 일을 하고 싶은 에너지가 생긴다. 실천이 있어야 하고 싶은 욕구가 샘솟는다. 글쓰기로 자신이 하고 싶은 일을 구체화시켜보면 재미난다. 이미 이룬 모습을 글로 써보는 미래 일기도 신나는 작업이다. 베스트셀러 작가가 되고 싶다는 생각을 종이에 적었고 매일 글 쓰는 실천을 하면서 작가가 되었다. 글쓰기라는 실천 없이 동료와 함께 글을 쓰고 책을 출간하는 일은 없을 것이다. 글을 쓰면서 배운 것을 정리해 주변 사람들에게 나눠준다. 내 버킷리스트도 글쓰기로 구체화시켜간다. 휴가지에서도 내 감정들을 글로 담아본다. 생활 속 곳곳에 글을 쓰지 않는 곳이 없다. 글은 내 마음의 창이다. 올바른 마음가짐을 가지고 싶다면 글을 써라.

제복을 입는 경찰로 생활하면서 한 가지 욕심이 있었다. 나만의 전문분야를 찾는 것이었다. 과학수사를 배워야 하나, 심리학을 배워 상담공부를 할까, 영어 공부해서 외사과에 갈까. 어느 쪽이든 전문가가 되고 싶었다. 글을 쓰면서 나만의 전문분야를 찾고 싶은 강한 욕구를 발견했다. 하지만 찾고 싶은 마음이 강할수록 더 멀어지는 것만 같은 느낌이 들었다. 부서와 일, 계급에 대한 집착을 모두 내려놓고 글만 썼다. 평생토록 글만 써도 잘할 수 있을 것만 같았다. 글 쓰는 경찰. 지금 하고 있는 일에 충실하면서 글쓰기로 내 주변을 성장시킬 수 있다면 이 길이 내 길이 아닐까. 우리는 행복하기 위해서 산다.

어느 아프리카 마을에 주민이 죄를 지으면 온 동네 사람이 모여서 밤새도록 칭찬해준다고 한다. 그 사람의 좋은 점, 잘한 점을 칭찬해준다고 했다. 더는 나쁜 짓을 하지 못하도록 하는 색다른 형벌문화였다.

칭찬문화가 낯설 듯이 글쓰는 경찰도 낯설다. 경찰이 일은 안 하고 글을 쓰느냐고 생각할 수 있기 때문이다. 경찰이 일을 잘하기 위해서 글을 써야 한다. 경찰이 글을 쓰면 계급이나 부서에 대한 고민을 넘어서 진정한 행복의 길로 다가갈 수 있다. 경찰 개개인은 세상에 태어난 이유가 있다. 근무하는 부서에서 자신에게 주어진 일이 있듯이 말이다.

사랑을 아는 경찰은 자신을 사랑하고 주민을 진정으로 내 가족처럼 보살필 줄 안다. 〈신과 함께〉라는 영화의 장면을 기억하는가. 모래 속에서 주인공은 엄마의 얼굴을 본다. 자식이 엄마를 베개로 눌러 죽이려고 했던 사실을 엄마는 기억하고 있었다. 그 사실을 안 아들은 오열한다. 엄마에게는 아들을 향한 사랑하는 마음이 담겨 있다.

　글 쓰는 경찰은 낮은 곳에서 청정한 마음을 갖는다. 낮은 곳에서 배려하는 마음으로 사람을 대한다면 평온한 마음을 가질 수 있다. 늘 자신을 돌아보는 글 쓰는 경찰은 사랑과 배려가 담긴 삶을 산다. 자신의 이익보다는 나눔을 실천하는 글 쓰는 경찰이 필요하다. 글쓰기에 사랑을 담으면 삶에도 사랑을 표현하며 산다. 세상에 당신은 무엇을 남기고 싶은가. 글 쓰는 경찰은 향기 나는 사람처럼 글에 사랑을 담고, 사랑을 표현하며 산다.

　다양한 직업군이 있다. 소방관, 의사, 요리사, 기업가, 교사, 건축가. 미용사, 아티스트 등등. 예전에는 한 분야의 전문가로 인정받기 위해서는 학위가 필요했다. 요즘은 책을 낸 사람들도 전문가로 인정받는 시대다. 누군가를 인터뷰할 때 어떤 책을 냈는지부터 묻는 세상이 되었다. 세상은 한 사람의 이야기에 관심이 많다. 단 하나뿐인 자신만이 쓸 수 있는 이야기 말이다. 성공한 사람들의 이야기보다 지금 독자와 같은 고민을 하고 해결책을 찾아 나가는 사람들의 이야기에 더 관심이 간다. 대한민국 경찰을 준비하고 있는 수험생과 현직경찰이 읽어볼 책이 별로 없다. 당신이 글을 쓰면 15만 경찰을 포함해서 예비경찰관에게 선물을 줄 수 있다.

한 사람의 삶이 담긴 글쓰기는 한 사람을 변화시키기에 충분하다. 한 시간에 1,100만 원을 버는 기업가를 만난 적이 있다. 책을 읽고 연락해 응원 메시지와 함께 책을 선물 받은 적도 있다. 세상에는 글 쓰는 경찰의 이야기가 필요하다. 나를 기다리고 있는 독자는 이미 있다는 말이다. 당신이 지금 글을 쓰지 않는다면 대한민국 경찰의 삶은 언젠가는 잊혀 간다. 퇴직과 동시에 그간 쌓았던 소중한 경험들도 사라진다. 현장의 생생한 이야기를 글로 담을 때 동료와 독자가 자신의 삶에 적용해볼 수 있다. 부산에 사는 독자가 서울에 있는 저자와 소통하는 방법 중에 글쓰기만큼 강력한 것도 없다. 글쓰기 프로젝트를 진행할 때도 부산이 아닌 다른 곳에서 사는 동료도 있었다. 전남, 대구, 서울에 거주했다. 내가 글을 써서 세상에 책이라는 매체로 출간하지 않았더라면 절대 알고 지내지 못했을 동료였다. 그들도 글을 쓴다. 지구대에 근무하면서 자신의 삶을 세상에 남긴다. 매일 써야 삶의 지혜가 녹아난다. 다이어트도 매일 하지 않으면 효과를 잘 보지 못한다. 글쓰기도 내 마음을 매일 담아야 비우는 것이 어떤 느낌인지 안다.

드라마에 나오는 이야기들은 꾸민 이야기다. 배우들은 허구의 이야기에 맞춰 연기한다. 글쓰기는 내 이야기를 전제로 한다. 꾸미지 않아도 된다. 내 일상, 내 일, 내 감정이 모두 담긴다. 글쓰기에서 찾은 감정과 실천과제들을 삶에 적용해보자. 동료 한 명은 물에 대한 공포증을 주제로 글을 썼는데 극복해보겠다며 올해 수영을 배울 것이라고 했다.

솜뽈의 자유 글쓰기 1일 차 - 공포증 2018. 7. 2. 11:28

첫 자유 글쓰기의 주제는 정말 우연히 떠올랐다. 오늘 아침 원래 아빠와 같이 등산을 가기로 했지만, 날씨가 너무 살인적인 더위라서 등산을 가을로 미루고, 하는 수 없이 집에서 개인 운동을 다 마치고 샤워를 하는데 도중 떠올랐다. 나는 물 공포증이 있다. 물 공포증이라고 하니 뭔가 어마어마해 보이지만 사실상 우리가 잘 알 수 있는 단어로 바꾸자면 '맥주병'이라고 할 수 있다.…(중략)

적고 나니 좀 후련해진 것을 느끼지만, 이것만으로는 부족한 거 같아서 맥주병을 극복해보기로 했다. 어차피 여름이라 더운 날이기도 해서 유산소 운동과 어깨 및 상체 운동도 할 겸 수영을 배워보기로 했다. 집 근처 초등학교에 체육관이 있는데 거기서 무슨 문화센터 식으로 수영을 배울 수 있다고 한다.

글쓰기는 성공한 사람이 쓰는 것인 줄 알았다. 뭔가 대단한 업적을 남긴 사람들 말이다. 다산 정약용 선생은 아들에게 보내는 편지에서도 닭을 키울 때도 글을 쓰라고 했다. 어떻게 온도를 관리하고, 어떤 주기로 먹이를 주어야 하는지, 무엇을 먹이는지 낱낱이 적어서 닭을 키우는 사람들에게 도움이 되는 글을 쓰라고 아들에게 주문했다. 그 말은 즉, 글쓰기는 생활 속에서 쓰는 글을 의미했다. 평범한 사람이 당신과 같은 평범한 사람에게 자신이 배운 것을 전해주는 글쓰기가 정답이라는 생각이 들었다. 자신의 삶을 있는 그대로 보여주는 것만으로도 독자에게는 관심이 가기 마련이다. 특히 같은 연령 때에 동일 직군을 갖고 있다면 말이다.

　산 정상에 가서 밑을 내려다보면 경치가 아름답다. 그 아름다운 장면을 담으려고 사람들은 산을 오르고 또 오른다. 산을 오르는 과정이 힘들지만 해낸다. 산을 오를 때 나무뿌리에 걸려서 넘어지기도 하는 것처럼 정상에 도달하기 전에 글을 써라. 경험한 것들은 글로 남겨 그 길을 가려는 사람들에게 도움을 주어라.

　경찰수험서를 사러 서점에 갔다가 우연히 내 책을 발견하고 공부하는 책상에 꽂아두었다는 연락을 받은 적도 있었다. 경찰이 되기 위해 공부하는 사람에게 경찰의 이야기는 공부가 잘 안 될 때 자극이 되어준다. 공부가 안 될 때면 저자의 책을 꺼내서 몇 장씩 읽어보고는 다시 공부한다고 했다. 경찰 선배가 경험한 이야기를 남겨두면 신임 경찰이 진로를 정할 때 도움을 준다. 또, 고참은 신참이 쓴 이야기를 통해 자신이 초심을 잃진 않았는지 반성하는 계기도 된다.

　나는 중앙경찰학교에서 학급장을 하고 싶었다. 도전하지 않았던 이유는 구보하면서 구령을 붙일 자신이 없었기 때문이다. 해보지도 않고 나를 과소평가해버렸다. 중앙경찰학교에서 구보하는 사진을 볼 때면 후회가 된다. 한번 해볼 걸 하고. 글을 쓰면서 깨달은 것은 나중이란 없다는 것이다. 글을 쓰고 싶다는 마음이 들었다면 지금 글을 써야 한다. 나중에라고 미루면 남는 건 후회뿐이다. 글을 쓰면서 내가 잘하는 것, 하고 싶은 것을 찾아가는 재미 당신도 느껴보길 바란다. 글 속에서 당신이 찾는 의미를 발견하게 될 것이다. 글을 쓰자. 지금 바로 쓰자.

7
글 쓰는 경찰 세계인으로

강의에 참석했다. 아침 일찍부터 딸아이를 시댁에 맡기고 해운대까지 대중교통을 이용해서 갔다. 강의장에서는 감정 소통카드를 꺼내어 책상마다 펼치게 했다. 수십 개의 카드 중에서 나와 어울리는 문구를 골랐다. '넌 소중한 사람, 마음이 넓어, 덕분에 배운 게 있잖아'처럼 책상 가득 꽉 찼다. 카드는 자신의 감정을 대신 표현해주고 있었다. 카드는 말하지 않아도 내 마음을 간접적으로 대변해주고 있었다.

글쓰기는 내 안에 있는 보이지 않는 사랑을, 감정을 글로 표현해준다. 마음속에 담고 있는 마음을 모두 내보이며 살 수는 없다. 하지만 우리는 좋든 나쁘든 사람들에게 감정을 그대로 표현해야 한다. 좋은 일은 상대방이 같이 축하해주고, 나쁜 일은 위로해주어야 한다. 말은 내가 전달하고 싶은 그 사람에게만 할 수 있다. 그것이 몇 명이든지 간에 같은 공간에 있는 사람들에게만 전달된다. 글은 다양하게 쓰일 수 있다. SNS로 활용하면 대상이 확대된다. 글쓰기 프로젝트만 하더라도 그렇다. 혼자서 쓰던 글을 가상의 공간을 마련해 동료와 같이 글을 쓰니 서로가 글을 읽어 볼 수 있고 글을 통해 생각을 확장할 수도 있게 되었다. 페이스북도 전 세계를 연결하고 있다. 전 세계에 있는 사람들이 페이스북이나 인스타그램에 접속해서 사진을 올리고 글을 남긴다.

탐스슈즈 기업을 봐도 그렇다. 젊은이들은 매장에 가서 쇼핑하지 않고 의미 있는 상품을 구매하려 한다. 일반 신발을 사는 것보다 탐스슈즈에서 신발 하나를 사면 아프리카에 있는 경제적으로 어려운 아이에게 신발이 하나 선물로 간다. 그것처럼 전 세계 사람들은 가치 있고 의미 있는 일을 선택한다.

글을 쓰는 사람은 의미와 가치를 생각하는 사람들이다. 경찰이라는 직업은 의미 있는 존재다. 자신을 더 성장시키기 위한 도구 중에서 나는 글쓰기를 강력히 권한다. 맑은 하루 하늘을 올려 다 본 적이 있는가. 너무 맑아서 사진을 찍어 지인들에게 보내준 경험을 해본 적이 있을 것이다. 글쓰기가 나에게 그렇다. 매일 쓰다 보니 내 생활이 변화하고 삶에 긍정적인 것들을 안겨준 글쓰기를 경찰관의 삶에 소개해 주고 싶었다. 이미 테스트도 거쳤다. 글쓰기 프로젝트를 통해 글쓰기가 삶에 변화를 준다는 사실이 증명되었다. 글 쓰는 경찰은 글로벌 캅이 되길 바란다. 뉴욕에 있는 경찰관과 홍콩에 있는 경찰관과 글쓰기로 소통할 수 있는 세상이 오리라 믿는다.

관광경찰대에서 근무할 때 외국인 관광객을 매일 같이 만났다. 자신이 필리핀 경찰이라고 한 사람도 있었다. 태국에서 전직 경찰이라며 찍은 사진도 보여주고 명함도 주었다. 한국에 온 기념으로 방명록에 글을 써주기도 했다. 다른 나라 경찰관들도 자신을 알리고 표현하고 싶어 했다. 아무래도 같은 경찰관이라면 호감이 간다. 다른 나라에 여행 가면 경찰관서를 눈여겨보게 된다. 말을 걸고 싶어진다. 지구본을 보면 대한민국은 전체에서 작은 부분을 차지한다. 전체 지구에서 비록 작지만 강한 나라다. 나는 경찰이 글을 써야만 한다고 말한다.

경찰이 글을 써야 대한민국이 발전한다. 치안 강국인 대한민국이 성장한다. 마음이 담긴 글은 상대방의 마음에 전달된다. 21세기 4차 산업혁명 시대에 우리 인간은 로봇이 할 수 없는 일을 찾아 나서야 한다. 로봇도 글을 쓸 수 있겠지만 인간처럼 감정을 풍부하게 담을 수 있을까. 경찰의 역사를 남겨야 한다. 평범한 내 역사를 글로 남겨두어야 한다. 나와 곁에 있는 가족들, 동료, 주변 사람들에게 나눠주는 삶을 사는 사람이 진정 성공한 사람이다. 자신이 쓴 글만으로도 사람을 움직이고 변화시키기에 충분하다. 저자는 글 쓰는 경찰의 리더이다. 매일 글을 쓰는 이유고 쓰는 것만이 내가 보여줄 수 있는 액션이다. 나를 따라 쓰다 보면 함께 쓰는 것은 가능하다.

주민이 경찰에게 바라는 것은 무엇일까 생각해본 적이 있다. 시민은 자신이 사는 곳이 안전하기를 바랄 것이고 무엇이든 경찰에게 물으면 친절히 알려준다는 믿음을 갖고 있다는 결론을 내렸다. 경찰은 주민에게 슈퍼맨처럼 이로운 일을 하는 상징적인 존재다. 이제는 경찰이 동료의 마음, 주민의 마음까지도 관리해주어야 한다. 우리 동네

경찰은 글쓰기로 마음공부 한다는군. 배우는 것도 참 많아. 이런 말을 주민들의 입에서 들어야 한다. How to be useful. 사람들에게 어떤 도움을 줄 수 있는지 끊임없이 생각한다면 글 쓰는 경찰은 세계인으로 나아가도 손색이 없다. 동료에게 무엇을 도울 수 있는지 생각한 뒤에 지구대 순찰팀에게 손편지를 썼다. 마음으로 쓰는 글은 통한다. 소통의 출발은 낮은 마음에서 시작된다. 작은 일에 관심을 두고 자신이 있는 곳에서 올바른 일을 할 수 있도록 글쓰기로 찾아 나서야 한다.

나의 역할은 글쓰기 중매쟁이니 혼자서 헤매지 않도록 글 쓰는 공간에서 끌어주는 글쓰기 코치이자 리더다. 헬스 피티를 받아도 코치는 운동을 대신해주지 않는다. 운동을 스스로 잘할 수 있도록 관리해주고 끌어줄 뿐이다. 나는 대한민국 경찰의 글쓰기 코치다. 당신을 끌어주기 위해 이 책을 쓴다. 자신의 강점을 모른다면 글을 쓰면서 그것을 찾아라. 자신의 강점을 안다면 그것을 구체화하기 위해 글을 써라. 남들이 가는 길을 똑같이 가지 마라. 당신만의 유일한 길을 걸어라. 그 길에서 행복을 주워 담아라. 하루하루 매일매일 행복해야 한다. 글을 쓰는 이유는 당신이 행복하기 위해서다.

우리 딸은 4살이다. 아직 완벽하게 자신의 의사를 표현은 하지 못한다. 하지만 엄마인 나는 아이가 무슨 말을 하려고 하는지 안다. "거봐! 내가 이거 해야 한다고 했잖아!"라고 밑도 끝도 없이 한 말도 맥락에 상관없이 알아차린다. 경찰관이 쓴 글은 《토지》를 쓴 작가처럼 잘 쓰진 않아도 무슨 이야기를 하려는지 안다. 근무환경, 분위기, 문화를 알고 있기 때문이다. 엄마가 아이의 말을 귀신같이 알아들었던 것처럼 경찰은 동료경찰관에게서 많은 영향을 받는다. 승진시험 공부를 하는 이유도 동료의 영향이 있는 것도 사실이다. 하지만 남을 따라서 인생을 살면 안 된다. 자기계발을 한답시고 강연을 들을 때마다 강사처럼 되고 싶었다. 멋지게 강연하고 싶어졌다.

지금은 황미옥이라는 사람은 경찰 제복을 입었을 때 가장 멋지다는 것을 알고 있다. 강연을 하고 싶으면 직장 내에서 동료 강사나 현장 강사에 도전하면 된다. 교수의 길을 가고 싶으면 중앙경찰학교나 경찰교육원에서 시작해보면 된다. 형사가 되고 싶으면 형사계에도 가보고 지방청 형사과에도 가보면 된다.

15만 경찰관이 모두 다른 삶을 살았으면 한다. 자신이 좋아하는 일을 하면서 일과 개인의 취미를 즐길 수 있는 경찰이 되길 바란다. 글을 쓰면서 자신의 삶을 만들어가길 진심으로 바란다.

당신의 명함에 경찰이 아닌 또 다른 직업명 글 쓰는 경찰을 하나 추가하라. 다른 사람들에게는 호기심으로 다가올 것이다. 미국 실리콘밸리에서 편경영으로 유명한 한국인 진수 테리를 보라. 이민자의 삶을 살면서 누구보다 열심히 일했지만, 자신에게 돌아오는 것은 해고였다. 외국 사람도 한국 사람도 너무 진지하게 일만 하는 사람을 좋아하진 않는다. 재미있게 일하고, 재미나게 노는 게 중요하다. 경찰도 사람이다. 국민을 위해 일할 때는 일하고 개인 시간을 보낼 때는 가족과 보내는 것도 중요하다.

선배 경찰들은 등산이 취미인 분들이 많다. 꼭 등산이 아니라도 악기를 배우든, 운동을 하든 어떤 취미든 있어야 한다. 퇴직 이후가 아닌 현직에서 일과 병행하며 치열하게 살아야 한다. 경찰관도 퇴직하면 곧잘 사기를 당하는 일이 생긴다. 현직에서 영업에 종사하는 사람들처럼 벼랑 끝에서 치열하게 살아야 한다. 주변을 돌아보면 젊지만 공부도 하고 운동도 하고 여행도 다니면서 삶을 유익하게 사는 동료가 많다.

대한민국 경찰은 전 세계에서 치안이 잘 되어 있는 나라 중 하나다. 다른 나라에서 벤치마킹하러 오기도 한다. 대한민국에서 더 나아가 글로벌 캅을 꿈꾸며 글 쓰는 경찰이 되어야 한다. 시야를 세계로 돌리면 세상은 넓고 생각도 커진다. 전 세계 경찰관과 소통하고 전 세계 사람들과 인연을 맺고 소통하라. 그러기 위해서도, 나다운 멋진 인생을 위해서도 글을 써야 한다. 의미 있고 가치 있는 당신만의 인생을 위해 지금 이 순간 글을 써야 한다. 글 쓰는 경찰의 리더로서 당신 곁에서 견고하게 버티고 서 있을 것이다. 걱정은 잊고 자신의 삶을 글에 담아라. 당신이 남길 글을 동료는 기다리고 있다. 글 쓰는 경찰 당신이 다음 타자다. 행운을 빈다.

50일
글쓰기 프로젝트를
함께한 분들

겉모습을 꾸며서 예쁜 사람이 있지만 사람이 가지고 있는 내면과 열
정으로 가득 차 눈빛이 반짝이는 사람을 본 적 있는가.

황미옥 작가님은 자신이 타고나기를 부지런한 사람이 아니라고 말씀
하신다. 자신의 사명을 생각하면서 계획을 세우고 수정하고 빠르진 않
지만, 항상 점검하면서 자신이 원하는 바에 도달하기 위해 끊임없이 노
력하시는 분이다. 혼자 잘되기보다 동료, 선배님들을 밀어주고 후배들
을 이끌어주고 함께 발전하기 위해 독려해주신다.

선배님이 원하시는 목표를 이루고 선후배들을 독려하는데 중심에는
글쓰기가 있다. 글쓰기로 항상 계획 및 목표를 점검하시고 우리들의
계획에 대해 고민하는 시간을 갖게 해주신다.

마이 폴리스 북 글쓰기 1·2·3기에 참여하면서 끊임없이 나에 관해
연구하고 마음훈련도 열심히 했다.

글쓰기는 시작하기가 쉽지 않지만 시작하기만 하면 누구나 할 수 있
고 한번 시작하면 내 마음을 털어놓는 일기장이 될 수 있고 계획을 세

우는 기획자가 될 수 있다.

나는 내가 원하는 목표를 하나 이루고, 그것에 만족하고 그 자리에 멈출 뻔했다. 그 정체기에 젖어들기 전에 황미옥 선배님을 만나 정체기에서 벗어날 수 있었다.

글쓰기 프로젝트는 끝나지만 나는 선배님을 본받아 나를 되돌아보고 앞으로 나아가고 주변 사람들을 챙기는 데 노력할 것이다.

● 전 부산지방경찰청 제1기동제대 **순경 전혜정**

인생이 긴 만큼 목표도 계획도 장기적으로 세워 나가야 하는데 저는 경찰관이 되고 나서는 그 이후의 삶에 계획한 바가 없었습니다. 그래서 그토록 바라던 꿈을 이뤄내고도 가슴속에 큰 기둥이 하나 사라진 느낌을 받았습니다. 공허함이라고도 할 수 있겠지요.

취미생활을 해보기도 했고, 봉사활동을 해보기도 했습니다만 완전히 채워지지는 않았습니다. 시간 관리도 잘되지 않았고 저 스스로 무엇을 원하는지도 알지 못했죠. 근본적인 소망을 알지 못하면서 무작정 채우려고 한다는 건 밑 빠진 독에 물 붓기나 다름없는데 말입니다.

그렇게 소중한 시간을 허비하는 날들을 보내던 저에게 황미옥 선배님은 시간의 소중함을, 인생을 설계해 나가는 것의 중요성을, 계획적인 삶이 가지는 힘에 대해서 몸소 알려주셨습니다. 바로 '글쓰기'를 통해서 말이죠.

직장에서 가진 것을 아낌없이 후배들에게 나누어주시는 선배님을 만나기란 하늘의 별을 따는 것만큼 어려운 일입니다. 베풀기도 어렵지만 나눔을 지속하는 자체가 쉽지 않은 일입니다.

선배님을 만나고 지난 일 년간 지금껏 살아온 그 어떤 날들보다도 알차고 내실 있게 살아왔다고 말할 수 있습니다. 아직은 많이 부족하지만, 선배님을 본받아 함께 호흡하며 훗날에는 아낌없이 베풀고 나눌 수 있는 선배경찰관이 되고 싶습니다.

이제는 더는 술에 찌든 삶에서 허우적대기 싫다면, 시간에 끌려 다니기 싫다면, 퇴근 후의 공허함이 싫다면 황미옥 선배님이 건넨 손을 잡고 함께 조금씩 나아가 보는 게 어떨까요?

● 전 부산지방경찰청 제1기동제대 **순경 김하은**

시작이 반이라는 말이 있다. 그 말은 무슨 일이든 시작이 어렵지, 일단 시작하면 일을 끝마치는 것은 그렇게 어렵지 않다는 것을 비유적으로 하는 말이다. 내가 이 프로젝트를 하면서 느낀 것은 글쓰기에서는 정말 시작이 반이라는 것이다. 한 주제에 대해서 첫 문장, 첫 문단을 시작하는 것이 어려워서 그렇지, 그 일을 해내고 나면 어느 순간 나도 모르게 내 속에 있는 얘기, 내가 평소에 생각하던 것들을 쫘르륵 적어 내려가는 자신의 모습을 볼 수 있을 것이다.

이 프로젝트를 시작하기 전까지만 해도 글을 쓴다는 것은 국문학과를 나온 작가들이 할 수 있는 일이라고 생각을 했다. 그래서 아예 글쓰기라는 것을 생각조차 하지 않고 살았기에, 글쓰기라는 것이 알게 모르게 나에게는 부담 아닌 부담이 되었다. 글쓰기는 '습관'이 아니라, 글을 적기 위해 준비를 하고 또 마무리도 잘 지어야 하는 하나의 '일'이라는 인식에 그런 것으로 생각한다. 그래서 글을 쓰려고 하면 '이 주제에 대해 난 이러한 얘기를 적어야지.'보단 '아, 글 쓰려면 이 정도의 시간이 걸릴 텐데. 컴퓨터 앞에 앉아 또 10여 분 동안 주제에 대해 생각해야 할 텐데. 곧 일 나가야 하는데, 피곤한데, 좀 더 쉬고 싶은데.' 이런 생각이 들었고, 이 때문에 프로젝트 중간에 오랜 기간의 정체 기간도 있었다.

하지만 글쓰기라는 것이 묘한 중독성이 있었다. 마치 담배 끊은 사람이 힘들 때 담배가 생각나는 것처럼, 정체 기간에 뭔가 모를 답답함을 가끔 느꼈고, 그럴 때마다 글을 써내려가면서 느끼는 후련함이 계속 떠올랐다. 글을 다 적고 난 후 내가 쓴 글을 읽어보면서 '아, 내가 적었지만, 내가 이런 생각을 하고 살았구나.' 하고 나 자신을 다시 알게 된다. 또한 뿌듯함은 덤이고. 이러한 중독성에 이끌려 나는 정체기간을 극복하고 프로젝트 마무리되기 전 다시 글을 쓰게 되었다.

그리고 이 프로젝트를 하고 나서 내가 얻게 된 능력이 있다. 한 번쯤은 다들 이런 경험이 있지 않을까? "아, 내가 이러한 감정을 느끼는데(또는, 이러한 생각이 드는데), 이걸 말로 어떻게 표현해야 할지 모르겠어. 아, 왜 그 있잖아, 그그그…"라고 하면서 자신이 느끼는 또는 생각하는 추상적인 것에 대해 제대로 정의를 내리지 못하고 구체화시키지 못한, 그런 경험. 글쓰기를 하면서 나는 이러한 추상적인 것을 좀 더 글로써, 말로써 구체화시킬 수 있는 능력을 갖출 수 있게 되었다.

이 책을 읽고 자극을 받아 글을 쓰고 싶어 하게 될 당신이 꼭 이 말을 기억해줬으면 한다, 글쓰기는 시작이 반이다!

● 전 부산사상경찰서 주례지구대 **순경 최다솜**

황미옥 작가가 내 무료한 인생에 노크하고 들어와 나를 이끌어주고 독려해준다.

참 고마운 인연이다. 시간을 소중하게 보내고 가치 있는 삶을 살기 위해 노력하는 황 작가 옆에 나도 슬쩍 서본다. 그녀를 본보기 삼아 노력하면 내가 원하는 삶이 펼쳐질 것 같아서.

● 전 대구중부경찰서 서문지구대 **경사 손송희**

'너는 밀어붙여 나는 퍼부을 테니'

내 동기이자 동료이며 동생인 황미옥 작가는 네 권째 책을 출간한다. 마치 행군을 하듯 무엇이 되었건 그녀가 가는 길에 비바람이 방해하더라도 묵묵히 조용히 집중해서 몇 년째 하고자 하는 일을 해내고 있다.

나 또한 3년째 수련 중인 그녀와 함께하는 팔로워이다. 나에게 시간 관리의 중요성을 깨우쳐 주고, 글을 쓸 기회를 주고, 내가 기고자 하는 방향을 잃지 않도록 그녀는 나를 끊임없이 자극한다.

지금 그녀는 한 사람의 인생에 아주 작은 일부를 개입하는 것처럼 보이지만, 그 한 명이 열 명이 되어 출간되는 책으로 더 많은 사람에게 영향력 있는 작가로 강사로 성장하리라 믿는다.

● 부산진경찰서 경제팀 **경사 이도윤**

황미옥 작가님의 글을 읽으면 열정과 꿈을 느낄 수 있다. 학창시절 어머님을 잃고도 긍정적인 마음가짐으로 자신의 꿈을 펼치기 위해 노력하시는 분이다. 나도 정직 1월의 징계를 받고 의욕이 상실된 시점에서 우연히 《나는 오늘도 제복을 입는다》를 읽고 새 희망을 품게 되었다.

● 서울동대문경찰서 답십리지구대 **경사 김양규**

글쓰기는 나와 전혀 상관없는 행위라고만 생각해왔던 내가 글을 씀으로써 나를 알아가고, 삶의 가치를 깨닫고, 글이 내 삶의 일부가 되었다. 처음 미옥 언니가 "지은아 같이 글 써볼래?" 했을 땐 "제가 어떻게요?"라고 했었는데 신기하게도 50일 프로젝트 기간 동안 매일 글을 썼다. 쓰다 보니 글이 써졌고, 글을 쓰면서 글쓰기의 힘 또한 느낄 수 있었다. 말만 했을 때나 생각만 했을 때와는 달랐다.

글을 씀으로써 내 과거를 다른 시각으로 돌아볼 수 있었고, 내 현재를 발분망식할 수 있었으며, 구체적인 내 삶의 미래를 그릴 수 있었다. 오늘로써 50일 프로젝트는 끝이 났지만 내 글쓰기는 끝나지 않았고, 내 삶 내내 함께할 것이라고 확신한다.

● 부산지방경찰청 외사과 관광경찰대 **경장 이지은**

직장 선배님이신 황미옥 작가를 생각하면 자투리 시간 틈틈이 바인더에 일상을 기록하던 모습이 떠오릅니다. 여태껏 살아온 모든 일을 상세히 기록하고 그 자그마한 조각들을 한 권의 책이라는 과실로 키워내는 모습은 가히 존경스러웠습니다. 그리고 50일 글쓰기 프로젝트를 통해 동료 경찰관들에게 전합니다. 글쓰기는 전혀 어렵지 않은, 자신의 삶을 재정립할 수 있는 콘텐츠라는 것을 말입니다.

● 부산사하경찰서 하단지구대 **순경 김동진**

황미옥 작가님을 만나서 글쓰기에 대해 알게 됐다. 누구에게도 말하지 않았던 것을 글로 표현하니 내 마음이 정리되는 것 같았다. 그러면서 조금씩 성장했다. 누구나 나처럼 성장할 수 있게 해주는 것이 바로 글쓰다. 이 책을 완독한 독자라면 글쓰기의 엄청난 힘을 느끼게 될 것이다. 그리고 글쓰기를 시작하는 자신을 발견할 것이다.

● 예비경찰 **류다송**

"딱 10년 만 할 거예요!" 어쩌면 절규 같았다. 받아들이기 힘든 시기에 이미 1.5세대 신임여경의 외침이었다. 하지만 당당했다. 지금도 눈에 선한 크게 뜬 두 눈이 기억난다. 누구나 신임시절을 보냈지만 지금도 생각나는 것은 자기 목소리를 내는 것은 신선했다.

남 앞에 서는 강사를 하다 보니 자기계발이 쉽지 않다. 특히 공직 생활을 하면서는 더더욱. 하지만 해냈다. 지금도 해내고 있다. 무거운 몸을 이끌고 나라면 벌써 쉬고 있었을 것이다. 그러나 목표를 향한 열정은 너무나 뜨겁게 타오르고 있는 그 열정에 나이와 선후배를 떠나 박수를 보내고 배우고 싶다. 진심이다.

50일간의 글쓰기 미션을 제안한다. 같이하자고. 정말 새벽 4시에 정확하게 기상미션을 알린다. 하루도 빠짐없이 놀랍다. 어느새 새벽잠이 없어진 나이가 돼버린 나 자신이 이제는 미션을 하기 위해 일어난다. 기분이 좋다. 신기했다. 글쓰기가 사람을 긍정적으로 변하게 하는 것 같다. 미션을 완성했다. 하루도 빠짐없이.

새로운 목표가 생겼다. 힘을 발견한 것 같다. 나도 할 수 있다는 것을 체험했고 하나하나 해내면 할 수 있다는 자신감을 가지게 되었다. 이 모든 게 50일 글쓰기 미션이었다.

사람을 성장시키는 것이 얼마나 어려운 것인지 알고 있다.

사내 강사활동을 10년 넘게 하면서 멘토도 만나고 공부하기 위해 전국을 다니며 투자한 시간, 열정도 있었다. 하지만 지금 나를 다시 깨우게 한 것은 책 읽기와 글쓰기이다.

새로운 도전이 하고 싶나요! 계획은 세웠는데 아직도 머뭇거리고 계시나요. 이 분을 소개합니다. 살아온 삶의 이야기가 묻어 있고 철학이 있으며 분명한 목표가 있습니다. 따라하면 됩니다. 아니 같이 하면 됩니다. 저도 할 것입니다. 지면을 빌어 감사드립니다. 둘째도 건강하게 태어나 빈이와 함께 활짝 웃는 모습 그려봅니다.

● 전 부산연제경찰서 수영망미2파출소 **경위 원종홍**

저자의 전작인《글 쓰는 경찰》,《나는 오늘도 제복을 입는다》, 두 권의 책을 읽었다.

경찰 시험을 준비하는 딸에게 추천해 읽게 했다.

경찰이 왜 되려고 하는지, 얼마만큼의 노력을 쏟아부어야 하는지, 경찰이 되고 나서 어떤 생활을 하는지, 나를 대신해서 들려주었다.

이번에는 경찰들만의 이야기 공간을 만들어 글을 쓸 수 있도록 나를 끌어당겼다.

저자보다 많이 제복을 입었지만, 그 제복을 입은 채 글을 쓴 적이 없던 나는 그 끌어당김에 매일 글쓰기에 동참했다.

50일은, 나를 더욱 알게 하는 피리를 부르는 시간, 저마다 지닌 아픔을 노래한 시간, 모처럼 동료애를 나눈 알찬 시간이었다.

그런 수많은 우리를 고스란히 담은 저자의 이 책, 경찰 아니라 어떤 누구라도 글로써 자신을 보게 할 것이다.

● 전 부산연제경찰서 수영망미2파출소 **경사 문채희**

마
치
는
글

이 글을 읽고 있는 당신은 대한민국 경찰이거나 글쓰기에 관심이 많거나 경찰이 되기 위해 공부하고 있을 수험생일 확률이 높다. 제복을 입은 경찰이란 직업은 겉으로는 언뜻 멋있게 보인다. 하지만 일선 현장에서 근무하는 경찰관의 현실을 조금이라도 알게 되면 결코 쉬운 직업이 아니다. 지역경찰은 2년의 주기로 부서를 옮긴다. 새로운 부서에서 처음 하는 일도 해야 한다. 처음하는 거라 어려웠던 일도 막상 하다 보면 어느새 손에 익어서 자기 것이 된다. 그렇게 짧게는 20년, 많게는 30년 넘게 근무해온 직장에서 선배 경찰이 되어 이 직을 마무리한다. 매일 출근하는 직장을 떠나 새로운 곳에서 정착해야 하는 일이 멀게 느껴지겠지만 정작 멀지 않은 우리들의 미래다.

조금 빠르고 늦고 차이는 있겠지만, 경찰이 되었다면 어떤 경찰이 되어야 할까. 경찰관으로서 성공하는 길은 무엇일까. 11년 동안 현직에서 근무하며 어쩌다 만난 글쓰기를 통해 내 인생 전체를 살펴볼 수 있었다. 글을 쓰며 내가 무엇을 잘하는지 강점을 찾았다. 내 강점은 지치지 않는 열정과 끈기가 합쳐진 그릿GRIT이었다. 열정적 끈기. 무언가 하나를 시작하면 끝을 볼 때까지 물고 늘어지는 근성이 내겐 있었다. 사람들의 꾸준함을 관리하는 것. 몇 년째 카톡방을 관리하며 아침 기상 시간부터 감사일지를 쓰기까지 지인들을 이끌었다. 주변 사람들을 도우며 나에게 나가야 할 방향이 생겼다.

이제부터는 경찰을 돕고 싶다. 사실, 예전부터 경찰을 사랑하는 마음은 늘 가지고 있었지만 무엇을 어떻게 해서 도울지 막연했다. 글쓰기를 하면서 이렇게 좋은 것을 나만 알기에는 아깝다는 생각이 들었다. 입에서 입으로 전달되지 않더라도 편안해지는 이 마음은 뭘까. 계속 써도 질리지 않는 이 마음을 뭘까 궁금해졌다. 3년째 계속 글을 쓰는 것이 내가 할 일이라는 것을 깨달았다. 매일 글을 쓰는 것이 내 사명이라고까지 여겨졌다. 매일 눈을 뜨면 글부터 쓴다. 글쓰기를 하면서 경찰 일에 더 열정을 갖게 되었다. 나는 사람들에게 글 쓰는 경찰로 기억되고 싶다. 동료와 함께 글 쓰는 삶이 나에겐 행복이다.

여기 경찰 세 사람의 경우가 있다. 한 명은 1년의 수험기간을 거쳐 합격했고 또 한 명은 10년 동안 공부해서 힘겹게 합격했다. 다른 한 명은 별다른 공부 없이 운 좋게 한 번 만에 합격해서 경찰공무원이 되었다. 그들 모두 10년이 지났다. 1년의 수험기간을 거친 동료는 경사로 근무하며 잘 지낸다. 10년 가까이 공부했던 직원은 비록 늦게 경찰이 되었지만 오랜 공부 덕분에 모든 승진시험에서 한 번 만에 쭉쭉 승진해서 간부가 되었다. 운 좋게 합격한 직원은 공부에 관심이 없어 경장 계급장을 갖고 있고 곧 있을 근속을 기다리고 있다.

행복은 주관적인 것이니 누구의 인생이 더 행복하다고 할 수 없다. 내 마음이 행복하면 행복한 거다. 경우에 따라서는 계급이 높아서 상대적 박탈감이 더 클 수도 있으니 높다고 다 좋은 건 아니다. 경찰관으로 근무하면서 자신의 목표가 무엇인지 명확하게 알고 있어야 한다. 목표는 막연한 꿈을 잘게 나누어 실천할 수 있게 종이에 적고 세부화한 것이다. 우리는 너무 황당한 꿈을 쫓아다녀서는 안 된다. 그런 경우는 실천하기 쉽게 그 꿈을 잘게 나누어 매일 실천한 것을 돌아보고 기록해야 한다. 그 모든 작업은 누가 해줄 수 없는 일이니 애써 내 자신을 면밀히 들여다봐야 한다.

인사요약 카드를 본 적이 있는가. 신상, 학력, 주요경력, 임용사항, 국외훈련, 국내훈련, 포상, 외국어, 자격증이라는 항목이 적혀 있다. 나는 요약카드를 인쇄해 경찰관으로 근무하며 이루고 싶은 목표를 모두 적어두고 매일 들고 다닌다. 당신도 이곳에 어떤 모습으로 자신의 경찰 인생이 만들어지길 바라는지 써보라.

아무 생각 없이 살면 퇴직하는 날 후회라는 단어를 떠올리게 된다. 미리미리 글을 써가며 어떻게 소중한 내 경찰 인생을 설계해 나갈 것인지 시간을 내야 한다. 글쓰기 프로젝트에 동참한 경찰관 중에서 국외훈련 장기유학 과정을 접수한 여경이 있는가 하면 경감승진 시험에 도전 중인 동료도 있다. 글을 쓰면서 점차 구체화되어가는 재미를 느껴보라. 자신의 프로필에 어떤 내용으로 채우고 싶은가.

이 세상에 어느 누구도 나와 같은 지문을 갖고 있지 않다. 이란성 쌍둥이마저도 지문이 다르다. 같은 경찰이라도 전부 똑같이 승진 공부만을 하는 삶은 매력 없다. 음악도 하고 미술도 하고 다양한 취미활동을 하라. 무엇을 할 것인지 머리가 아닌 손끝에서 찾으면 포기란 없다. 닮고 싶은 사람이 있다면 그 사람처럼 행동해보라. 건축가가 건축물의 설계도를 그리는 것처럼 글쓰기로 당신의 삶을 디자인하라.

《대학》에 나오는 수신제가치국평천하란 말처럼 세상의 일에는 순서가 있다. 자신의 몸과 마음을 먼저 닦고 가정을 챙기고 나라를 챙겨야 한다. 몸과 마음을 닦는 일을 글쓰기로 하라. 자기 수양과 절제를 훈련하라. 강인한 정신이 필요할수록 글쓰기로 다듬어가라. 대한민국 경찰 글쓰기 프로젝트의 리더로서 매일 글을 쓰며 나에게 주어진 하루를 감사하며 살 것이다. 이 책을 읽고 있는 당신이 바로 글 쓰는 경찰이다.